DANKE!!!
Danke, mein lieber Schatz, dass du mich immer hast in Ruhe schreiben lassen.
Danke, meine liebe Bea, für deine Geduld und Motivation.
Danke an meine lieben Zicken, für die vielen, tollen Erlebnisse.
Danke, meine kleine Mami.
Danke Berlin.

Autorin

Ulrike Königsmann, 1967 im Sauerland geboren.
Nach dem Fachabitur absolvierte Sie eine Ausbildung in der Raumausstattung. 1999 zog es sie nach Berlin.
In der Branche lernte sie viele Homosexuelle und deren Probleme kennen.
Wieder im Sauerland lebend, wechselte sie die Branche und war als Personalleiterin tätig.
Da, gerade in ländlichen Gegenden, trotz der anerkannten Verehelichung, Homosexuelle leider immer noch auf Ablehnung und Spott stoßen, entschied sie sich dazu, viele ihrer Erlebnisse zu einem Buch zu verfassen.
Mittlerweile arbeitet sie als freie Dozentin und Trainerin. Hierbei richtet sie ihren Fokus besonders auf die unterschiedliche Kommunikation zwischen Mann und Frau im Beruf.
Ein modernes, spannendes Thema, das immer mehr den Unternehmenserfolg stärkt.

Ulrike Königsmann

JEPP! Da isse...

Bibliografische Information der Deutschen National-bibliothek:
Die Deutsche Nationalbibliothek verzeichnet diese Publikation in der Deutschen Nationalbibliografie; detaillierte bibliografische Daten sind im Internet über http://dnb.dnb.de abrufbar.

TWENTYSIX – Der Self-Publishing-Verlag
Eine Kooperation zwischen der Verlagsgruppe Random House und BoD – Books on Demand

© 2015 Ulrike Königsmann

Herstellung und Verlag:
BoD – Books on Demand, Norderstedt

ISBN: 978-3-740-70844-3

Jepp! Da isse..., die kleine Dorfnudel Julia. Mittendrin, in Berlin. In Charlottenburg. Endlich! Okay, mit 33 Jahren vielleicht nicht mehr die Jüngste, um die große, weite Welt zu entdecken. Aber besser spät als nie.
Als die meisten meiner Freunde damals zu studieren begannen und sich deutschlandweit verteilten, bin ich mal lieber in meinem kleinen Dorf geblieben und habe eine Ausbildung gemacht.
Es fiel mir schwer, mich für eine Studienrichtung zu entscheiden. Außerdem war ich schon immer ein Spätzünder. Und ein Freund, der niemals Muttis Rock losgelassen hätte, war da auch noch.
Aber jetzt, jetzt bin ich ja endlich da. Mit einem Glas Sekt in der Hand inspiziere ich nochmal meine Wohnung. Altbau, der Traum jeder Innenausstatterin. Für ein Penthouse hat es nun mal nicht gereicht. Außerdem hat ein Altbau viel mehr Charme. Knarrende Dielen, hohe Decken mit Stuck und ein Berliner Zimmer, sprich, ein Raum, der von drei Seiten begehbar ist, keine Frage, das musste mein Wohnzimmer werden.
Schwupp, durch die große Doppeltür, und schon stehe ich im Schlafzimmer. Ach, sind hohe Decken toll. Vielleicht sollte ich mir einen üppigen Stoffhimmel übers Bett hängen und darüber eine Lichterkette legen. Schön

romantisch und kuschelig. Romantisch ist toll, wenn frau es denn mit jemandem teilen kann. Aber da ist keiner, zumindest im Moment nicht.
Na ja, das kann sich schnell ändern. Nur - will ich das jetzt überhaupt? Natürlich ist es zu zweit schöner! Aber allein die Vorstellung, ich hätte in den letzten Tagen mit einem Mann darüber diskutieren müssen, wo welche Lampe hinkommt und wie die Wände gestrichen werden sollen, oder mit welchem Hightechgerät ein einfaches kleines Bild angebracht werden soll, löst bei mir sofort Horrorgedanken aus.
Wieso in aller Welt müssen Männer darüber soooo lange diskutieren?
"Nein Schatz, das Bild hält nicht, wenn wir nur einen Nagel nehmen. Es wird garantiert herunterfallen."
Und dann geht es los: Bohrmaschine, Dübel, Schrauben, Verlängerungskabel, Leiter, Zollstock, Bleistift, alles wird herbeigeholt. Und das nicht schnell, nein! In aller Ruhe, mit einer Zeichnung und einer Liste, was man alles braucht in der Hand, pendelt er nachdenklich, so, als müsse er den Dieselmotor neu erfinden, zwischen Wohnung und Keller hin und her.
Nach einer gefühlten Stunde stellt sich heraus, dass das gebohrte Loch für den Dübel viel zu groß ist. Und da keine größeren Dübel da sind,

muss er noch mal "schnell" in den Baumarkt fahren.
Wieder eine Stunde später ist Mann zurück, um festzustellen, dass das Loch doch so groß ist, dass es erst unterfüttert werden muss, bevor überhaupt irgendwas in der Wand hält. Und bis das Bild dann endlich hängt, ist der Nachmittag auch schon rum. Aber das stört ihn nicht.
Selbstgefällig steht Mann nach getaner Tat stundenlang da, nicht um das Bild zu betrachten, sondern aus purer Freude an der eigenen Leistung. Das Ganze am besten noch mit einer Pulle Bier in der Hand. So sind sie, die Männer! Und dafür brauche ich mal keinen, das ist sicher!
Die praktisch veranlagte Frau von heute holt aus einer der vielen Krimskrams-Schachteln einen Nagel und einen Hammer. Falls letzterer gerade nicht auffindbar oder gar nicht vorhanden ist, nimmt frau einen Pumps, dessen Absatz schon leicht lädiert ist - wovon frau immer einige besitzt. Das Bild wird kurz an die Wand gehalten um die Höhe abzuschätzen, um dann mit Schmackes den Nagel mit dem Schuhabsatz in die Wand kloppen. Bild dran, und fertig! So kann frau sich nur drei Minuten später der nächsten Aufgabe widmen, nämlich neue Pumps zu kaufen.
Jedenfalls war der Umzug mit meinen Freundinnen ein Klacks.

Eine Woche vor der Abreise habe ich jeden Abend ein paar Kisten gepackt. Dann kam alles in den Siebeneinhalbtonner und ab ging die Post.

Zwar war es auf der Autobahn schon ein komisches Gefühl, mit meinem gesamten Hab und Gut fünfhundert Kilometer durchs Land zu ziehen. In diesem LKW war alles drin, was ich besitze: von der Zahnbürste über den Kleiderschrank, Fotos, Vasen, Stofftiere, CD´s, meine Froschklobürste bis zu tausend anderen Dingen, die mein Leben ausmachen. Allein der Gedanke, dass all diese Sachen durch einen Unfall oder Achsbruch auf der Straße liegen könnten, ließen mich vor jedem Schlagloch bremsen.

Nachdem ich einmal tatsächlich etwas heftiger gebremst hatte, schlugen meine Mädels ganz dezent einen Fahrerwechsel vor. Eine gab vor, dringend zur Toilette zu müssen. Also fuhr ich auf den nächsten Rastplatz.

Die Nächste meinte, sie wolle noch mal kurz die Reifen überprüfen, natürlich mit dem Hintergedanken, dass ich vor lauter Sorge sofort mit aus dem Lkw hüpfe und selbst nachsehe. Kaum hatte ich mich vom Fahrersitz gehangelt, da war er auch schon wieder besetzt.

Mit den Worten: „Entweder du steigst auf der anderen Seite ein, oder du bleibst hier", wurde ich erpresst.

So sind sie, meine Mädels! Hart, aber herzlich.
Endlich in meiner neuen Wohnung angekommen, wussten alle, was zu tun war. Keine nörgelte über schlechtes Werkzeug, oder falsche Dübel, und alles war bestens organisiert.
Zum Schleppen der schweren Möbel hatte ich zwei kräftige Studenten übers Internet geordert. Kurze und knappe Einweisungen, wo was hin soll und schwuppdiwupp stand alles an seinem Platz. Sauerländer Frauenpower mitten in Berlin! Zugegeben, ein wenig männliche Muskelkraft war auch noch dabei.
Aber nun sind sie wieder weg, Alex, Tanja und Moni. Lediglich das bezogene Bett im Gästezimmer und die aufgepumpte Luftmatratze erinnern daran, dass die Drei heute Mittag noch hier waren. Ein Blick auf die Uhr sagt mir, dass sie jeden Moment wieder zu Hause angekommen sein müssen, also im Sauerland. Denn mein Zuhause ist ja jetzt Berlin! Jawoll!
Die Sonne geht langsam unter. Ich beschließe, mein Glas noch einmal zu füllen und mich auf den Balkon zu setzen. Es ist herrlich, Ende April in der Abenddämmerung draußen zu sitzen und die letzten Sonnenstrahlen des Tages zu genießen. Hier ist überall Leben. Auch an einem Sonntagabend sind noch Menschen auf der Straße. Ich sehe Autos und Busse, anstatt Hühner und Kühe. Morgen früh werde ich nicht vom

Hahn des Nachbarhofes geweckt werden, ein tolles Gefühl!
Langsam wird es doch frisch hier draußen. Am besten, ich weihe mal die Badewanne ein und pflege meine müden Muskeln. So ein Umzug ist doch anstrengend, vor allem wenn man keine zwanzig mehr ist. Ein Blick in den Spiegel beweist mir aber, dass ich mich noch ganz gut sehen lassen kann. Einssiebzig groß, schlank, lange, blonde Haare, nur schade, dass ich solche Mischmasch-Augen habe. Egal, wie lange ich hingucke, eine klare Farbe kann ich da nicht wirklich erkennen. Ein wenig Blau, ein wenig Grau, ein wenig Grün.
Als ich vor Jahren mal einen neuen Pass brauchte, fragte mich die Tante beim Amt die üblichen Dinge ab. Als sie bei den Augen ankam, sagte ich ihr, sie könne sich eine Farbe aussuchen. Sie schaute mich an und meinte: "Grün, Ihre Augen sind grün". Für mich ein Zeichen dafür, dass die gute Frau schon viel zu viel "Grün"zeug gefuttert, oder zu lange auf ihre "Grün"pflanzen gestarrt hatte. Seitdem sind meine Augen also offiziell grün!

Ich liege in der Badewanne und lasse meine Gedanken schweifen: Nun habe ich noch eine volle Woche, bevor ich meinen neuen Job antrete. Sieben Tage, in denen ich in aller Ruhe

die Stadt erkunden kann. Die üblichen Touri-Plätze, wie das Brandenburger Tor, die Goldelse, den Reichstag und den Potsdamer Platz kenne ich längst. Schließlich hatte ich der Stadt in den letzten Jahren schon oft genug einen Besuch abgestattet.
Nach dem Bad werde ich mich gleich noch gemütlich, in meine Decke eingemummelt, auf den Balkon setzen und den Abend ganz in Ruhe ausklingen lassen und morgen gaaanz lange schlafen.

Bing bang bong, bing bang bong ... Julia, du träumst. Was ist das, Hochzeitsglocken? Nein, ich will nicht heiraten! Bing bang bong. Oh Mann, ist das laut. Hallo Julia, aufwachen. Für einen Traum ist das viel zu laut. Und ich will auch wirklich nicht heiraten.
Uff, meine Augen sind offen, also bin ich wach. Ich drehe mich auf den Rücken, aber wieso höre ich immer noch das Glockengeläut aus dem Traum? Das kommt von draußen. Langsam stehe ich auf und gehe ans Fenster. Was versteckt sich da hinter den hohen Bäumen? Eine Kirche? Eine Kirche in meiner Nachbarschaft?
Oh nein! Wieso habe ich die nicht bei der Wohnungsbesichtigung gesehen? Wie spät ist es eigentlich? Sieben Uhr! Es ist erst sieben Uhr? Nein, es ist drei nach sieben und die Glocken

schweigen. Endlich. Wieso darf eine Kirche am frühen Morgen schon so einen Lärm machen? In Kleinstädten darf man nach 22 Uhr nicht mehr im Biergarten sitzen und lachen. Kinder werden in der Mittagszeit von den Straßen gescheucht, weil sie die Mittagsruhe stören. Aber morgens dürfen diese Glocken mich aus dem Bett schmeißen. Muss ich das verstehen?
Ich lasse mich auf den Bettrand sinken. Okay, kein Hahn mehr um fünf, dafür Kirchenglocken um sieben. Ob das ein guter Tausch ist, weiß ich nicht. Was ich weiß, ist, dass das Fenster ab heute nachts geschlossen bleibt.

Meine erste Woche in Berlin ist schnell vorbei. Unfassbar! Was habe ich erlebt? Nüschte, wie der Berliner sagt. Einen ganzen Tag habe ich in der Wohnung mit Kleinkram erledigen zugebracht: aufräumen, waschen, bügeln, putzen. Hausfrauenleben! Was noch? Ach ja, ich habe mich umgemeldet, mein offizieller Wohnsitz ist jetzt Berlin. Dann habe ich Charlottenburg erkundet, auf Inlinern. Wie ich feststellen musste, ist das in dieser Stadt nicht so einfach, denn Berlin ist eine Hundestadt. Was zur Folge hat, dass man entweder kleinen braunen Haufen ausweichen, oder waghalsig-sportlich über diverse Hundeleinen springen muss. Deshalb entschied ich mich, in Richtung Wannsee

zu fahren. Schließlich musste ja auch diese Gegend erkundet werden. Außerdem war es ungewiss, ob ich dazu noch viel Zeit haben würde, wenn ich erst wieder arbeite. Und für die nächsten Wochen hatten sich bereits die ersten Besucher angemeldet. Da wollte ich mich zumindest ein wenig auskennen und wissen, wo was ist.
Und Shoppen war ich. Als Landei bekommt man in Berlin die volle Breitseite an Reizüberflutung. Auf dem Ku'damm weiß man erstmal gar nicht, wo man zuerst hinschauen soll, Geschäfte über Geschäfte, Läden über Läden. Am lustigsten ist es in Ullis Resterampe. Mein Gott, wer kauft bloß diesen kitschigen Chinakram? Kissen, von denen man schon Pusteln kriegt, wenn man sie nur ansieht, geschweige denn das Gesicht drauflegt. Zehn Paar weiße Tennissocken für zwei Euro. Die ziehen selbst die Sauerländer Bauern nicht mehr in den Gummistiefeln zum Stallausmisten an. Allein der Geruch in diesem Laden macht einen so schwindelig, dass der Verstand komplett versagt und man mit in den Billigrausch gezogen wird. Gut, dass die Riesenpackung Spülschwämme nah bei der Eingangstür lag, so dass mein Gehirn noch einen Rest Sauerstoff abbekam und mir die Frage stellte, wie viele Jahre ich als Single damit spülen wolle? Ich sah mich schon alt und schrumpelig meinen

Enkelkindern erzählen, wie toll Ein-Euro-Läden sind, und dass ich diese fantastischen Spülschwämme schon vor dreißig Jahren in Ullis Resterampe gekauft hätte.

Am Mittwoch hat es geregnet. Ok, das ist man als Sauerländer gewohnt. Schade nur, dass ich meinen Haushaltskram schon komplett erledigt hatte.
Also habe ich mal ein paar Museen abgeklappert. Ein bisschen Kultur kann ja nicht schaden. Unschön war nur, dass ich nicht die Einzige war, die diese Idee hatte. Massen von gelben, blauen, grünen und roten T-Shirts, wohin das Auge blickte. Alle paar Meter ein anderer Farbklecks mit Schulklassen!
Den Lehrern ist wohl der Stoff ausgegangen. Es konnte doch nicht sein, dass in der fünften Klasse der gleiche Unterricht gemacht wurde, wie in der achten? Oder musste man als Berliner Kind jedes Jahr ins Museum? Die sollten lieber mal mit den Kids aufs Land fahren und sie ein paar Stunden auf dem Bauernhof helfen lassen, damit sie wissen, dass die Milch nicht schon mit zwei braunen Pappdeckeln versehen als Milchschnitte aus der Kuh kommt. Ich meine, welches Kind mag schon Museen? Und auf dem Land, da lernt man als Stadtkind eine Menge.

Donnerstag schien wieder die Sonne. Da ich den Muskelkater vom Skaten wieder los war, aber keine Lust hatte, über Hundeleinen zu hechten, habe ich mich auf mein Rad gesetzt. Ziel: an der Spree entlang zum Tiergarten. Ich bin immer noch überwältigt, wie viele Menschen hier tagsüber unterwegs sind. Müssen die alle nicht arbeiten? Zugegeben, ich bin ja auch unterwegs, aber ich kann mir nicht vorstellen, dass es all denen so geht wie mir, und sie am Montag ihre neuen Jobs aufnehmen. Oder haben die Urlaub? Ne, dann wären jetzt sämtliche Büros und Geschäfte ohne Personal. Genauer betrachtet, könnten die meisten Studenten sein. Sicher, manche würden eher als Professor durchgehen, aber das sind nur wenige.

Und dann kam er mir entgegen. Groß, gute Figur, nicht so ein Hungerhaken, aber auch nicht dick. Dunkle, etwas längere Haare wippten beim Joggen auf und ab. Hey, hatte der mich angelächelt? Ich drehte mich kurz nach ihm um, als mein Rad zu blockieren schien, und schon lag ich auf dem Gehweg. Treue Hundeaugen blickten mich an. Im nächsten Moment hörte ich sein Frauchen rufen: "Poldi, wat machste denn widda? Ne, ne, ne. Is Ihnen wat passiert?"

Ich war noch gar nicht so weit gekommen, um das zu checken. Aber es tat nichts weh, und bewegen konnte ich mich auch noch. Ich

erwiderte, dass alles okay sei, aber es sei vielleicht besser, für so einen temperamentvollen Hund eine kurze Leine, statt dieser zehn-Meter-Schnappleine zu benutzen. Ich stand auf, klopfte mir den Staub ab und schaute noch kurz dem gutaussehenden Jogger hinterher. Prompt kommentierte die Hundebesitzerin, die ungefähr in meinem Alter war, meinen Blick mit der Bemerkung: "Ja, ja, det is ne echte Verschwendung mit die Schwule. Dat denk ick och immer, wenn ick die seh, wa?" Und schon marschierten Poldi und Frauchen weiter.
Nach diesem kleinen Schock fuhr ich erstmal in den nächsten Biergarten und bestellte mir einen halben Liter Radler.
Woher wusste Poldis Frauchen, dass der Typ schwul war?

Freitag war dann irgendwie der Tag der Telefonie. Als hätten sie sich abgesprochen, riefen alle meine Freundinnen nach und nach an, um sich zu erkundigen, wie denn wohl meine erste Woche verlaufen sei, und ob ich schon nette Typen kennengelernt hätte.
Natürlich wurde über meinen kleinen Sturz herzlich gelacht.
Irgendwie habe ich den ganzen Tag gequatscht. Das war echt komisch nach einer

kommunikationsarmen Woche. Aber auch sehr schön.
Und am nächsten Morgen sollte ich in meinen ersten Arbeitstag starten.

Montagmorgen, halb acht, die Frisur sitzt.
Nun ja, was soll auch an meinen blöden Spaghetti-Haaren nicht sitzen? Da gibt es nur glatt oder ganz glatt. Mehr ist damit ohnehin nicht zu machen. Doch, einen Zopf, aber ohne Ponny sieht das eher streng aus. Da dies am ersten Tag unter den neuen Kollegen einen schlechten Eindruck hinterlassen könnte, bleiben die Haare offen.
Schnell die Treppen runter, links um die Ecke, eine Straße überqueren, und schon bin ich da. Purer Luxus, kein Auto, keine S- oder U-Bahn, einfach nur ein paar Minuten Fußmarsch. Fantastisch!
"Ah, Frau Soltau", begrüßt mich mein neuer Chef, "schön, dass Sie schon da sind. Wir werden uns gleich zu einem kleinen Meeting zusammensetzen, damit Sie Ihre neuen Kolleginnen und Kollegen kennenlernen. Nehmen Sie doch schon mal Platz, die anderen kommen auch gleich." Prima, so gefällt mir das. Ich hätte es nämlich schrecklich gefunden, jedem einzeln vorgestellt zu werden und allen immer wieder das gleiche zu erzählen. Spätestens beim Dritten

hat man dazu keine Lust mehr und wirkt bereits am ersten Tag gelangweilt.
Nachdem alle sitzen, stellt sich jeder kurz mit seinem Namen vor und erzählt, was er in der Firma macht und wie lange er oder sie schon in der Firma ist. Vom Polsterer über den Raumausstatter bis zu den Näherinnen ist alles da, was einen Innenausstatter ausmacht. Sehr schön, dann kann ja nichts mehr schief gehen. Nachdem wir uns auf ein unkompliziertes "Du" geeinigt haben, führt mich mein neuer Kollege André durch den Betrieb und zeigt mir meinen neuen Arbeitsplatz. "Wenn du nischt dajegen hast, werd ick dir mal hier eenarbeeten, wa?"
Ne, was sollte ich dagegen haben? Ist ja wirklich sehr nett, dieser André. Allerdings werde ich irgendwie das Gefühl nicht los, dass dies meine nächste Begegnung mit einem Schwulen ist. Seine Gestik war irgendwie... leicht übertrieben, um es vorsichtig auszudrücken. "Sag mal", näselte er, "und du kommst wirklich janz alleene vom Dorf in die Jroßstadt Bärlin?". "Ja", antworte ich, "nachdem ich sämtliche Lebensläufe aller Tiere in meinem kleinen Dorf auswendig kannte, wollte ich mal ein paar Menschen kennenlernen, und schauen, ob ich mit denen auch klar komme." Er grinst, "Kleene, du has Humor. Det find ick jut. Wenn de am Wochenende noch

nischt vorhast, können wir jerne mal zusammen losziehen. Jibt et bei euch och schwule Viecher?"
Jetzt muss ich lachen. Mein Verdacht, dass André schwul ist, hatte sich bestätigt. Ich finde ihn echt witzig, und habe das Gefühl, dass ich gerade dabei bin, Freundschaft mit ihm zu schließen.
"Na klar", gebe ich keck zurück, "das waren mir immer die liebsten."
Das war also der Auftakt zu meinem ersten Arbeitstag in Berlin. Den Rest des Tages mühte ich mich durch das spezielle Computerprogramm und ließ mir sämtliche Abläufe erklären.
Feierabend! Mein Kopf qualmt von den vielen neuen Eindrücken. Ich werde wohl noch einiges lernen müssen, bis ich mich in der Firma richtig zurechtfinde. Aber Flexibilität ist eine meiner leichtesten Übungen. Ha! Ich habe doch schon in ganz anderen Situationen versagt. Mit ein bisschen Spucke klappt alles, wenn frau es nur will.
Nachdem ich einen Salat gegessen habe, sitze ich nun wieder auf meinem Balkon und genieße aufs Neue das bunte Treiben auf der Straße unter mir.
Ja, so lasse ich mir das Leben gefallen. Toller Job, tolle Wohnung! Ich kann den Abend ganz entspannt ausklingen lassen.
Die restliche Arbeitswoche besteht hauptsächlich darin, dass ich zu Aufmaßen mitgenommen werde, Kunden kennenlerne und mich mit dem

umfangreichen Sortiment an Gardinenstoffen, Sonnenschutz, Tapeten und Teppichmustern vertraut mache. Da ich vieles davon schon aus meinem vorherigen Job kenne, fasse ich schnell Fuß und fühle mich sauwohl. Meine neuen Kolleginnen und Kollegen, inklusive Chef, sind alle sehr nett, so dass es mir sehr viel Spaß macht, mit ihnen zusammenzuarbeiten.
André habe ich aufgrund seines Humors besonders ins Herz geschlossen. Alles in allem fühle ich mich rundherum wohl. Und schwupp ist die erste Woche auch schon rum. Ich sitze also wieder mal auf meinem Balkon, um den Tag zu beschließen.

Das Telefon reißt mich volle Kanne aus meinen Gedanken. Alex! "Hi Julia! Wir platzen alle vor Neugierde. Erzähl mal! Ist dein Chef nett? Wie sind die Kollegen?" Fragen über Fragen. Ich bemühe mich, alles bis ins kleinste Detail zu berichten. Natürlich muss auch Alex über André lachen. "Das scheint ja wirklich ein lustiges Kerlchen zu sein, aber wenn du endlich einen Freund haben willst, solltest du nicht zu viel Zeit mit André verbringen. Sonst wird das nie was mit dir und Familie."
Da hat sie wohl Recht, aber auch leicht reden. Alex hatte nämlich während des Studiums in Köln ihren jetzigen Mann Thomas kennengelernt, der

nicht nur groß ist und gut aussieht, sondern ihr auch noch jeden Wunsch von den Augen abliest und sie auf Händen trägt. Gut, er ist beruflich viel unterwegs, und Alex muss dann sehen, wie sie mit den mittlerweile drei Kindern alleine klarkommt. Aber dafür hat sie auch viele Freiheiten. Die beiden sind eben ein absolutes Vorzeigepaar in einer modernen Neubausiedlung. Alex erzählt mir noch, was sie am Wochenende alles mit ihren Kids unternehmen wollen, wünscht mir zwei schöne Tage und wir legen auf.
Während ich mich abschminke und mir die Zähne putze, denke ich darüber nach, wie mein Wochenende wohl aussehen wird. Vermutlich werde ich wieder alleine irgendwelche Aktivitäten starten müssen. Aber nach zwei Wochen in einer neuen Stadt kann man kaum erwarten, dass man schon eine Menge Menschen kennt. "Alles wird gut, Julia", beruhige ich mich und gehe schlafen.

Wenn man morgens ausschlafen kann, ist die schönste Phase das Wachwerden. Im Kopf wird es leicht hell, so als würde jemand einen Dimmer einschalten und ihn langsam heller stellen. Ein sehr angenehmes Gefühl. Als nächstes kommen auch die Gedanken gaaanz langsam in Bewegung. Zuerst erscheinen die letzten Fetzen eines

Traums, die immer mehr verblassen, bis man gar nicht mehr weiß, ob man überhaupt etwas geträumt hat. An dem Punkt angekommen, stellt man sich die Frage: Bin ich wirklich schon wach? Man öffnet die Augen und genießt noch ein paar Minuten lang die wohlige Wärme des Bettes, ein wunderbares Gefühl.
Just in diesem Moment klingelt mein Telefon. Mit einem Blick auf die Uhr schlage ich die Bettdecke weg und fröstele sofort. Wer wagt es, mich an einem Samstagmorgen um neun Uhr schon anzurufen?
"Julia Soltau", nuschle ich verschlafen. "Hallo Julia! Ick bins, André. Hab ick dir etwa jeweckt?" Das "etwa" hätte er sich sparen können. "Ich dachte, in der Großstadt, wo man nicht vom Hahnenschrei bei Sonnenaufgang geweckt wird, ticken die Uhren an einem Samstagmorgen etwas langsamer...", gab ich zurück.
"Da der Teil deinet Jehirns, in dem der Humor sitzt, schon aktiv ist, kann et ja so schlimm nicht sein!" Eins zu null für André.
"Ick dachte, bevor du so alleene zu Hause rumsitzt, könnteste och mit meener Schwester und mir brunchen jehen. Wir treffen uns um elfe am KaDeWe. Haste Lust?" Klar hatte ich Lust. War ja ne echte Alternative, anstatt alleine ein trockenes Brot zu essen. Mein Kühlschrank hatte nämlich außer weißen Wänden nichts mehr

vorzuweisen und musste dringend gefüllt werden.

„Um elf?" frage ich, „das ist ja erst in zwei Stunden, und da rufst du jetzt schon an?"

André lacht. „Ick wollte uf der sicheren Seite seen, det du och jenuch Zeit zum Stylen has, wa? Also wat is nu?"

Eine absolute Frechheit, mir zu unterstellen, dass ich zwei Stunden brauche, um vorzeigbar auszusehen.

"Klar, ich bin dabei! Wenn deine Schwester nichts dagegen hat?" "Ne, ne, die is och immer die janze Woche uf Arbeit und freut sich, wenn se mal een neuet Jesicht sieht."

Als ich den Hörer auflege, frage ich mich, wie man sich in so einer großen Stadt darauf freuen kann, ein neues Gesicht zu sehen. Hier sind doch überall neue Gesichter!

Zwei Stunden später gehe ich aufs KaDeWe zu, und blicke mich suchend nach André um. Ein kleiner weißer Hund kommt mir in dem Menschengewühl entgegen. Am Ende seiner Leine erkenne ich ein bekanntes Gesicht. Klar, das sind Poldi und sein Frauchen. Bevor ich "hallo" sagen kann, springt Poldi schon an mir hoch. Große Kulleraugen blicken mich erwartungsvoll an. Es folgt der Satz, den ich kürzlich schon einmal aus demselben Mund gehört habe: "Poldi, wat machste denn widda?"

"Na, das ist ja ein Zufall", höre ich mich sagen, während ich Poldi kurz streichle. "Det kannste wohl laut sajen, wa?" antwortet die Hundebesitzerin. Ein bisschen hilflos stehen wir in uns in der hektischen Menschenmenge gegenüber, als André abgehetzt um die Ecke biegt. Er entschuldigt sich für seine Verspätung und schaut uns überrascht an. "Ihr kennt euch schon?" Jetzt gucken Poldis Frauchen und ich verwirrt von einem zum anderen. "Ne...", sagen wir gleichzeitig. "Also nicht wirklich", bemerke ich. "Na, det is Anna, meene Schwester, und det is Julia, meene neue Kollegin, von der ick dir erzählt habe". Mit großen Augen sehen Anna und ich uns an und müssen beide lachen. "Wat is denn jetzte daran so lustig?" will André wissen. "Dette erzählen wa dir mal später. Jetzt lass und ersma wat essen jehen, ick verhungere sonst jleich", meint Anna, hakt sich bei André und mir ein und wir schieben uns zwischen den Passanten ein paar Strassen weiter zu einem der vielen Cafés.

Da es das Wetter zulässt, entschließen wir uns, an einem der letzten freien Tische draußen Platz zu nehmen.

Anna und ich verstehen uns auf Anhieb richtig gut. Wir reden wie ein Wasserfall über Gott und die Welt. Sie erzählt mir, dass sie "uf Büro" arbeitet und dafür zuständig ist, die

Außendienstmitarbeiter so effektiv wie möglich einzusetzen. Zwar würde sie sehr viel telefonieren, aber oft den ganzen Tag über kaum einen Menschen zu Gesicht bekommen. Daher also Andrés Hinweis, dass seine Schwester sich freue, mal ein neues Gesicht zu sehen. Zwischendurch lästern wir über die vorbeigehenden Leute, die schrill angezogen sind, komische Frisuren haben, oder sich einfach komisch benehmen. Natürlich erzählen wir André auch von unserer ersten Begegnung an der Spree. Danach war der Gute aber irgendwie ein wenig abgeschrieben. Kein Wunder bei unserem Geschnatter. Zwischendurch schaffen wir es tatsächlich mal kurz in unsere frischen Brötchen, sorry, ich meine natürlich Schrippen, zu beißen, um dann mit vollem Mund weiterzureden, so als würden wir uns schon ewig kennen. Natürlich möchte Anna wissen, wo ich denn herkomme, und was mich dazu bewogen hat, vom Sauerland nach Berlin zu ziehen. Ich erzähle ihr in kurzen Sätzen, soweit das bei frau möglich ist, meine Geschichte. Dabei blickt sie immer wieder zwischen meinem Teller, auf dem eine üppig belegte Schrippenhälfte liegt, und mir hin und her. "Ist etwas?" unterbreche ich meinen Bericht. "Darf ick meene Zähne mal in deene Schrippe schlagen?" Den Rest des Satzes hören André und

ich vor lauter Lachen nicht mehr. Da war noch was mit "sieht so lecker aus", oder so.
Für Anna scheint das völlig normal zu sein. Trotzdem lacht sie mit. Dabei wippen ihre schulterlangen, braunen Locken lustig auf und ab. Ich schiebe den Teller zu ihr rüber. "Natürlich Anna, du kannst es auch gerne aufessen, ich bin eh schon lange satt." André, der nach einer Stunde Frauengeschnatter auch mal wieder zu Wort kommen will, spielt den Entrüsteten: "Anna, dir kann man echt für jut nich mitnehmen." "Na det sacht jrad der Richtije!" kontert Anna schlagfertig. "Wat wollten wir zwee noch jleich machen? Nen Kleid für dich koofen für den Christopher Street Day?"
"Klar, da muss ick doch jut aussehen, wenn ick uf dem Wagen mitfahre", lautet seine Antwort. Und an mich gewandt: "Julia, falls et dir noch nich ufjefallen ist, meene Schwester hat immer det letzte Wort." Da könnte André Recht haben.
Anna fragt, ob ich nicht mitkommen möchte. „Det wird bestimmt witzig."
Ich gebe zu, der Gedanke ist verlockend. Aber ich bin mir nicht sicher, ob André das so toll findet, wenn ich ihm beim Kleideranprobieren zusehe. Auch wenn wir uns wirklich gut verstehen und sehr viel Spaß zusammen haben, sind wir doch Arbeitskollegen, und das auch noch nicht besonders lange.

Dankend lehne ich ab und begründe meinen Entschluss damit, dass ich dringend meinen Nahrungsmittelvorrat auffüllen muss, wenn ich nicht das ganze Wochenende mit knurrendem Magen herumlaufen will. Dafür hat Anna großes Verständnis.

"Aber wenn ihr erfolgreich ward, schau ich mir gerne bei Gelegenheit das Ergebnis an", verspreche ich, denn dieser ungewöhnliche Kleiderkauf interessiert mich sehr... Frauen wurde die Neugier ja bekanntlich mit in die Wiege gelegt.

Wir entschließen uns zu zahlen, und sind uns einig, dass dies sicher nicht das letztemal war, dass wir Zeit miteinander verbracht haben.

Beim Abschied plaudern Anna und ich noch darüber, was wir in nächster Zeit gemeinsam unternehmen könnten. André schüttelt nur lächelnd den Kopf, schnappt sich schon mal die Hundeleine mitsamt Poldi dran, und geht langsam vor, was Poldi nicht besonders zu gefallen scheint, denn er dreht sich immer wieder zu seinem Frauchen um. "Du, sei mir nich böse, aber bevor meen Poldi widda an mangelndem Selbstbewusstsein leidet, weil meen Bruder dem armen Hündchen wieder sacht, wie dumm er ist, weil er uf "sitz" und "Platz" nicht reagiert, jehe ick ma lieba. Sonst muss ick den Poldi nämlich widda mit janz viel

Leckerchen ufbauen." Sprachs, geht los, und dreht sich nochmal winkend zu mir um.

Also, dass Poldi zu viele Leckerchen nicht bekommen, das konnte ich anhand seines "leicht" gewölbten Bauches sehen. Aber dass man das Selbstbewusstsein eines Hundes aufbauen muss, weil andere sagen, der Hund sei dumm, das konnte wohl nur ein Hundeliebhaber verstehen. Schmunzelnd schaue ich den Dreien hinterher, bevor ich mich ebenfalls auf den Weg mache. Schon zwei Uhr, wie schnell die Zeit vergangen ist. Da hier die Geschäfte auch am Wochenende länger geöffnet sind, habe ich jedoch keine Eile.

Anders als in meiner sauerländischen Heimat, wo schon seit einer Stunde alle Läden dicht sind und kein Mensch mehr auf der Straße ist. Dort hätte ich in keinem Café zum Brunch sitzen können. Bei uns gibt es nur Frühstück. Sonntags. Von neun bis elf! Wer bitte schön, steht am einzigen Tag der Woche, an dem man ausschlafen kann, freiwillig um neun Uhr auf, um spätestens um zehn Uhr zum Frühstück im Café zu sitzen? Das können doch nur Leute mit Schlafproblemen sein, die vor Langeweile sterben.

Wieso rege ich mich eigentlich auf? Ich bin satt und hatte einen sehr schönen und lustigen Vormittag.

Meinen Balkon liebe ich mit jedem Tag mehr. Nach dem Einkauf habe ich mir noch schnell zwei Balkonpflanzen im Blumengeschäft gegenüber geholt. So langsam wird es bei mir richtig gemütlich. Wie praktisch, alle Geschäfte so nah beieinander zu haben. Vom Bäcker über das Lebensmittelgeschäft bis hin zur Reinigung ist alles in drei bis vier Minuten zu erreichen. Sogar ein Brautmodenladen ist schräg gegenüber. Daneben gleich das Blumengeschäft.
Wahrscheinlich ist in dem großen Gebäude zwei Häuser weiter auch gleich die Kanzlei eines Scheidungsanwalts. Und wer da nach einem Termin herauskommt, landet gleich in der Kneipe an der Ecke, um, je nach Anwaltsprognose seiner finanziellen Zukunft, auf selbige anzustoßen oder sich vor lauter Frust zu besaufen.
Davon bin ich weit entfernt. Stattdessen sitze ich mal wieder in meine warme Decke eingemuckelt auf dem Balkon und begutachte meine neu angeschafften Pflanzen.
Ob es schon zu spät ist, um Tanja anzurufen und ihr von meinem abwechslungsreichen Vormittag zu erzählen. Ich probiere es einfach mal.
Natürlich hat Tanja kein Verständnis dafür, dass ich nicht mit André und Anna shoppen gegangen bin. "Das kannst du dir doch nicht entgehen lassen. Da kannst du schon mal was erleben in der Hauptstadt, und du gehst lieber nach Hause!

Der kennt bestimmt tolle Insiderläden, die du mir dann mal hättest zeigen können. Vielleicht hättest du für dich auch ein tolles Abendkleid gefunden..."

"Klar", antworte ich "und wann soll ich das bitteschön anziehen? Oder habe ich was verpasst und ihr heiratet bald?" Tanja ist nämlich seit gefühlten siebenundneunzig Jahren mit Kai zusammen, aber irgendwie war von Hochzeit nie die Rede. "Solange er mir keinen vernünftigen Antrag macht, werde ich ihn nicht heiraten. Da bin ich altmodisch, das weißt du!" Ja, weiß ich. Und ich weiß auch, dass Tanja sich nicht damit zufriedengibt, wenn Kai sich einfach vor sie hinkniet und ihr mit einem Ring in der Hand einen Heiratsantrag macht. Vermutlich steht der arme Kerl so unter Druck, sich etwas Besonderes einfallen zu lassen, dass er irgendwann kapituliert. So kann man den Männern das Heiraten auch vermiesen. Aber bei diesem Thema ist Tanja wirklich eigen. Da sie auch gerne ein Kind haben möchte, und ihre biologische Uhr mit vierunddreißig immer lauter tickt, wird sie sicher bald ihre Ansprüche zurückschrauben. Kai muss das nur lange genug aussitzen. Das Gemüt dazu hat er jedenfalls.

Mit dem Versprechen, dass ich mir in Zukunft keine Gelegenheit mehr entgehen lasse, etwas zu

erleben, wünschen wir uns eine gute Nacht und legen auf.
Heute werde ich jedenfalls nichts mehr erleben. Ich bin hundemüde und gehe schlafen.

Was sagt der Sauerländer, wenn er mit der Arbeit fertig ist? So!!! Die Bude ist geputzt, die Blumen versorgt und die Wäsche fertig. Genauso wie ich. Mit einem zufriedenen Seufzer plumpse ich auf mein Sofa.
Zu irgendetwas muss so ein verregneter Sonntag ja gut sein. Ausnahmsweise scheint im Sauerland die Sonne, wie mir Alex am Telefon versichert. Sie rief an, um mir freudig mitzuteilen, dass sie am übernächsten Wochenende Ausgang hat. Thomas sei der Meinung, dass sie sich ein freies Wochenende verdient habe. Kein Haushalt, keine Kinder! Da Alex und ich uns seit meinem Umzug nicht mehr gesehen hätten, sei es doch sicher an der Zeit, dass sie mich besuchen komme. Außer Thomas kenne ich keinen Mann, der von alleine auf die Idee käme, ein Wochenende lang freiwillig drei kleine Kinder zu hüten, damit seine Frau ein freies Wochenende hat, um ihre Freundin in Berlin zu besuchen. Alex ist und bleibt ein Glückspilz.

Mein Magen knurrt. Ist ja auch kein Wunder. Es ist fünf Uhr, und ich habe seit dem Frühstück nichts mehr zu mir genommen. So richtig Lust, mir etwas zu kochen, habe ich allerdings nicht. Alleine Essen gehen ist auch nicht so wirklich prickelnd. Obwohl ich seit meiner Ankunft in Berlin schon des Öfteren Männer und auch Frauen alleine in einem Restaurant habe sitzen sehen, kann ich mich dazu nicht aufraffen. Ob ich Anna mal anrufe und frage, ob sie Lust hat, mit mir Essen zu gehen? Geht ja gar nicht. Wir haben nämlich versäumt, unsere Telefonnummern auszutauschen. Zum Glück habe ich Andrés Nummer.

"Hi André! Hier ist Julia. Ich will dich gar nicht lange stören. Könntest du mir bitte Annas Telefonnummer geben?" Ich traue mich nicht so recht zu fragen, ob er neulich ein Kleid für den Christopher Street Day gefunden hat. "Ja, klar", antwortet er prompt. "Aber die is uf dem Weg zu mir. Wir wollen eenen jemütlichen Pizzaabend machen. Komm doch dazu!" Er lässt mir keine Zeit, groß darüber nachzudenken, sondern spricht gleich weiter. "Ick rufe Anna schnell übers Handy an, sie wohnt janz in deener Nähe und kann dich jleich mitbringen". Ehe ich etwas sagen kann, hat André bereits aufgelegt, um Anna Bescheid zu geben. Ganze drei Minuten später klingelt es an meiner Tür. Anna! "Na, det is ja witzig. Ick wohne nur fünf Minuten von hier. Da sind wa ja fast Nachbarn." Ich bitte sie herein

und erkläre ihr, dass ich lediglich fragen wollte, ob sie Lust habe, später mit mir Essen zu gehen. "Ich habe leider noch gar nicht geduscht, und olle Klamotten an, da ich die Wohnung auf Vordermann gebracht habe." Kurzum: Das ist mir jetzt doch etwas zu spontan!
"Papperlapapp. Du sieh's jut aus. Für nen jemütlichen Pizzaabend uf'm Sofa bei André reicht det dicke!" Zwar fühle ich mich ein wenig überrumpelt, aber schließlich hatte ich Tanja versprochen, nichts mehr auszulassen. Also schnappe ich mir meine Tasche, und schon sitze ich neben Anna im Auto - mit Poldi auf dem Schoß.
"Na det jefällt dem Herrn. So kann er och wat sehen." Und bei einer Vollbremsung fliegt er gleich durch die Scheibe, vervollständige ich den Satz im Stillen, spreche ihn aber nicht aus. Warum vergessen Hundehalter bei aller Liebe zu ihren Tieren deren Sicherheit? Sie behandeln ihren Hund wie ein kleines Kind. Aber das setzt man mit gutem Grund nicht dem Beifahrer auf den Schoß. Muss ich das verstehen? Nein!
Während ich solchen Gedanken nachhänge, redet Anna ununterbrochen. Wie toll es sei, dass wir so nah beieinander wohnen und wir uns auch mal unter der Woche auf ein After- work-Bier treffen könnten.

Sie erzählt mir, dass sie in den letzten Jahren berufsbedingt oft umgezogen sei, und daher hier noch nicht so viele Freunde habe. "Und wenn ick immer nur mit meenem Bruder und die Schwulen abhänge, kriech ich ja och nie nen Mann ab". Ich muss lachen, denn so ähnlich hatte sich auch meine Freundin Alex angehört.
Mit den Worten "Da sind wa och schon", parkt Anna den Wagen. Ich habe die Tür noch nicht ganz geöffnet, da springt Poldi schon raus. In letzter Sekunde schnappe ich nach seiner Leine.
"Haste Poldi?" fragt Anna besorgt. "Klar Anna, alles im Griff!"
André erwartet uns bereits. "Na det hat ja super jeklappt, wa? Rinspaziert die Damen", begrüßt er uns, und an Poldi gerichtet: "Und der feene Herr is och dabei."
Wir setzen uns ins Wohnzimmer, wo André uns zur Begrüssung einen Prosecco einschenkt. "Haste Julia schon von dem jeilen Kleid erzählt?" platzt er heraus. "Ne, André, dazu sind wa noch jar nich jekommen. Aber du kannst et ja ma holen." Der Satz ist noch nicht ganz ausgesprochen, da ist André schon weg.
Somit hat sich meine Sorge erübrigt, dass es ihm vielleicht peinlich sein könnte, wenn seine Kollegin ihn im Kleid sieht.
"Det is echt beneidenswert. Der Kerl is so dürr, det er och allet anziehen kann, wa? Der probiert

een Kleid an und det passt. Icke mit meenem dicken Hintern probier eens nach dem andern an und loofe dann frustriert in Jeans widda8 nach Hause".

"Na, nun übertreib aber mal nicht", tröste ich Anna, "so dick ist dein Hintern ja nun auch nicht." Dann erblicke ich André im Kleid und weiß, was sie meinte.

"Wow!!!" Mehr bringe ich nicht heraus. Ich weiß ehrlich gesagt nicht, was mich mehr umhaut - dass ein Mann, den ich gerade erst vor einer Woche kennengelernt habe, im Abendkleid mit Plateaupumps vor mir steht, auf denen ich keinen Meter weit laufen könnte, oder die Wahnsinns Figur, die er darin abgibt.

Da fällt garantiert jede Frau vor Neid um. André trägt ein cremefarbenes, langes Kleid mit dezentem Perlenmuster, seitlich geschlitzt bis zum Beinansatz. Es sitzt an ihm wie eine zweite Haut. Dieses Outfit lässt nicht ein Gramm Fett zu! Mit den Plateauschuhen ist er mindestens einsneunzig groß. Seine blonden Haare sind leicht nach hinten gegelt. Die Schuhe haben die gleiche Farbe wie das Kleid und glitzern dezent. Als wäre er schon hundert Mal über einen roten Teppich gelaufen, kokettiert André vor uns wie eine Diva. Eine Hand in der Hüfte, steht er leicht seitlich und zeigt viel Bein. Dann macht er ein

paar Schritte auf uns zu, dreht sich einmal um seine eigene Achse und kommt wieder zurück. Vielleicht modelt er ja nebenbei bei Travestie-Modeschauen. Gibt es so was überhaupt? Ich habe keine Ahnung.
„Klopf, klopf, André an Mädels. Könntet ihr vielleicht ma wat sagen"?
Ich finde als erstes die Sprache wieder „Wieso kannst DU in diesen Schuhen laufen? Das ist voll unfair!!!! Jeder Absatz, der mehr als fünf Zentimeter hat, bringt mich um. Und du läufst darin rum, als wären sie dir angewachsen."
„Ja, aber nach een paar Stunden tun mir denn och die Füße weh, wa?" kommt es näselnd zurück. Na prima! Nach ein paar Stunden in diesen Schuhen wären meine Füße abgestorben und müssten amputiert werden!
„Ach, André, musste immer jleech so tuntig sprechen, wenn de een Kleed anhast?"
André macht eine wegwerfende Handbewegung. „Liebes Schwesterherz! Du weeßt doch, je höher die Absätze, desto zickiger werd ick."
Dieser Satz war zuviel des Guten und ich pruste los.
Auch Anna muss lachen „Ja, Julia, so is det mit die Schwulen. Det wird nie langweilig."
„Anna hat halt mal nen Bruder, und mal ne Schwester. Wer hat det schon allet in eener Person?"

„André, du siehst atemberaubend aus! Ich beneide dich um deine Figur. Traumhaft! Aber wenn ich nicht bald was zu essen kriege, dann werde ich auch zickig, trotz Flachtreter. Und das möchtest du nicht erleben! "

„Mädels, ick hab da ne Idee! Wat haltet ihr davon, wenn wa jetzt feen Essen jehen?"

Anna und ich sehen uns fassungslos an. Dann schauen wir zu André. Diesmal kommt Anna schneller wieder zu Wort. „Sach ma, haste se noch alle? Det is jetzte nich deen Ernst?"

Ich weise darauf hin, dass ich Uraltputzklamotten anhabe und mich so alles andere als wohl fühle bei dem Gedanken, in diesem Aufzug in einem Restaurant „feen Essen" zu gehen.

Mit den Worten: „Watte Julia, ick hab da wat!" verschwindet er.

Erstaunt bleiben Anna und ich sitzen. „Mit wat kommt er denn jetzte widda umme Ecke? Haste schomma so nen durchjeknallten Vojel jesehen?"

Nein, das hatte ich nicht! Ich habe ohnehin keine Ahnung, in was für eine Situation ich da geraten bin. Aber ich hatte versprochen, mir nichts mehr entgehen zu lassen, und irgendwie machte genau das mir großen Spaß.

„Ick gloob, det mit dem Essen kann noch wat dauern. Ick schenk dann noch ma nach, wa?"
Klar, ein Glas Prosecco mehr auf nüchternen Magen kommt immer gut.

„Det macht locker", wie der Berliner sagt. Oh weia, jetzt fange ich auch schon an zu berlinern.
André kommt freudestrahlend und ganz außer Atem ins Wohnzimmer zurück. „Kiek ma, Julia!"
André hält sich ein blutrotes, seidig glänzendes, langes Abendkleid vor seinen nicht vorhandenen Bauch. Nicht ganz so figurbetont wie sein cremefarbenes, aber genauso geschmackvoll.
Anna rollt die Augen „André, det is jetzt nich wahr, oder? Du jloobst doch nich, det ich so mit euch essen jehe?"
Die Leitung zwischen meinem Seh-, und oder Hörorgan und meinem Gehirn scheint heute die Umleitung über meine Füße zu nehmen. „Ich versteh nur Bahnhof. Kann mir mal einer erklären, welcher Film hier gerade läuft?"
„Keene Ahnung! Cinderella oder wat?" versucht Anna mich aufzuklären. „ Na, du sollst jetze det rote Kleid anziehn, der will so mit uns los, vastehste?"
André grinst mich schelmisch an. „Jepp!"
Poldi befürchtet wohl, dass André auch für ihn noch irgendwo ein Kleidchen haben könnte, und verschwindet vorsichtshalber hinter dem Sofa.
So ein fantastisches teures Kleid soll ich anziehen? Um mal eben einfach so an einem Sonntagabend in irgendeinem stinknormalen Berliner Restaurant essen zu gehen?
Innerlich streite ich mich gerade mit Tanja.

„Julia! Sei kein Spießer! Komm, du oller Dorfmuckel, zieh das Kleid an!"
Was ist, wenn ich in diesem Aufzug einem Kunden begegne?
„Und wenn ein Kunde André im A b e n d k l e i d sieht ... oder wir zufällig den Chef treffen?"
Zugegeben, das war kein gutes Argument. Ich hatte überhaupt keine stichhaltigen Argumente.
Geschlagen greife ich nach meinem Sektglas und trinke es in einem Zug aus.
Zwei Augenpaare blicken mich neugierig an.
„Klar! Gehen wir doch heute mal schick essen. Ist ja schließlich Sonntag! Wo kann ich mich umziehen?"
Anna sinkt auf dem Sofa zusammen und schlägt die Hände vors Gesicht. "Det jloob ich jetzt nich! Wieso ziehen eejentlich immer nur Verrückte nach Berlin?"
André ist Feuer und Flamme. „Jenau! Sonntags jeht man feen mit der Familie essen, wa Anna? Für dich finden wa och noch wat Schickes zum Anziehn. Na denn kommt mal mit, ihr zwee Hübschen."
Die Karawane schreitet durch den Wohnungsflur. André auf seinen Waffen von Schuhen vorneweg, Anna, die die ganze Zeit irgendwas wie „alle bekloppt" und „wat mach ick hier nur" vor sich hinplappert, dahinter ich. Den Abschluss bildet der kleine Poldi. Er hat wohl Angst, er könne sein

Frauchen nach gelungener Verkleidung nicht mehr wiedererkennen. Außerdem besteht bei Anna gerade Fluchtgefahr.

André öffnet eine der Flurtüren. Ich komme aus dem Staunen gar nicht mehr heraus. Wir betreten gerade Andrés Ankleidezimmer. Nein, kein Ankleidezimmer, das ist eine Künstlergarderobe. An der rechten Wand hängen lauter Kleider. Bei genauerem Hinsehen wundere ich mich zwar über den etwas schrillen Stil. Das passt irgendwie gar nicht zu den beiden eleganten Kleidern, die ich bis jetzt gesehen habe.
„Nicht wundern", meint Anna. „André jobbt nebenbei noch in ner Travestieshow in Schöneberg, det sind bloß seine Showklamotten."
Aha! Daher also der professionelle Auftritt von vorhin.
„Ein bisschen Rücksicht auf ein Landei wie mich ist nicht so euer Ding, oder? Ihr gebt mir gleich die volle
Großstadtdröhnung!" ächze ich.
„Na, wer wollte denn heute noch schick essen jehen?" Das ist Annas echt Berliner Charme!
Ich habe einen total trockenen Mund. „Gibt es hier zufällig noch ein Glas Sekt?"

„Secco!" näseln mich daraufhin die beiden im Tunten-Stil an. Lachend lassen Anna und ich uns auf den breiten Hocker vor dem Schminktisch fallen, während André die Flasche aus dem Wohnzimmer holt. Der arme Poldi schaut völlig verwirrt von einem zum anderen.
„Stößchen!" prostet Anna mir zu, nachdem André unsere Gläser gefüllt hat.
Anna nippt nur kurz und stellt ihr Glas ab. „So, ihr Süßen, ick hab jetzte och Hunger, wa? Dann wolln we mal kieken, ob für mich och noch wat dabee is." André zwinkert ihr zu.
Mit „meinem" Kleid in der Hand, stehe ich unsicher mitten im Zimmer. Ziehe ich mich hier einfach so um? Geht André nach nebenan oder wie läuft das jetzt?
Anna bemerkt meine Unsicherheit. „Kannst eenfach deene Hüllen fallen lassen. Für den biste nackt eh wie Luft!"
Ich checke blitzschnell, welche Unterwäsche ich am Morgen aus dem Schrank gekramt habe. Glück gehabt - schlicht schwarz. Wäre ja echt peinlich gewesen, wenn ich meinen alten Snoopy-Schlüpper anhätte.
Die beiden drehen sich um und wühlen sich durch die Kleiderflut. Poldi sitzt in der Ecke und sieht nach wie vor verwirrt aus. Ich frage mich, wieviel so ein Hund eigentlich mitkriegt. Da mir keine vernünftige Antwort einfällt, verziehe ich

mich in eine Ecke und ziehe mich aus. Als ich das Kleid vom Bügel nehme, stelle ich fest, dass es tatsächlich aus Seide ist. Wahnsinn! Ich hatte nie zuvor ein echtes Seidenkleid getragen. Behutsam und respektvoll steige ich von oben rein. Gerade als ich es hochziehen will, schaut Anna sich nach mir um. "Watte, ick helf dir." Ich schlüpfe mit den Armen rein, drehe mich, und Anna macht den Reißverschluss hinten zu. Es passt tatsächlich. Anna zieht mich vor den großen Spiegel.

"Kommando zurück, Leute!" verkünde ich selbstkritisch. André und Anna stellen sich neben mich. Aus dem Spiegel blicken mich zwei fragende Gesichter an. "Anna, André, es tut mir leid. Das Kleid ist wunderschön, aber mir fehlt da wohl etwas Holz vor der Hütte, um es richtig auszufüllen. So kann ich definitiv nicht vor die Tür gehen, sorry!"

Es ist ja nicht so, als hätte ich keinen Busen, aber um zum Beispiel in einem Dirndl gut auszusehen, reicht es bei mir nicht wirklich. Und für dieses wunderschöne Kleid leider, leider auch nicht.

"Na det is doch det kleenste Problem", widerspricht André, dreht sich um, greift in eine Schublade und drückt mir einen Silikon-BH in die Hand. "Wat meenste, wie wir det imma machen?"

"Das ist jetzt nicht dein Ernst, oder?" "Na so'n bisschen schummeln is doch nich verboten", grinst Anna mich an, und stellt sich hinter mich, um den Reißverschluss wieder zu öffnen. Die meinen das tatsächlich ernst! André begutachtet gerade ein Kleid, das Anna passen könnte, während ich die BH's tausche. Anna zieht den Reißverschluss wieder hoch, und siehe da, jetzt stimmt alles. "Perfekt, Puppe!" lobt Anna. Ein ehrliches "Wow" kommt von André. "Schade, dass de keen Mann bis, sons würd ick dir uf der Stelle anbaggern, wa?"

Eigentlich war ich ganz froh darüber, kein Mann zu sein. Auch wenn ich als Kind gern ein Junge gewesen wäre, weil ich überwiegend mit Jungs aufgewachsen bin. Wir haben Baumhäuser gebaut und Fußball gespielt. Meine Mutter hat sich immer geärgert, weil ich mich lieber mit Autos beschäftigt habe, als mit den schönen Puppen, die ich zum Geburtstag oder zu Weihnachten bekam. Mein Puppenwagen diente als Garage und Transportmittel für die vielen kleinen Spielzeugautos. Irgendwie mussten die schließlich zu meinen Kumpels transportiert werden. Wenn mal eine Nachbarin ganz entzückt in den Puppenwagen schaute, um eine süße Puppe zu bestaunen, war die Enttäuschung jedes Mal groß.

Aber bei diesem Anblick im Spiegel, finde ich es toll, eine Frau zu sein. Ich komme mir vor wie eine Prinzessin. Auch wenn ich mich mit der geschummelten Oberweite ein wenig unsicher fühle, muss ich doch zugeben, dass mein Dekolleté ziemlich verführerisch, und vor allem echt aussieht.

Anna schummelt gerade auch ein wenig. Sie hat sich für ein langes grünes Kleid aus weich fließendem Stoff entschieden, das ziemlich figurbetont ist. Da ihr Hinterteil, laut ihrer Aussage, ja soooo groß ist, zwängt sie sich gerade in eine „Bauch Beine Po weg"-Strumpfhose. Und siehe da, auch Anna sieht perfekt aus. Die Farbe des Kleids lässt ihre Augen noch strahlender aussehen.

André weist auf den Stuhl vor dem Schminktisch.

"So, denn darf ick die Damen noch schnell in die Maske bitten, und denne jehts endlich los." Anna nimmt als Erste Platz. Fasziniert sehe ich zu, wie geschickt mein Kollege zuerst ein dezentes Make-up auflegt, mit zwei verschiedenen Farben Lidschatten hantiert, die Wimpern tuscht, und verschiedene Lippenstifte auf seinem Handrücken testet. Im Nu erscheinen Annas Augen noch größer und leuchtender. Ein wenig Gloss auf die Lippen, einmal schnell das Gesicht gepudert. Fertig! Der Meister nickt zufrieden. Anna begutachtet sich im Spiegel und macht mir lächelnd Platz.

"Haste dir den Kiefer ausjerenkt, oder wat kiekste so?" Erst jetzt merke ich, dass ich Andrés

Verwandlungsaktion staunend mit offenem Mund verfolgt habe. Ich schüttle nur kurz den Kopf, greife nach meinem Glas mit "Secco", lasse mich auf dem Stuhl nieder und schließe ergeben die Augen. Während André mich schminkt, geht mir durch den Sinn, wie unfair ich es finde, dass ausgerechnet schwule Männer weibliche Verschönerungstechniken so perfekt beherrschen. Hat er vielleicht schon als Kind mit Puppen gespielt und sie geschminkt? Ach, ist ja auch egal. Julia, finde dich einfach damit ab, dass André das kann und du nicht. "Augen uff!" Ich gehorche. Überrascht stelle ich fest, dass er bereits bei den Wimpern angekommen ist. Anna reicht mir ihr Glas. "Trinkste meens noch? Ich muss ja jleich fahren, da kommt det nich so jut mit Alkohol im Blut." Bereitwillig nehme ich ihr das Glas ab. Der Berliner Zungenschlag ist mehr als

gewöhnungsbedürftig. Aber bei Anna klingt er sympathisch. Bevor ich austrinken kann, schimmert mein Mund dank Lippenstift und Gloss zartrosa. Zufrieden betrachtet André sein Werk. Bevor ich aufstehe, werfe ich einen Blick auf mein Spiegelbild: Perfekt passend zum Kleid und zu meinem Typ, nicht zu viel, aber an den richtigen Stellen aufgetragen, setzt das Make-up meine Züge vorteilhaft ins rechte Licht. Wenn ich also demnächst mal etwas Größeres vorhabe, weiß ich, vom wem ich mich zurechtmachen lasse.

Als ich aufstehe, fällt mein Blick auf meine Füße.

"Sag mal André, hast du auch eine Idee, was für Schuhe ich dazu anziehen könnte?"

„Det Kleid is so lang, da siehste eh keene Schuhe drunter. Zieh deene an!" Stimmt! Das Kleid schleift leicht über den Boden. Da es weit ausgestellt ist, müsste ich schon Riesenschritte machen, damit man meine Füße sieht.

André macht sich nun selbst zurecht, während Anna und ich schon mal ins Wohnzimmer gehen, um unsere Taschen zu holen.

"Du, Anna", frage ich, "wohin gehen wir eigentlich essen?"

"Na die Fraje fällt dir aber früh een. In irgendeen Schwulenlokal denk ick."

André kommt herein. In der rechten Hand hält er eine Perücke. "Mit oder ohne?" will er wissen.

"Ohne!!!" erwidern Anna und ich wie aus einem Mund.

"Na denn können wa los!"

Anna nimmt Poldi an die Leine und ab geht die Post.

Wir gehen nicht, nein, wir schreiten durch das Treppenhaus des stilvollen Altbaus. Von der stuckumrahmten Decke hängt eine Art Kronleuchter. Die Treppe ist mit einem roten

Kokosteppich ausgelegt. Wie gemacht für uns drei in Abendgarderobe. Komisch, als wir ankamen, ist mir das prächtige Treppenhaus gar nicht so aufgefallen. Aber jetzt, in dieser Ausgehrobe fühle ich mich wie eine Prinzessin. Schade nur, dass der einzige Prinz in unserem Gespann vier Beine hat und an einer Leine geführt wird.

Anna übergibt mir Poldi und wir steigen ins Auto. André setzt sich nach hinten, und zwar so mühelos, als würde er das in diesem Outfit ständig machen. Kein Promi sieht beim Einsteigen in eine Stretchlimousine lässiger aus. Was man von mir nicht gerade behaupten kann.

Ich setze mich zuerst auf den Sitz und ziehe anschließend die Beine ins Auto. Sieht sicher nicht besonders professionell aus, ist aber am praktischsten.

Kaum sind meine Füße drin, habe ich auch schon Poldi auf dem Schoß. Der kleine Racker hat wohl Angst, dass wir ohne ihn losfahren.

Da sich außer mir niemand Gedanken darüber zu machen scheint, dass er das schöne Seidenkleid ruinieren könnte, halte ich den Mund, in der Hoffnung, dass alles heil bleibt.

"Wo jeht die Fahrt denn hin, der Herr?" wendet sich Anna nach hinten an André, als wäre er ein Taxifahrgast. "Eenmal nach Schöneberg in die Fuggerstrasse bitte", spielt er das Spielchen mit.

Anna fährt los.

Mittlerweile hängt mir der Magen buchstäblich auf halb acht, und der "Secco" ist mir merklich zu Kopf gestiegen.

Anscheinend jedoch nicht genug, denn ich verliere von Minute zu Minute mehr den Mut, mal eben in Abendkleidern essen zu gehen. Auch wenn heute Sonntag ist, fühle ich mich doch reichlich overdressed. Mir ist das alles ein wenig peinlich. Es ist nun mal ein Unterschied, derart aufgetakelt in der Wohnung herumzulaufen und rumzualbern, als in solchen Klamotten in der Öffentlichkeit essen zu gehen. Am liebsten möchte ich einen Rückzieher machen.

Die beiden sind ihrerseits sehr still, ob sie das gleiche denken? Irgendwie ist im Moment die Luft raus.

Erst jetzt fällt mir auf, dass ich schon die ganze Zeit Poldis Fell kraule, was ihm gut zu gefallen scheint, denn er schaut nicht mehr aus dem Fenster, sondern liegt ganz entspannt auf meinen Beinen und genießt es, sich verwöhnen zu lassen.

"Sag mal, Anna, welche Rassen haben eigentlich bei Poldi mitgemischt? Er erinnert mich irgendwie an den kleinen weißen Hund aus einer Fernsehwerbung."

"Ja, der war wohl och mit dabee. Er is halt een Strassenköter. Hausnummer eens bis fünfundzwanzig is allet mit dabee."

"Das muss aber eine saubere Straße gewesen sein", sage ich. "Wieso dette?" kommt es von hinten. "Na weil er so weiß ist." Mit dem gemeinsamen Gelächter ist prompt die gute Stimmung wieder hergestellt.
"Da vorne müssen wa links, und denn sind wa och schon da. Kannst denn schon ma nach nem Parkplatz kieken."
Mein Herz schlägt plötzlich schneller. Wir werden die einzigen Gäste in Abendkleidern sein. Vielleicht haben wir ja Glück, und es kommen noch welche aus der Oper oder von einer Galaveranstaltung... Vor meinem geistigen Auge male ich mir aus, was gleich auf mich zukommt: Wir gehen rein, alle schauen von ihren Tellern hoch, starren uns an, aber irgendwann werden sie schon weiter essen, versuche ich mich zu beruhigen.
Anna parkt ein. Poldi setzt sich sofort auf. André ist als erster aus dem Auto. Ich atme tief durch. "Trauste dir och nich so recht auszusteijen?" Ich schüttle den Kopf. "Auf was haben wir uns da nur eingelassen?"
"Keene Ahnung! Aber meen Herzchen bubbert janz schön. Wat meenste, wat die uns ankieken werden?" Anna hat also die gleichen Bedenken wie ich.
André öffnet mir die Tür. "Wat is Mädels? Ick denk, ihr habt Hunger?"

Sogar Poldi zögert. Langsam steigen wir aus und schauen uns um. André geht vor, Anna und ich eng nebeneinander hinterher.

Auf der anderen Straßenseite leuchtet die Neonreklame einer Bar, es sind kaum Leute auf der Straße. Es ist zu kühl, um draußen zu sitzen. Und wir dackeln ohne Jacken hier rum. Mich fröstelt, trotz der Aufregung. Oder gerade deswegen? Ich habe keine Ahnung.

André bleibt stehen. "Da sind wa!"

„Louis Louis Restaurant und Bar", blinkt es über dem Eingang in bunten Leuchtbuchstaben, die zusätzlich von einer Lichterkette umgeben sind. André hält uns die Tür auf. Jetzt heißt es Augen zu und durch.

Anna, Poldi und ich treten ein. Zwar halte ich die Hundeleine, aber der Vierbeiner bleibt dicht neben Anna. André zwängt sich an uns vorbei, um einen dicken Vorhang zur Seite zu schlagen, der vermutlich noch vom letzten Winter stammt. Dahinter bleiben wir erneut stehen. Wir haben gar keine Zeit uns groß umzusehen, denn unsere Aufmerksamkeit wird durch etwas in Anspruch genommen, was auf uns zukommt.

André geht dem "Etwas" entgegen. "Es" ist knapp einsfünfundsechzig klein und schiebt einen dicken Bauch vor sich her. Gekleidet in ein schwarzes Balletttrikot für Mädchen.

Das intensive Pink seines Tutu-Röckchens findet sich sowohl auf seinem Kopf als Perücke wieder, als auch an seinen Plateauschuhen.
Anna und ich werfen uns einen erleichterten Blick zu und müssen grinsen. HIER fallen wir ganz bestimmt nicht auf!
André und der Knubbeltutu begrüßen sich sehr herzlich mit Küsschen rechts und Küsschen links. Er stellt ihn uns als Madame Louis vor, woraufhin wir kaum weniger intensiv abgeknutscht werden als unser Begleiter.
"Willkommen in meiner bescheidenen Hütte, die Damen!" ertönt Louis näselnde Stimme – für eine Ballerina in deutlich männlicher Tonlage, begleitet von einer einladenden Geste in Richtung der eleganten Räumlichkeiten.
Mit einem "Bezaubernd seht ihr aus! Hach, ist das schön, dass ihr da seid" und "Ich liebe schöne Menschen", führt er uns zu einem Tisch.

"Dann nehmt mal Platz ihr Hübschen, die Speisekarte kommt sofort. Sex und Essen sind die schönsten Dinge auf Erden. Da ihr gerade keinen Sex habt, gehe ich davon aus, dass ihr etwas essen wollt. Ihr könnt es ja auch vertragen im Gegensatz zu mir." Bei dieser Bemerkung streicht Louis sich über seinen runden Bauch, dreht sich um und marschiert Richtung Küche davon.

Anna und ich müssen schwer an uns halten, um nicht vor Lachen loszuprusten.

"Benehmt euch, sonst nehm ick euch nie widda mit!" ermahnt André uns.

Ich versuche mich abzulenken, indem ich mich im Raum umschaue.

Er ist nicht besonders groß. Wir sitzen auf einer kleinen Empore mit vier Tischen, dazu kommen im unteren Bereich noch mal acht. Das Restaurant ist gut besucht für einen späten Sonntagabend. Bis auf einen Tisch unten und einen neben uns, sind alle Tische belegt. Selbst an der kleinen Bar an der Wand rechts von uns sind alle Hocker belegt.

Die Einrichtung ist mehr oder weniger rustikal, teils geschmackvoll, teilweise aber auch ein wenig kitschig. An den Wänden finden sich Fotos von Stars und Sternchen aus aller Welt. Unter der Decke drehen sich gemächlich zwei altmodische Ventilatoren. Das Licht ist schummrig, was recht gemütlich wirkt, wohingegen die eine und andere Lichterkette und der bunte Kettenvorhang vor der Küche die kitschige Komponente beisteuern.

Alles in allem erweckt das Lokal den Eindruck, als habe Louis die Einrichtung vom Vorgänger übernommen und versucht, das Beste daraus zu machen, indem er seine persönliche Note hinzufügte.

Ein Kellner bringt die Speise- und Getränkekarten.

Ich habe doch gleich gemerkt, etwas ist hier anders. Zwar tragen die Kellner schwarze Hosen, jedoch fehlt das weiße Hemd, stattdessen präsentiert das Personal nackte, muskulöse Oberkörper, auf denen der Name des jeweiligen Kellners in goldener Schönschrift geschrieben steht.

Eine witzige Idee für ein Restaurant dieser Art: quasi Hooters für Schwule, nur dass hier nichts billig wirkt.

Unser Kellner heißt Philipp. Ich schätze ihn auf höchstens fünfundzwanzig. Er teilt uns in näselndem Tonfall mit, dass er uns durch den kulinarischen Abend begleiten wird. Er empfiehlt das Menü "Afrika" und versichert, uns jeden Wunsch von den Augen abzulesen.

Kaum lässt Philipe uns allein, damit wir in Ruhe auswählen können, bemerkt Anna auch schon: "Wat ich saje, det is die reinste Verschwendung mit die Schwule!" Wie recht sie hat! Ein Kellner sieht besser aus als der andere. Unglaublich gepflegt und muskulös. Aber - "Nicht mein Beuteschema", gebe ich zurück.

Anna sieht mich mit großen Augen fragend an. "Ist zwar ganz lecker anzusehen, aber was sollte ich mit so einem Hering von jungem Burschen? Da müsste ich ja die alte Segelschullehrerin spielen, um dem was beizubringen. Ne, lass mal. Ich stehe mehr auf was Kerniges in meinem Alter."

"Wo se Recht hat, hat se Recht" stimmt André mir zu. "Da sollteste dir mal nen Beispiel dran nehmen, anstatt immer nur über uns Schwule zu jammern. So kriegste nie eenen Mann ab! Und im Übrigen, Mädels, fühlt euch heute Abend ma einjeladen, weil ihr den Spaß mitmacht und mit mir schick essen jeht."

"Na det ist doch mal nen Wort!" freut sich Anna. "Ick würde mir denn och jlatt für det Afrika-Menü entscheiden, det hört sich nämlich jut an." André und ich sind der gleichen Meinung.

Philipp serviert jedem ein Glas Champagner und stellt für Poldi ein Schälchen mit Wasser auf den Boden. Wir geben die Bestellung auf und prosten uns zu. Anna nippt nur. "Sehr lecker! Aber det könnt ihr euch teilen. Ick muss ja noch fahren." Kein Problem für André und mich.

Komisch, die Befangenheit von vorhin ist wie weggeblasen. Wenn man verrückt angezogen ist, geht man halt in verrückte Läden. Ist doch ganz einfach!

André erklärt mir, dass er früher mal bei Louis nebenher gekellnert habe, bevor er hier für die Travestie-Show „entdeckt" wurde. "So zwee bis drei Mal im Monat als Ersatzmann uf der Bühne

reicht mir aber. Schließlich will ick ja och noch en bisschen Freizeit haben".
Wir quatschen noch ein wenig, als auch schon die Vorspeise kommt: Kürbis-Ingwer-Suppe.
Anna bestellt für sich eine Flasche Wasser und dann genießen wir endlich unser Essen.
Die Suppe schmeckt ausgezeichnet, auch das Straußenfilet ist vorzüglich, vom Rotwein dazu ganz zu schweigen.
Poldi hat wie selbstverständlich von Philipp ein paar Leckerli bekommen.
Nachdem wir die Teller geleert haben, lehnen wir uns satt und mit uns und der Welt zufrieden zurück.
"Mann, war det lecker!" stellt Anna fest. André und ich nicken zustimmend. "Aber det Beste kommt noch. Der Nachtisch! Und det is hier wat janz Besonderes. Wartet ma ab!"
Louis kommt höchstpersönlich an den Tisch, um sich zu erkundigen, ob wir zufrieden waren. Nachdem wir dies nachhaltig versichert haben, fragt er André, ob wir das Dessert "spezial" wünschen. Verschwörerisch nickt André ihm zu. Louis schnippt mit den Fingern, und schon stehen Philipp und ein zweiter Kellner an unserem Tisch. Danny, wie ich der Schrift auf seiner Brust entnehmen kann. Danny und Louis räumen ab.

Oh je, was kommt denn jetzt noch? Anna und ich blicken uns mal wieder ratlos an. Aber eigentlich kann uns heute nichts mehr umwerfen. Zumal sich bei mir aufgrund des einen und anderen Glases Prosecco, Champagner und Wein eine angenehme Tiefenentspanntheit eingestellt hat.
Der Tisch ist frei, und mit geschmeidig-elegantem Schwung lässt Danny sich in Rückenlage darauf nieder. Philipp stellt uns die Gläser wieder hin. Louis huscht so schnell er auf den hohen Absätzen kann, in die Küche und kommt umgehend mit drei Tellern zurück. Diese werden von Philipp auf Dannys Brust und Bauch drapiert, inklusive Dessertbesteck. Mit dem Wunsch: "Guten Appetit" lassen sie uns mit der lebenden Tischdekoration allein.
Ich tue so, als wäre diese Extra-Showeinlage das normalste von der Welt und erkundige mich: "Was war das noch gleich für ein Nachtisch?"
"Roibusch-Orangen-Soufflée", gibt die Dessert-Unterlage freundlich Auskunft.
Wir versuchen alle drei, das Lachen zu unterdrücken. An den ruckartigen Bauchbewegungen vor uns können wir sehen, dass auch Danny sich schwer beherrschen muss. Jetzt nur nicht sein Gesicht anschauen, Julia, sonst ist es aus mit deiner Zurückhaltung.
Das Soufflée schwabbelt auf den Tellern wie Wackelpudding.

Danny hält die Teller fest – Achtung, Rutschgefahr!
Wir konzentrieren uns eisern aufs essen, reden nicht, und keiner sieht den anderen an. Auch Danny behandeln wir vorsichtshalber wie Luft. So schafft er es, die Teller ruhig zu halten. André hat als erster fertig gegessen.
"Meene Herren, war det lecker!" Anna und ich lecken uns die Lippen. Louis kommt mit einem schelmischen Lächeln an den Tisch. "Na, ihr drei habt brav vom Teller gegessen. Da ist ja gar nichts danebengegangen." Kaum hat er die Teller abgeräumt, steht Danny genauso galant auf, wie er sich hingelegt hatte.
"So Mädels, det jute Essen verlangt nach nem Absacker. Ick zahle mal schnell, und denn jehen wir noch in die Cocktailbar nebenan, wa?"
Ohne eine Antwort abzuwarten, begibt er sich zu Louis an die Theke, um zu bezahlen. Vermutlich bekommt er nach dem Spezial-Dessert auch einen Sonderpreis von ihm. Anna und ich sind viel zu träge, um zu entscheiden, ob wir noch in die Cocktailbar möchten oder lieber nach Hause, also warten wir, bis André uns vom Tisch abholt. Mit einem "Auf jeht's, Mädels" und einer einladenden Handbewegung komplimentiert er uns zum Ausgang. An der Tür wartet Louis und verabschiedet jeden von uns mit einer Umarmung in seiner tuntigen, humorvollen Art,

nicht ohne uns zu versprechen, dass wir jederzeit willkommen seien. Auch Poldi wird nicht vergessen und bekommt mit viel Tamtam noch ein Leckerchen.

Nur zwei Häuser weiter ist die Cocktailbar, natürlich eine Schwulenbar. Das schummrige Licht lässt die geschmackvolle Einrichtung nur erahnen. Der Raum ist mit viel Liebe zum Detail eingerichtet. An den Wänden hängen jede Menge Bilder in alten verschnörkelten Rahmen, dazwischen kleine goldfarbene Wandlampen. Hinter der Theke steht ein antiker zweitüriger Schrank, dessen Türen weit geöffnet sind. Sämtliche Spirituosen, die eine gute Bar braucht, sind darin untergebracht.

Neben dem Tresen befindet sich auf einer kleinen Empore eine Eckbank mit dicken Lederpolstern. André steuert schnell darauf zu, um uns die begehrte Sitzecke zu sichern. Es stehen noch Gläser auf dem Tisch; kaum haben wir Platz genommen, kommt auch schon ein Kellner, stellt die Gläser auf sein Tablett und lässt uns die Getränkekarten da.

Hin und her gerissen, ob ich um diese Uhrzeit an einem Sonntagabend noch mehr Alkohol vertrage, schwanke ich zwischen einem alkoholfreien Cocktail und einem Between the Sheets. "Was trinkst du denn Schönes?" erkundige ich mich bei André. "Ick nehme einen

Sex on the Beach, und du?" "Ich glaube, etwas Alkoholfreies wäre vernünftig."

"Ach wat! Et reecht doch, wenn eener nüchtern bleibt, det is ja sonst reene Verschwendung!" mischt Anna sich ein, ohne den Barmann aus den Augen zu lassen .

"Wat du immer mit deene Verschwendung hast", sagt André kopfschüttelnd.

"Na, aber et is doch so! Jetz kiek dir ma den Typ hinter der Bar an! Jroß, schlank, blaue Augen, blonde Haare. Der hat echt Ausstrahlung. Und wat is, er arbeitet in ner Schwulenbar. Det is doch nu mal Verschwendung, wat Julia?"

Bevor ich antworten kann, schlüpft André wieder in seine tuntige Rolle und wirft mit einer unnatürlich femininen Handbewegung ein: "Na den kannste ruhig mal anbaggern, det is bestimmt ne Hete, der hat mich schon fünf Mal abblitzen lassen!"

Der Kellner kommt an unseren Tisch, um die Bestellung aufzunehmen. André ordert für mich einen Between the Sheets, für Anna einen alkoholfreien Cocktail namens Virgin Pina Colada, und für sich einen Sex on the Beach. Dabei versucht er, mit dem gutaussehenden jungen Mann zu flirten. Doch der schaut nur Anna und mich an, übergeht die Situation mit einem unsicheren Lächeln und verschwindet samt unserer Bestellung schnell wieder. Viel zu schnell

aus meiner Sicht, denn der Laden ist nicht wirklich voll. Kein Wunder, es war ja auch schon sehr spät. Oder sollte ich eher sagen, sehr früh?
Unsere Getränke werden gebracht. Wir stoßen auf den schönen Abend an. "Leute, nicht böse sein, aber das ist mein letzter Drink heute, sonst sehe ich morgen aus, wie ein Frosch der nicht kacken kann!" Oh, der Cocktail hinterlässt mittlerweile Spuren in meinem Gehirn.
Anna nickt gähnend. Der kleine Ausrutscher mit dem „k"- Wort scheint für die beiden nichts Ungewöhnliches zu sein.
Während wir angesäuselt an den Strohhalmen unserer Cocktails rumnuckeln, unterhalten wir uns darüber, was uns in der kommenden Woche bei der Arbeit erwartet.
Anna muss neue Mitarbeiter einstellen und hat mehrere Vorstellungsgespräche, auf die sie sich vorbereiten muss. André und ich müssen noch einige Angebote für Kunden schreiben. Mir steht die Ausarbeitung für ein großes Büro mit einem anspruchsvollen Architekten bevor.
Schade, das Flair des Abends ist dahin. Nun sitzen wir übermüdet in unseren tollen Kleidern da, wie drei Diven, die ihre besten Jahre hinter sich haben. Fehlen nur noch die Mascara verschmierten Augen. Aber dank Andrés hochwertigen Kosmetika und der beachtlichen

Körperbeherrschung, uns die müden Augen nicht zu reiben, sehen wir immer noch perfekt aus.

Um all dies braucht Poldi sich keine Gedanken zu machen. Fest schlafend liegt er neben Anna auf dem Boden. Ab und zu zucken seine Pfoten ein wenig. Vielleicht läuft er im Traum gerade hinter einer hübschen weißen Pudeldame mit rosa Schleifchen auf dem Kopf her.

Gerade will ich mein Portemonnaie hervorkramen, da signalisiert André dem Kellner, dass wir bezahlen möchten.

"Das wollte ich eigentlich übernehmen", wende ich ein.

"Beim nächsten Mal. Ick sach doch, ihr seid eenjeladen!" Ich bin zu müde, um zu widersprechen.

Er zahlt und wir brechen auf. André startet einen letzten Flirtversuch, aber auch diesmal ohne Erfolg. "Komm Poldi! Jetz jehts nach Hause. Frauchen muss och Heia machen."

Die frische Luft tut mir gut. Der Cocktail hatte es in sich. Auch André wirkt auf dem Weg zum Auto leicht angeschlagen. "Der Kellner ist überhaupt nich uf meenen Flirt eenjejangen! Wat hab ick denn falsch jemacht? Ick meene, der hätte ja wenigstens mal lächeln können, wa?"

"Ach André! Was erwartest du, wenn du komplett aufgetakelt mit zwei aufgebrezelten Frauen losziehst? Er hat ja gelächelt. Nur halt

etwas verwirrt. Geh doch einfach noch mal in normalen Klamotten und ohne uns in die Bar", versuche ich ihn zu trösten.
Am Auto angekommen, übergibt Anna mir die Hundeleine. Wieder lässt André mich vorne sitzen. Wobei ich schon fast den Verdacht habe, dass er das nur macht, weil er Poldi nicht auf dem Schoß sitzen haben will.
Der Hund macht es sich auf meinen Beinen bequem und ich fange an ihn zu kraulen. Das artet schon fast zur Gewohnheit aus.

Was piepst denn da so laut? Und warum wird das immer lauter? Ich will meine Ruhe haben. Drei Fragen schwirren mir durch den Kopf:
Was ist so laut? Wo bin ich? Warum schmerzt mein Kopf?
Das Geräusch kommt mir irgendwie bekannt vor. Es hört sich an wie mein Wecker. Es ist mein Wecker!!! Das heißt also, dass ich in meinem Bett liege. Damit wäre die Frage, wo ich bin, geklärt.
Mit geschlossenen Augen versuche ich den Wecker zu ertasten. Ich kann ihn nicht finden! Muss ich tatsächlich die Augen aufmachen? Ich versuche es. Autsch! Das tut weh im Kopf... Ha! Da ist ja der Radaubruder! Ich haue drauf und endlich ist Ruhe.
Die Nacht kann doch nicht schon vorbei sein. Muss ich wirklich schon aufstehen?

Warum habe ich Kopfschmerzen? Ich hatte so einen lustigen Traum: Anna, André und ich hätten uns tolle Kleider angezogen und waren in einem schönen Restaurant essen.
Ich versuche, langsam die Augen zu öffnen. Was hängt denn da an meinem Schrank? Ein rotes Kleid? Wie lustig! Julia, mach schnell die Augen zu und träume von einem Prinzen. Vielleicht hängt der auch am Schrank...
Ich versuche ernsthaft aufzuwachen, was mit Kopfschmerzen nicht so einfach ist.
War ich wirklich letzte Nacht unterwegs? Langsam kommt die Erinnerung zurück. Wie harmlos alles anfing: Anna holt mich ab, wir albern bei André herum und probieren Klamotten an. Wir gehen verkleidet bei dem runden Louis essen, haben Spaß und trinken viel Wein. Ach ja, und anschließend noch einen Cocktail in der Bar, der es ordentlich in sich hatte. Es war also kein Traum! Daher auch die Kopfschmerzen! Und das Kleid!
Verzweifelt werfe ich einen Blick auf meinen Wecker. Halb sieben! Vier Stunden Schlaf sind definitiv zu wenig. Warum müssen Wecker so grausam emotionslose Geräte sein?
Kaum sitze ich auf der Bettkante, höre ich das Telefon klingeln.
Nein! Nicht das auch noch! Nicht um diese Uhrzeit! Mit schweren Knochen und

schmerzendem Kopf schleiche ich durchs Schlafzimmer. Wer traut sich überhaupt, mich um diese Zeit anzurufen? Von meinen Mädels würde das keine wagen. Außerdem sind die am frühen Morgen selber meist noch nicht in der Lage zu sprechen. Außer Alex natürlich. Gut, bei drei Kindern lässt sich das nicht vermeiden.

Meine Augen sind nur so weit geöffnet, dass ich durch einen kleinen Schlitz schemenhaft Konturen erkennen kann. Reiner Selbstschutz, um erstens nicht vor eine Wand zu laufen und zweitens nicht so viel Licht in die Augen zu kriegen. Das Klingeln wird lauter. Träge blinzle ich das Telefon an.

Da erkenne ich die Nummer auf dem Display. Mama! Schnell greife ich zum Hörer. "Hallo Mama! Ist was passiert?"

"Das wollte ich dich gerade fragen. Du bist ja nie erreichbar! Hast sage und schreibe zwei Telefone und gehst trotzdem an keines ran. Ich mache mir Sorgen! Den ganzen Abend habe ich es gestern versucht. Jetzt blieb mir nichts anderes übrig, als dich frühmorgens aus dem Bett zu schmeißen."

"Aber warum hast du mich denn nicht auf dem Handy angerufen?"

"Weil da immer nur eine Ansage kommt, ich solle dir eine Nachricht hinterlassen, du seist nicht erreichbar."

"Aber Mama, du weißt doch, dass es mir gut geht. Ich schicke dir jede Woche eine Ansichtskarte mit einer anderen Sehenswürdigkeit von Berlin."
"Ja ja, Papier ist geduldig. Aber damit hast du mich auf den Geschmack gebracht. Ich möchte mir das Brandenburger Tor und alles andere gern mal in natura ansehen."
"Und das heißt?" frage ich stirnrunzelnd, was meinem Kopf gar nicht gut bekommt.
"Da du deine Mutter bisher nicht eingeladen hast, lädt die sich eben selber bei dir ein. Ich komme am Freitagabend mit dem Zug, und würde mich freuen, wenn meine Tochter mich am Bahnhof abholt."
"Aber...aber ich bin ja grade erst umgezogen. Du tust so, als hättest du mich Monate nicht gesehen", stammle ich.
"Ach Julchen, ich habe nicht eher Ruhe, bis ich mich selbst davon überzeugen kann, dass du nicht in so einer Bruchbude wohnst, wie man sie im Fernsehen sieht", erwidert meine Mutter taktisch klug.
Ich gebe mich geschlagen. "Nein, Mama, ich habe eine schöne Wohnung, und die zeige ich dir am Wochenende, einverstanden?"
Nachdem sie erneut beteuert hat, wie sehr sie sich darauf freue, legen wir auf. Mit gemischten Gefühlen starre ich noch einige Sekunden auf

den Apparat, dann schleppe ich mich in die Dusche.

Unter der heißen Brause denke ich über meine Mutter nach. Sie hatte es nie einfach. Mit einer strengen Mutter im Nacken, um die sie sich immer gekümmert hat, aber nie einen Dank dafür bekam, zog sie als junge Witwe meinen Bruder und mich praktisch allein groß. Vor zwei Jahren hatte sie einen leichten Schlaganfall. Aber abgesehen davon, dass sie seither einen Stock als Gehhilfe braucht, ist sie soweit wieder fit. Vor allem hat sie ihren Humor nicht verloren.

Mein Bruder ist zehn Jahre älter als ich. Aufgrund des Altersunterschieds hatten wir wenig gemeinsame Interessen. Zwar ist er verheiratet, legt aber nicht viel Wert auf familiären Kontakt. Für meine Mutter war ich quasi ein verspätetes Wunschkind.

Natürlich kann ich verstehen, dass sie mich unbedingt besuchen will, aber muss das unbedingt am kommenden Wochenende sein?

Um endgültig wach zu werden, beiße ich die Zähne zusammen und stelle den Wasserregler auf blau. Verdammt, ist das kalt! Zur Belohnung kehren meine Lebensgeister wieder zurück. Jetzt im Eiltempo ab in die Klamotten und auf zur Arbeit.

Auf dem Weg springe ich noch schnell in die Apotheke, um etwas gegen die Kopfschmerzen zu holen.

André erwartet mich bereits und sieht in bewundernswerter Frische aus, als hätte er einen mindestens achtstündigen Schönheitsschlaf hinter sich. "Wie kannst du nach dieser Nacht so super aussehen?" Ich starre ihn ungläubig an.

"Oh, Madame is nich jut druff, wie? Eenen wunderschönen juten Morgen erst ma. Wenn de immer so mies jelaunt bis, wenn de mal wenig jeschlafen hast, denn nehm ick dir nich mehr mit, wa?"

"Entschuldige, ich wünsche dir auch einen schönen guten Morgen. Meine Mutter hat mich in aller Herrgottsfrühe aus dem Bett geklingelt, um mir mitzuteilen, dass sie mich am Wochenende besuchen will."

"Na det is doch wunderbar, für die hab ick bestimmt och noch nen Kleidchen über, und denn jehen wir feen mit ihr aus."

"Ja sicher, du Spaßvogel! Vermutlich würde sie dann ganz bei mir einziehen, und mich nicht mehr vor die Tür lassen. Aber du hast meine Frage nicht beantwortet, wieso du so unverschämt fit aussiehst?"

"Janz eenfach, ick hab mir die Nacht noch ne Maske jemacht und ufs Jesicht jeschmissen. Kann ick nur empfehlen."

Kaum zu glauben. Ich war mal eben halbwegs in der Lage, mich auszuziehen und mir die Zähne zu putzen, und André hatte sich noch eine Gesichtsmaske gemacht? Das nennt man Disziplin. Die hatte ich nun wirklich nicht! Zumindest nicht in solch einer Nacht.
"André, ich werfe schnell eine Tablette gegen meine Kopfschmerzen ein, und dann werde ich mal versuchen, mich in die Arbeit zu stürzen."
"Arme Julia, du musst noch viel lernen. Det musste och nachts schon machen, dann haste erst jar keene Schmerzen am nächsten Tag. Det weeß doch jeder!" Kopfschüttelnd ging er zu seinem Schreibtisch.
Was sagt man dazu? Auf dem Land geht man früh ins Bett, wenn man am nächsten Morgen arbeiten muss. Der ausgeherprobte Berliner macht sich dagegen, bevor er um die Häuser zieht, ein Nachtpaket, geschnürt mit Cremes, Kopfschmerztabletten und ich weiß nicht was noch alles, um nachts, wenn er nach Hause kommt, noch in die "Maske" zu gehen. Ich setze mich um eine Erfahrung reicher an meinen Platz und lege los.

Die Woche lief, trotz anfänglicher Konzentrationsprobleme, sehr gut.
Dank der schnellen Bearbeitung der Angebote hatte ich schon drei Auftragsbestätigungen

erhalten. Auch der anspruchsvolle Architekt bat um einen Termin zur Besprechung des Angebots für das Büroprojekt - vermutlich in der Absicht, sich jede Position darin einzeln erklären zu lassen, um anschließend den Preis herunterzuhandeln - eine anstrengende Prozedur, die aber in der Regel bedeutet, dass man den Auftrag so gut wie in der Tasche hat.

André hatte mir Anfang der Woche den Rücken freigehalten, indem er einige Kunden für mich übernommen hatte. Dafür hatte ich ihn beim Erstellen von Angeboten unterstützt. Wir wuchsen mehr und mehr zu einem gut funktionierenden Team zusammen. So machte die Arbeit Spaß, zumal es auch mit den übrigen Kollegen stressfrei lief.

Ansonsten gab es keine besonderen Vorkommnisse. Nachdem ich montags früh im Bett war, um einiges an Schlaf nachzuholen, habe ich am Dienstag auf dem Heimweg zwei Karten für ein Theaterstück mit Herbert Herrmann besorgt. Auf den steht Mama total. Da mir ohnehin keine andere Wahl blieb, habe ich mich damit abgefunden, dass sie mich am Wochenende besucht. Es gab nur noch Karten in der besten und der schlechtesten Kategorie, also habe ich mich für die teuren Karten entschieden. Vierte Reihe, da wird Mama aber staunen.

Mittwoch habe ich schon mal die Wohnung auf Vordermann gebracht, denn ich habe keine Lust, mir ellenlange Vorträge über Sauberkeit und Hygiene anzuhören.

Donnerstagabend rief Moni an. Sie wollte mal nachfragen, ob ich mich gut eingelebt hätte. Es habe ihr sehr viel Spaß gemacht, bei meinem stressfreien Umzug zu helfen und sie freue sich schon auf die Einweihungsparty.

Oh je, darüber hatte ich noch gar nicht nachgedacht. Eine Einweihungsparty! Na ja, das hatte noch Zeit. Jetzt kommt erst mal meine Mutter, und nächstes Wochenende meine Freundin Alex. Wenn das so weitergeht, bin ich bis Weihnachten ausgebucht.

Aber einen Vorteil brachte das Mama-Wochenende mit sich: es würde abends nicht so spät werden, und somit etwas erholsamer.

Gerade will ich mich auf den Weg zum Bahnhof machen, um sie abzuholen, da klingelt mein Telefon.

"Hi Julia! Ick wollte nur ma fragen, ob deene Woche och so lang war?" erkundigt sich Anna.

Ich erzähle ihr, dass die letzten Tage eigentlich sehr schnell vergangen sind, dazu auch noch recht erfolgreich waren, und erkundige mich nach ihren Bewerbern.

"So richtig viel jescheites war da nich dabee, aber schaun wa ma. Am Montag hab ick noch zweie,

vielleicht wird det ja noch wat. Sach ma, haste am Wochenende vielleecht Lust mit Poldi und mir ma ne Runde an die Spree zu jehen? Wir müssen uns ja nich jleech wieder die janze Nacht um de Ohren knallen."
"Sorry, Anna, aber das geht leider nicht. Meine Mutter hat sich übers Wochenende bei mir eingeladen. Ich wollte gerade zum Bahnhof, um sie abzuholen."
"Auweia, du Arme, dann haste ja schon widda een anstrengendes Wochenende vor dir."
"Na ja, zumindest werden die Nächte nicht so lang. Ich musste meiner Mutter nämlich versprechen, dass ich nach dreiundzwanzig Uhr nicht mehr alleine unterwegs bin. Was natürlich absoluter Quatsch ist. Aber so sind Mütter halt! Weißt du was, ich wollte Sonntag mit ihr zum Schloss Sanssouci fahren. Komm doch mit, da hat Poldi bestimmt genug Auslauf."
Nachdem ich klären konnte, dass sie auch ganz sicher nicht störe, stimmt Anna mit dem Kommentar: "Jut, denn sieht Poldi och mal wat anderes" zu. Wir verabredeten uns für elf Uhr.
Prima! Nach einem ganzen Tag mit meiner Mutter geht mir nämlich in der Regel der Gesprächsstoff aus. In Begleitung der redseligen Anna wäre dieses Problem behoben. Gut eingefädelt, Julia!

Jetzt aber flott zum Bahnhof. Wenn ich nicht trödle, schaffe ich es sogar noch zu Fuß. Ein Blick auf die Uhr verrät mir, dass ich noch knapp dreißig Minuten Zeit habe.

Dort angelangt, gibt es kaum ein Durchkommen. Ich bin aufs Neue beeindruckt von den Menschenmassen, die dicht an dicht die Bahnsteige belagern. Die meisten warten mit viel Gepäck auf ihren Zug, um das Wochenende fern ihrer Heimatstadt zu verbringen.

Wo die wohl alle hin wollen? Ins Grüne? Oder in einer anderen Stadt Freunde besuchen? Einige scheinen ebenso wie ich jemanden abholen zu wollen.

Hier und da steht ein Mann mit Blumen in der Hand und wartet auf seine Liebste. Und wen hole ich ab? Meine Mutter!!!

Ich kämpfe mich zum richtigen Gleis durch. Je näher ich an die Schienen komme, desto schwieriger und gefährlicher wird es. Hier muss man schwer aufpassen, dass man nicht versehentlich auf die Schienen geschubst wird. Der Zug ist noch lange nicht da, aber jeder will in der vordersten Reihe stehen.

Aha, die Stimme aus dem Lautsprecher kündigt den ICE von Köln nach Berlin an. Und das ohne Verspätung. Das nenne ich einen Glückstreffer. Das passiert mir nie! Aber wenn meine Mutter reist … Vermutlich hat sie so lange den Schaffner

bearbeitet, dass sie ihre arme kleine Tochter, die mutterseelenallein in Berlin wohnt, dringend vor den Gefahren der Großstadt retten muss, dass der, vor lauter Mitgefühl, dem Zugführer befohlen hat, durch alle Bahnhöfe durchzufahren.
Nein! So schlimm war sie nicht. Eigentlich war sie ja ganz lieb. Eigentlich...
Kaum fährt der Zug ein, wird das Gerangel um die erste Reihe noch heftiger. Eingequetscht zwischen Rollkoffern und Reisetaschen verteidige ich einen Fleck, der nicht größer ist als meine Füße. Von hinten wird gedrängelt und geschoben ohne Ende. Der ICE ist so lang, dass es aussieht, als würden die ersten Waggons den Bahnhof schon wieder verlassen.
Endlich bleibt er stehen. Die Türen öffnen sich. Ein Schwung Reisender steigt aus und die wartende Menge macht Gott sei Dank Platz. Ich reihe mich in die Aussteigenden ein und gehe im Gleichschritt mit. Achtung, gleich bin ich wieder an der Rolltreppe. Kann man hier denn nie seinen eigenen Weg gehen, anstatt dauernd im Strom mit zu schwimmen? Wie um Himmels Willen, soll ich hier meine Mutter finden, geschweige denn zu ihr durchdringen?
Aus dem Lautsprecher ertönt eine Durchsage: "Frau Julia Soltau, bitte gehen Sie zu Gleis drei,

Wagen vierunddreißig. Sie werden dort erwartet."
Als ich meinen Namen höre, halte ich verdutzt an. Rums! Da habe ich auch schon den Hintermann im Kreuz hängen. "Sie können hier nicht einfach stehenbleiben", empört sich der Herr hinter mir. "Doch das kann ich! Ich kann sogar gegen den Strom gehen", erwidere ich entschieden und zwänge mich in Gegenrichtung durch die Menge verständnisloser Passanten. Wie peinlich ist das denn, dass ich ausgerufen werde? Gut, dass mich hier keiner kennt.
Der Bahnsteig leert sich, und endlich erkenne ich meine Mutter, die neben einem Schaffner vor Wagen vierunddreißig steht. "Ah, da ist ja meine Tochter! Vielen Dank, dass Sie mit mir gewartet haben", höre ich sie höflich sagen. Und zu mir: „Ich dachte, ich hätte dich zur Pünktlichkeit erzogen!" Weil sie mich unmittelbar darauf innig umarmt, hat sie den letzten Satz wohl nicht so streng gemeint, wie er sich angehört hat. Wahrscheinlich hatte sie einfach nur Angst, ihre Tochter inmitten der vielen Menschen zu verfehlen.
"Hallo Mama! Willkommen in Berlin", begrüße ich sie und nehme ihr den Koffer ab.
Nebeneinander gehen wir zur Rolltreppe. Sie berichtet munter, wie angenehm die Fahrt war, und dass das Zugfahren mit früher gar nicht zu

vergleichen sei. "Der ICE ist so komfortabel." Ja, wenn man selten reist, und auch noch das Glück hat, den Anschlusszug zu erwischen, kann das Reisen mit der Bahn angenehm sein.
Ich beschließe, uns für den Nachhauseweg ein Taxi zu spendieren.
Auf dem Weg zum Taxistand fragt sie mich, was wir heute Abend noch unternehmen wollen.
"Heute Abend? Es ist neun Uhr. Du gehst doch immer früh ins Bett."
"Ja, aber doch nur, weil bei uns nichts los ist. In Berlin ist doch sicher immer Halligalli!"
Das Wochenende scheint möglicherweise anstrengender zu werden als erwartet.
"Lass uns erst mal mit dem Taxi zu mir nach Hause fahren, dann sehen wir weiter."
Nach kurzer Fahrt vor meinem Haus angekommen, bleibt meine Mutter stehen und verschafft sich einen Eindruck von der Umgebung. "Das sind wirklich schöne Häuser. Ich hätte nicht gedacht, dass Altbauten soooo viel Charme haben können."
"Warte mal ab, bis du morgen bei Tageslicht die schönen Verzierungen sehen kannst. Komm, wir gehen erst mal rein."
Vor dem Fahrstuhlgitter im Hausflur bleibt sie stehen. "Mit dem alten Ding soll ich fahren? Dieser Fahrstuhl ist ja älter als ich!"

"Ne, ne, es ist nur das Gitter, was so alt ist. Dahinter verbirgt sich ein nagelneuer Aufzug, der regelmäßig gewartet wird", antworte ich schmunzelnd, während ich das Gitter und die moderne Tür dahinter öffne.
Wir treten ein und ich drücke auf die vier. Meine Mutter sieht sich skeptisch um.
"Keine Angst, Mama. Wir bleiben schon nicht stecken!"
Kaum habe ich den Satz ausgesprochen, setzt sich der Aufzug mit einem Ruck in Bewegung. Nach gefühlten fünf Minuten kommen wir ohne besondere Vorkommnisse oben an.
Ich führe meine Mutter voller Stolz durch meine schöne Wohnung. Schließlich beruht die Einrichtung ganz auf meinen eigenen Ideen, bis auf die Küche, die schon eingebaut war.
"Was für eine schöne Küche!" staunt meine Mutter. "Aber leider die reinste Verschwendung, so wenig wie du kochst!" Da war es wieder, Annas Lieblingswort. Na, die beiden würden sich am Sonntag früh genug kennenlernen, um sich ausgiebig über alle Arten von Verschwendung austauschen zu können.
Von "ihrem" Zimmer ist Mama ganz besonders angetan. "Das ist mal ein Gästezimmer! Und wie schön unser altes Ehebett hier reinpasst. Und das alte Kanapee. Ein Jammer, wenn du die Möbel damals weggeworfen hättest."

Ich protestiere. "Von wegen ich! Du wolltest die Möbel damals zum Sperrmüll geben! Ich musste um jeden Zentimeter im Keller kämpfen, um die Sachen einzulagern, nur weil du sie nicht mehr sehen konntest, als du dir neue Möbel angeschafft hast."
Wochenlang hatte ich mir seinerzeit die Frage anhören können, was ich bloß mit den alten Sachen anfangen wolle, die doch nur Platz wegnehmen würden, bis sie irgendwann auf dem Sperrmüll landen würden.
"Da hatte das Sofa auch noch keinen neuen Bezug wie jetzt. Und das Holz war nicht aufpoliert. Wenn du das für mich so schön hergerichtet hättest, dann hätte ich es auch behalten."
Wieso geben Mütter einem immer das Gefühl, dass man nicht genug für sie tut?
Sie war damals nicht davon abzubringen gewesen, neue Möbel zu kaufen, weil sie unbedingt modern eingerichtet sein wollte und die alten Sachen nicht mehr sehen konnte.
Nachdem die Wohnung besichtigt, und der Koffer ausgepackt ist, sitzen wir mit einem Glas Wein auf dem Balkon.
"Na, Mama, ist dir das hier genug Halligalli, oder möchtest du dich noch ins Nachtleben stürzen?"
"Ach ne, lieber nicht, hier gibt's ja so viel zu gucken. Lass uns mal zu Hause bleiben. Morgen

ist auch noch ein Tag. Jetzt erzähl mir noch ein bisschen von deiner Arbeit und den Kollegen."
Nur nicht zugeben, dass sie hundemüde ist, denke ich im Stillen. Genau wie ich als Kind. Ich kann mich noch gut daran erinnern, wie meine Mutter jeden Abend versucht hat, mich zum Schlafengehen zu überreden.
"Mädchen, du verpasst heute nichts mehr. Wenn noch was Spannendes passieren sollte, erzähl ich es dir morgen früh", hat sie immer gepredigt. Aber ich hatte wohl Angst, sie würde etwas Wichtiges auslassen, und bin deshalb regelmäßig auf dem alten Kanapee eingeschlafen. Irgendwann war es dann nicht mehr so spannend, bei Muttern zu hocken. Freundinnen kamen zu Besuch, irgendwann die ersten Jungs, später dann mein erster Freund. Da hätte meine Mutter sicher gerne bei mir auf dem Sofa gelegen, um nichts zu verpassen. Denn sie ging nicht eher zu Bett, als bis ich wieder alleine war. Meist schlief sie irgendwann ein. Wenn mein Freund gegangen war, weckte ich sie und sagte: "Heute Abend verpasst du nichts mehr. Und falls noch irgendetwas passiert, erzähle ich es dir gleich morgen." Doch in diesem Punkt hatte sie wohl genauso wenig Vertrauen zu mir, wie ich einige Jahre zuvor.
"Julchen, träumst du?" reißt sie mich aus meinen Gedanken.

Ich erwidere, dass ich gerade an früher gedacht habe. Diese Bemerkung löst eine vergnügte Plauderei über alte Zeiten aus, über den einen oder anderen Streich, den wir uns gegenseitig gespielt haben, und über die vielen kleinen Kabbeleien zwischen meinem Bruder und mir, über die wir heute von Herzen lachen können.
Überrascht stelle ich fest, dass es schon fast Mitternacht ist. Wir beschließen, ins Bett zu gehen, bevor wir noch beide, aus Angst etwas zu verpassen, auf dem Balkon einschlafen.

Ich werde von ungewohnten Geräuschen wach - die kommen nicht von draußen, sondern aus meiner Küche! Ich halte die Luft an.
Ein Einbrecher? In meiner schlaftrunkenen Phantasie wühlt ein schwarzgekleideter Mann mit Strumpfhose über dem Kopf in meinen Schränken herum. Aufrecht sitze ich im Bett und lausche.
Die Kaffeemaschine gurgelt leise. Ein Bösewicht würde sich bestimmt nicht in aller Ruhe einen Kaffee kochen während er nach, bei mir nicht vorhandenen Wertsachen sucht, oder?
Nein, sicher nicht! Ach so, ich habe Besuch. Das ist meine Mutter, die in der Küche herumwerkelt. Wieso muss ich mich eigentlich jeden Morgen neu orientieren?

Ich lasse mich in die Kissen zurücksinken, und werfe nebenbei einen Blick auf den Wecker. Du lieber Himmel! Es ist neun Uhr! Hatte ich das Klingeln nicht gehört?

Langsam quäle ich mich aus dem Bett und schleiche in die Küche. Da sitzt sie mit dem Rücken zu mir und liest Zeitung. "Wow! Du warst aber schon fleißig!" staune ich. Blitzartig lässt sie die Seiten fallen und dreht sich zu mir um. "Jetzt hast du mich aber erschreckt!"

Da wären wir heute schon zu zweit!

"Und du hast schon Brötchen geholt. Bist du aus dem Bett gefallen?"

"Allerdings! Da war ich froh, dass Nachbars Gockel weit weg ist, jetzt wecken mich hier die Kirchenglocken. Nächste Nacht bleibt das Fenster zu!"

Das kam mir irgendwie bekannt vor.

Nachdem sie mir ganz genau auseinandergesetzt hatte, wie schrecklich es war, alleine in den wenig vertrauenswürdigen Fahrstuhl zu steigen, frühstücken wir erst mal in aller Ruhe.

"Woher wusstest du eigentlich, wo der Bäcker ist?" frage ich kauend.

"Ich habe mir doch gestern Abend die schönen Häuser angesehen. Dabei habe ich das Bäckereischild drei Häuser weiter entdeckt. Übrigens sehr freundlich, die Dame beim Bäcker. Sie kennt dich sogar."

Jetzt bleibt mir doch fast das Ei im Hals stecken!
"Hast du sie etwa über mich ausgefragt?" bringe ich halb erstickt hervor. Ausgefragt habe sie sie nicht, wie ich bloß auf diesen Gedanken käme.
"Ich habe lediglich erwähnt, dass ich meine Tochter in Berlin besuche, dass du nur drei Häuser weiter wohnst, und dass du sicher jeden Morgen bei ihr vorbeikommst, weil du zu faul bist, dir ein Brot zu schmieren. Was sie mir prompt bestätigt hat."
Typisches Dorfgequatsche! Das mir in diesem Moment derart peinlich ist, dass ich kurz in Erwägung ziehe, mir einen neuen Bäcker zu suchen.
"Die arme Frau ist schon fünfundsechzig und muss sogar am Sonntag arbeiten. Ihr Mann ist vor zwei Jahren ganz plötzlich gestorben, und jetzt steht sie mit der Bäckerei ganz alleine da."
Nach diesem mehr als ausführlichen Informationsaustausch an der Ladentheke zu urteilen, muss meine Mutter sehr früh aufgestanden sein.
Das restliche Frühstück verläuft eher schweigend. Ich erkundige mich, ob sie in ihrem alten Bett denn gut geschlafen habe, was sie bejaht. Aber natürlich muss sie extra noch einmal darauf hinweisen: "Bis die Kirchenglocken mich geweckt haben."

Nach der Aktion beim Bäcker habe ich keine Lust, mich dafür zu entschuldigen, dass ich sie nicht vor der Kirche in meiner Nachbarschaft gewarnt habe.
Eine Schweigeminute später fragt sie mich, was wir heute unternehmen wollen.
"Sightseeing."
Während meine Mutter den Tisch abräumt und die Küche wieder auf Vordermann bringt, husche ich schnell unter die Dusche. Wie jeden Morgen fällt es mir schwer, in die Gänge zu kommen. Also entschließe ich mich, nach dem Abseifen den Regler mal wieder auf blau zu stellen. Mir bleibt die Luft weg - Schnappatmung. Aber nun bin ich wach.
Schnell die Haare föhnen und anziehen. Als ich aus dem Bad komme, steht meine Mutter ausgehfertig im Flur.
"Ich weiß zwar nicht, wo's hingeht, aber ich will nicht den halben Tag in der Wohnung hocken. Außerdem scheint die Sonne, was im Sauerland um diese Jahreszeit nicht allzu oft vorkommt."
Während ich mir die Schuhe anziehe, überlege ich, ob es sinnvoller ist, mit dem Taxi zum Schloss Charlottenburg zu fahren; von dort startet eines der vielen Sightseeing-Schiffe, mit dem ich geplant hatte, meiner Mutter Berlin zu zeigen.

Mit dem Bus zu fahren würde knapp werden, zumal wir auch noch umsteigen müssten. Das Risiko, das Schiff zu verpassen ist mir zu groß. Also Taxi!
Wir schwingen uns in den Fahrstuhl. Meine Mutter blickt mich fragend an. "Verrät meine Tochter mir, wo die Reise hingeht?"
"Ich hatte an eine Stadtrundfahrt gedacht."
Ein wenig euphorisches "Aha" kommt ihr über die Lippen.
"Du wolltest dir doch die Stadt ansehen", versuche ich sie aufzumuntern. "Und zu Fuß schaffen wir das niemals an einem Tag."
"Ja, natürlich möchte ich was von Berlin sehen, aber doch nicht in einem vollgestopften, stickigen Touristenbus."
Gut, dass ich aus einer Infobroschüre extra diese Schiffstour ausgesucht habe. Die Brückentour. Sie führt über die Spree und den Landwehrkanal. Aber das behalte ich vorerst für mich und lasse sie noch ein wenig schmoren.
Unten angekommen, winke ich nach einem Taxi. Meine Mutter schaut mich fragend an, als ich dem Fahrer das Ziel nenne, hakt aber nicht weiter nach.
Nach knapp zehn Minuten sind wir am Ziel. Ich zahle, und wir steigen direkt am Schiffsanlegeplatz aus, wo im gleichen Moment der Dampfer anlegt. Das nenne ich Timing.

"Ta ta ta taaaa", verkünde ich mit einer einladenden Handbewegung, "hier kommt das Schiff für Ihre exquisite Stadtrundfahrt. Darf ich bitten, Frau Soltau?"
"Was? Wir fahren mit dem Schiff?" meint sie völlig überrascht. "Ich dachte, wir machen eine Stadtrundfahrt?"
"Machen wir auch, Mama. Wir fahren mit dem Schiff quer durch die Stadt!"
Freudestrahlend hakt sie sich bei mir ein. "Prima, dann wollen wir uns mal einen schönen, sonnigen Platz an Deck sichern."
Ich hoffe, das klappt, denn es stehen schon einige Leute vor uns am Anleger.
An Bord angekommen, stelle ich fest, dass diese Befürchtung unbegründet war. Es gibt genügend freie Plätze. Voll wird es sicher erst direkt in der City. Das war auch der Grund, weshalb ich in Charlottenburg einsteigen wollte und Karten für die große Runde besorgt hatte. So konnte ich zwei Fliegen mit einer Klappe schlagen: kein Sitzplatzstress und Mama ist fast vier Stunden lang beschäftigt. Perfekt!
Zwar war es etwas beschwerlich für sie, die engen Treppen zum Deck hinaufzusteigen, aber die Anstrengung wurde mit einem Platz direkt an der Reling in Reihe drei belohnt.
Sie strahlt. "Kind, da hast du dir aber was Schönes einfallen lassen."

Auf den letzten Drücker kommen noch einige Passagiere an Bord, aber das stört mich nicht, denn wir haben ideale Sitzplätze. Entspannt lehne ich mich zurück, schließe die Augen und genieße die Sonnenwärme.
Lautes Quietschen und Klappern ertönt, die Anlegerbrücke wird eingezogen, der Motor fängt an zu brummen, die Reise geht los. Prima, dann kann ich jetzt ein kleines Nickerchen machen.

"Eenen wunderschönen juten Morjen, meene verehrten Damen und Herren", werde ich von einer weiblichen Stimme wachgerüttelt. Ich reisse die Augen auf und blicke direkt in einen großen Lautsprecher, der eben von zwei Männern drei Reihen vor uns aufgestellt wird. Daneben hat sich ein pummeliger Erdmuckel mit knallrot gefärbten Haaren und einem Mikrofon in der Hand in Positur geworfen.
"Ick freue mich, Sie an Bord der MS Berlonia bejrüßen zu dürfen. Meen Name is Trude Landsmann und ick werde Sie heute vier Stunden durch unser wunderbaret Berlin bejleiten."
Die himmlische Ruhe ist dahin. Klar habe ich damit gerechnet, dass den Passagieren die Sehenswürdigkeiten erklärt werden - aber doch nicht so! In jeder europäischen Großstadt bekommt man Kopfhörer, sucht sich die Sprache aus und stellt die Lautstärke ein.

Ich hatte mir das Ganze deutlich ruhiger vorgestellt.

"Ach, wie schön. So können wir die Dame richtig gut hören", freut sich Mama und klopft mir begeistert auf den Oberschenkel.

Zähneknirschend lächle ich zurück.

Frau Landsmann erweist sich im Laufe der Fahrt jedoch als angenehme und sehr humorvolle Reiseführerin. Wie alt mag sie sein? Ende Fünfzig? Jedenfalls scheint sie eine waschechte Berlinerin zu sein. Und so, wie sie die Führung gestaltet, muss sie ihre Stadt wirklich lieben, oder sollte ich eher sagen, leben?

Zu jeder Sehenswürdigkeit hat sie eine Geschichte parat. Sie erklärt uns zum Beispiel, dass die Figur auf der Siegessäule von den Berlinern Goldelse genannt wird. Dieser Name kam laut Frau Landsmann zustande, weil der Künstler eine Nichte namens Else hatte, die ihm als Modell diente. Nachdem die Figur später vergoldet war, wurde die krönende Victoria kurzerhand in Goldelse umgetauft. Die Wartezeit in den Schleusen verkürzt sie ihren Zuhörern mit originellen Witzen und typischen Berliner Geschichten, die aus ihrem Mund klingen, als hätte sie sie alle selbst erlebt. Zwar stelle ich mir manches Mal die Frage, ob sie uns einen Berliner Bären aufbinden will, aber sie ist so mit Herzblut bei der Sache, dass es eigentlich egal ist, ob das

alles stimmt oder nicht. Auch wenn ich mir die Fahrt ein wenig anders vorgestellt habe, muss ich zugeben, dass man mit Trude Landsmann eine Menge Spaß hat, und die meisten Leute einem Reiseführer, der die Informationen zu den Sehenswürdigkeiten nur so abspult, nicht so aufmerksam zuhören würden. Das allerbeste ist jedoch, dass Mama vor lauter Begeisterung hin und weg ist.
"Komm Julchen, auf diese schöne Tour wollen wir anstoßen. Organisiere uns doch mal ein Gläschen Sekt. Frau Landsmann trinkt bestimmt auch gerne eines mit. Die Arme hat bestimmt schon einen ganz trockenen Mund, so viel wie die sprechen muss."
Der Versuch, meiner Mutter zu erklären, dass genau das ihr Job ist, scheitert kläglich. Also gehe ich unter Deck und besorge an der Theke drei Gläser Sekt.
Auf dem Weg nach oben überlege ich, wie ich unserer Fremdenführerin am besten das Glas überreiche. Die günstigste Gelegenheit wäre in dem Moment, wenn alle Passagiere rechts oder links eine Sehenswürdigkeit bestaunen, so könnte ich ihr ganz diskret den Sekt anbieten. Auf der letzten Stufe bleibe ich stehen und lausche.
Wir sind gerade in Kreuzberg, wo sich an beiden Ufern sehenswerte Altbauten befinden, die sehr

beliebt als Filmkulissen sind. Deshalb werden in dieser Gegend, zum Leidwesen der Anwohner, ständig Straßen für Dreharbeiten gesperrt.

Wenn die Passagiere gleich alle die Uferzeilen betrachten, könnte ich die Chance nutzen, um unauffällig den Sekt loszuwerden. Tatsächlich sind alle abgelenkt. Passt!

"Meine Mutter und ich wollten auf die schöne Fahrt anstoßen und dachten, Sie würden vielleicht gern ein Gläschen mittrinken", spreche ich sie an.

"Oh, na det is aber ne jute Idee", bedankt sich Frau Landsmann und greift zu.

Das lief ja besser als gedacht. Schnell setze ich mich wieder auf meinen Platz.

Allerdings hatte ich die Rechnung ohne unsere Reiseleiterin gemacht. Denn schon höre ich, wie es aus dem Lautsprecher klingt: "Meene Damen und Herren, freundlicherweise wurde mir eben een Glas Sekt spendiert. Vielen Dank Frau... Wie ist gleech der werte Name?"

"Soltau", antworte ich mit knallrotem Kopf.

"Vielen Dank, Frau Soltau. Det is ne wunderbare Idee an so einem schönen Tag. Vielleicht hat ja der een oder andere auch Lust uf een Gläschen, dann könnten wir zusammen uf det wunderbare Berlin anstoßen."

Die Aufforderung ist kaum ausgesprochen, da werden sämtliche Ehemänner losgeschickt, um

Sekt zu kaufen. Frau Landsmann lässt sich durch die Unruhe an Deck nicht weiter ablenken und zieht schon mal die nächste Anekdote aus dem Nähkästchen. Beim Zurückkommen prostet mir jeder Zweite zu, mit Bemerkungen wie: "Eine tolle Idee" oder "Der Vorschlag hätte auch von mir sein können" oder "Endlich mal was zu trinken". Fast alle sprechen mich dabei mit Namen an.
Mama ist entzückt. "Ist das nicht toll, Julia? Fast wie zu Hause, wo jeder jeden kennt. Und wie nett die Leute hier alle sind!"
Soviel zur Anonymität in der Großstadt!
Nachdem wir erfahren haben, dass Berlin mehr Brücken als Amsterdam hat, und wir unter sage und schreibe vierundsechzig von ihnen durchgefahren sind, kommen wir nach knapp vier Stunden ohne weitere Zwischenfälle wieder am Schloss Charlottenburg an.
Ich führe meine Mutter zum Abschluss noch in den Schlosspark, wo wir uns gemütlich ins Café setzen, um bei Kaffee und Kuchen das herrliche Wetter zu genießen.
Als ich merke, dass meiner Mutter langsam die Augen zufallen, entscheide ich mich, ein Taxi zu rufen, um zu Hause noch ein wenig die Füße hochzulegen, bevor wir ins Abendprogramm starten. Ihr geringer Widerstand zeigt, dass diese Entscheidung die richtige war.

Nun sitzt sie, leise Schlafgeräusche von sich gebend, auf dem Balkon. Hinlegen wollte sie sich auf keinen Fall, sie war ja schließlich überhaupt nicht müde.

Auf mein Versprechen, sie zu wecken, falls etwas Interessantes passiert, antwortet sie knapp: "Kind, das hat schon früher nicht funktioniert."

Infolgedessen schläft sie unbequem, im nicht mal nach hinten geklappten Liegestuhl, während ich auf dem Kanapee ein Buch lese.

"Julia! Du schläfst doch nicht?" werde ich unsanft geweckt.

Hoppla, da war ich tatsächlich selbst eingeschlummert. "Mit euch jungen Leuten ist auch nichts mehr los. Kaum seid ihr mal für ein paar Stunden an der frischen Luft, schon müsst ihr euch hinlegen", höre ich sie sagen, bevor sie im Gästezimmer verschwindet. Typisch Mama! Bloß nicht zugeben, dass sie auch geschlafen hat.

Langsam rapple ich mich auf. So wie mein Nacken schmerzt, kann ich nicht viel bequemer gelegen haben als meine Mutter im Liegestuhl.

Die Tür wird einen Spaltweit geöffnet. "Sagst du mir endlich, wo wir heute Abend hingehen? Ich würde mich gerne dementsprechend anziehen."

"Ich würde dich gerne in ein Restaurant am Ku'damm einladen, und anschließend könnten wir dort noch ein wenig bummeln gehen", antworte ich folgsam.

Am Gesichtsausdruck meiner Mutter ist abzulesen, dass sie sich den Abend etwas spektakulärer vorgestellt hat. Würde er auch, aber man muss ja nicht immer gleich das letzte Ass ausspielen.

Die Tür wird geschlossen. Fünf Sekunden später geht sie wieder auf. Ich höre meine Mutter Luft holen, als ob sie etwas sagen wolle. Nein, sie überlegt es sich anders, und die Tür geht zu.

Grinsend gehe ich ins Schlafzimmer, um mich mamatauglich ausgehfein zu machen.

Nicht wenige Mütter sehen ihre Töchter auch mit vierzig am liebsten noch im Konfirmationskleid, weil sie in ihnen ein Leben lang das kleine Mädchen sehen wollen.

In meinen Jugendjahren hatte ich viel Blödsinn gemacht. Ich habe rumgezickt und wollte ständig mit dem Kopf durch die Wand.

Heute stehe ich auf eigenen Füssen, bereite meiner Mutter keine Sorgen mehr, dennoch würde sie mich am liebsten in eine Zeit zurückversetzen, in der ich für sie sehr anstrengend war. Da soll mal einer die Logik der Mütter verstehen.

Weil meine Mutter damals aber auch akzeptiert hat, dass ich mir kleine bunte Holzpüppchen ans Ohr hängte oder neue Jeans mehrfach hintereinander in die Maschine mussten, damit sie verwaschen und somit cool aussahen, was sicher auch mit keiner Logik der Welt zu erklären war, mache ich meiner Mutter die Freude und kleide mich konfirmationsschick: schwarze Stoffhose mit Schlag, eine weiße Bluse und darüber ein kurzes schwarzes Jackett. Dazu schlichte, schwarze Pumps. Die Haare werden gebürstet und ordentlich zu einem Zopf zusammengebunden.

Schnell noch heimlich die Theaterkarten einstecken, und schon geht es untergehakt mit Mutti zu Fuß zum Ku'damm.

"Julia, du wohnst ja wirklich mitten in der Stadt", staunt sie als wir, in Anbetracht ihres eingeschränkten Tempos, schon nach fünfzehn Minuten in der meistbesuchten Straße Berlins angekommen sind.

Wir gehen ein paar Meter weiter zu einem Steakhaus. Da wir beide zur Kategorie der fleischfressenden Pflanzen gehören, schien mir dies das Richtige zu sein. Meine Mutter folgt mir kommentarlos ins Restaurant, was so viel heißt wie, dass sie mit meiner Entscheidung einverstanden ist.

Beim Lesen der Menükarte läuft mir das Wasser im Mund zusammen. Erst jetzt merke ich, wie hungrig ich bin. Mama scheint es ähnlich zu gehen. Wir bestellen beide ein großes Steak medium mit Bratkartoffeln und Salat. Dazu einen trockenen Rotwein.

Während wir aufs Essen warten, fragt sie mich weiter über meine Arbeit aus und will vor allen Dingen wissen, wen ich inzwischen so kennengelernt habe. Darauf habe ich schon lange gewartet. Wobei ich genau weiß, dass sie das alles nur fragt, um einer ganz anderen Sache auf die Schliche zu kommen. Sie will unbedingt wissen, ob ich endlich ihren potenziellen Schwiegersohn gefunden habe. Aber clever wie sie ist, fragt sie nicht direkt. Noch nicht!

Wir spazieren also erst mal ganz entspannt über den Tellerrand, Runde für Runde. Ich erzähle von der Firma, interessanten Aufträgen, den Kunden und natürlich von meinen Kollegen. Die Frage, ob ich mit meinem Chef klarkomme und auch immer nett und höflich bin, bejahe ich, bemühe mich dabei, nicht allzu genervt zu klingen.

"Ach ja, und dann habe ich noch beim Fahrradfahren ein nettes Mädel kennengelernt. Sie heißt Anna und hat einen Hund namens Poldi. Wir unternehmen ab und an etwas zusammen. Hättest du etwas dagegen, wenn wir uns morgen mit ihr treffen? Sie hat hier auch noch nicht so viele Freunde."

Meine Mutter blickt mich an. "Einen Hund hat sie? Na, mir wäre es lieber, sie hätte einen Bruder, der zu dir passt, als einen Hund!"

Zack! Das war der Auftakt, gleich folgt der direkte Angriff. Ich tue gut daran, Annas Bruder nicht zu erwähnen und auch die gemeinsamen Erlebnisse erst einmal für mich zu behalten. Zumal ich mir nicht sicher bin, wie sie darauf reagieren würde, wenn sie erfährt, dass ich mich quasi in der Schwulenszene aufgehalten habe.

"Wenn diese Anna auch noch nicht so viele Freunde hier hat, könnt ihr ja mal gemeinsam auf Männerfang gehen. Das kann doch nicht so schwer sein bei der Auswahl!"

Nicht ahnend, dass sie eben die Situation rettet, serviert die Kellnerin unser Essen. Täusche ich mich, oder wirft sie mir dabei einen mitleidigen Blick zu? Wer weiß, vielleicht geht sie auch manchmal mit ihrer Mutter essen und muss sich mit ähnlichen Fragen und Sticheleien auseinandersetzen...

Es ist ja nicht so, dass frau nur Single bleibt, um ihre Mutter zu ärgern. Die Zeiten, in denen man erst heiraten musste, bevor man in eine gemeinsame Wohnung ziehen durfte, sind glücklicherweise vorbei.

Heute kauft man die Katze nicht mehr im Sack. Da probiert man aus, zieht zusammen, und wenn man nach ein paar Monaten oder Jahren merkt, dass es doch nicht passt, geht jeder wieder seinen eigenen Weg. Als Frau hat man heutzutage einen Beruf und lebt unabhängig. Auf der einen Seite werden viele Paare dadurch nicht mehr so zusammen geschweißt, und trennen sich schon beim kleinsten Konflikt. Auf der anderen Seite muss frau nicht mehr ein Leben lang mit einem Mann zusammenbleiben, der sich bei genauerem Hinsehen als Fehlgriff entpuppt.

Darüber nachzudenken, welche Generation es nun besser hat, ist müßig. Fakt ist, einen Mann zu finden, der nicht bei der kleinsten Krise prophylaktisch nach einem neuen "Wirkungskreis" sucht, ist nicht so einfach, wie Mütter sich das vorstellen.

Dies meiner Mutter zu erklären endet jedes Mal in einer schier endlosen Diskussionsrunde, in der ich nur verlieren kann. Also genieße ich erst einmal die Verschnaufpause und konzentriere mich auf mein Steak.

Zum Dessert würde ich vermutlich die übliche Bemerkung über mich ergehen lassen müssen, dass sie ja schließlich noch Enkelkinder haben wolle und dass meine biologische Uhr langsam aber sicher die kritische Phase erreiche.

Nach der Geschwindigkeit zu urteilen, in der meine Mutter ihr Essen herunterschlingt, könnte man meinen, sie hätte die letzten Tage am Hungertuch nagen müssen. Sie konzentriert sich so sehr darauf, dass sie alles andere um sich herum nicht mehr wahrnimmt. Dachte ich.

Denn plötzlich bekomme ich unter dem Tisch einen Tritt von ihr. Verdutzt folge ich ihrem Blick Richtung Eingang. Dort stehen zwei

hochgewachsene, schlanke, gut aussehende Männer.
Der Hellblonde trägt ein weißes Hemd zu Jeans und Jackett. Der andere, mit leicht rötlichen Haaren, hat eine Stoffhose und einen Pullover an. Um den Hals hat er ein auffallend bunt gemustertes Tuch geschlungen.
"Jetzt sag nicht, der wäre nichts für dich", flüstert Mama mir zu.
Unauffällig mustere ich die beiden. Die Kellnerin begleitet sie zu einem Tisch am Fenster. Am Gang des Tuchträgers erkenne ich, dass er mit hoher Wahrscheinlichkeit schwul ist.
"Doch, Mama, aber die beiden interessieren sich nicht für mich", gebe ich zurück.
"So ein Quatsch! Du bist doch nicht hässlich!" entgegnet sie viel zu laut, so dass das Paar am Nachbartisch aufmerksam wird und sich zu uns umdreht.
"Mama!" ermahne ich sie leise, aber bestimmt. "Vergiss diese Männer! Ich erkläre dir das später, okay?" raune ich, so weit wie möglich zu ihr hinüber gebeugt.
"So kann das ja nichts werden mit meinem Enkelkind!" Da ist er endlich, der lang erwartete Spruch des Tages. Auch gut. Jetzt steht einem schönen Abend nichts mehr im Weg.
Da ihr Teller leergegessen ist, versuche ich sie abzulenken, indem ich ihr ein Dessert empfehle.

"Nein danke, vielleicht möchte ich später noch ein Eis. Aber im Moment bin ich satt."
Ich überhöre die Betonung auf dem Wort "satt" und widme mich meinem restlichen Steak. Aber irgendwie ist mir der Appetit vergangen.
Sie hört einfach nicht auf, die beiden Männer anzustarren.
"Möchtest du vielleicht noch einen Kaffee oder einen Espresso?" starte ich ein neues Ablenkungsmanöver.
"Nein!" folgt prompt die Antwort, indem sie die beiden weiter fixiert.
"Mama! Es ist peinlich, wie du die beiden anstarrst.
"Ich gebe mir Mühe, meine Stimme so geduldig klingen zu lassen, wie es meine derzeitige Laune zulässt.
"Wie gut die beiden angezogen sind", ignoriert sie meine Bemerkung. "Wobei ich das bunte Tuch ein wenig zu auffällig finde für einen Mann."
"Ja, Mama, und genau da liegt der Hase im Pfeffer. Kann ich dir das bitte gleich bei einem kleinen Spaziergang erklären?" versuche ich es in eindringlichem Tonfall und lege meine Hand auf ihre.
"Kennst du die beiden etwa?" Sie gibt einfach nicht auf! Sollte sie noch einmal behaupten, ich hätte einen Dickkopf, halte ich ihr einen Spiegel vors Gesicht. So viel ist sicher!

"Nein, ich kenne sie nicht!"
Zögernd löst sie den Blick von ihrem Zielobjekt und wendet sich mir zu. "Wenn du auch fertig bist mit essen, können wir gehen. Ich bin sehr gespannt auf den Hasen im Pfeffer." Wieder dreht sich das Paar am Nachbartisch um. Die Frau lächelt mich verständnisvoll an. Sie scheint solche peinlichen Mutter-Tochter-Situationen zu kennen. Erstaunlich, was man in manchen Blicken alles lesen kann.
Beim Hinausgehen nicke ich unseren Tischnachbarn zu und wünsche ihnen einen schönen Abend, während meine Mutter aufs Neue die beiden Männer ins Visier nimmt. Das Halstuch bemerkt ihren bohrenden Blick und lächelt verhalten zurück.
Draußen angekommen sind wir noch keinen Meter weit gegangen, da sprudelt sie auch schon los. "Hast du das gesehen, Julia? Er hat mich angelächelt. So flirtet man!"
"Mama, du hast nicht geflirtet, du hast ihn angestarrt!"
"Aber immerhin ist er auf mich aufmerksam geworden. Was du alleine ja nicht geschafft hast. Da muss erst deine alte Mutter mit dir ausgehen."
Tief Luft holen, Julia, und ganz ruhig bleiben.

"Egal ob flirten oder anstarren, Mama. Die interessieren sich nicht für mich, weil sie schwul sind."
Sie bleibt abrupt stehen und schaut mich mit großen Augen an.
Jetzt tut sie mir fast ein bisschen leid. Woher soll sie denn auch einen Homosexuellen erkennen? Auf dem Dorf outen sich wenige, aus Angst ausgegrenzt zu werden. In der Masse fällt man nicht so leicht auf. Außerdem war ich in dieser Beziehung bis vor kurzem aus Mangel an Erfahrung selbst völlig ahnungslos.
"Woher willst du das wissen? Ich dachte, du kennst die Männer nicht", fängt sie sich langsam wieder.
Ich erkläre ihr, dass mir die beiden wirklich völlig fremd sind, jedoch der mit dem bunten Tuch einen übertrieben femininen Gang hat und auch insgesamt sehr weiblich gestikuliert, was ein deutliches Zeichen für Homosexualität ist.
"Und das hast du so schnell erkannt?"
"Ja, dank Anna habe ich einen Blick dafür bekommen."
Dass ich den eher Annas Bruder verdanke, behalte ich vorsichtshalber für mich.
Überraschenderweise fängt meine Mutter an zu lachen.
Ich bin irritiert. "Was bitte ist daran so lustig?"

"Eigentlich wollte ich ja zur Toilette gehen und meinen Stock neben ihrem Tisch fallen lassen, damit wir ins Gespräch kommen. Und dann wollte ich fragen, ob sie sich nicht zu uns setzen wollen, weil zwei Männer sich in der Regel nicht besonders viel zu erzählen haben. Aber als ich deinen panischen Blick gesehen habe, hatte ich Sorge, diese Nacht allein unter einer Berliner Brücke schlafen zu müssen."
Jetzt muss auch ich lachen. "Und... welche Brücke hast du dir ausgesucht?"
Unbefangen darüber diskutierend, welche Peinlichkeiten meine Mutter noch hätte auslösen können, schlendern wir weiter den Ku'damm entlang.
Unvermittelt bleibt sie stehen. "Aber, Julia, du musst schon zugeben, dass das irgendwie Verschwendung ist mit solchen gut aussehenden Mannsbildern."
Jetzt fängt sie auch noch damit an!

Am Theater angekommen, schauen wir uns die Plakate an, die auf das laufende Programm hinweisen.
"Schau mal", meint Mama entzückt, "Herbert Herrmann spielt hier im Theater! Den mag ich sehr. Das ist der geborene Schwiegersohn."
"Ja, das glaube ich dir gern. Da er aber locker zwanzig Jahre älter ist als ich, schließe ich mal

aus, dass er als Schwiegersohn in Frage käme, oder?"
Eine Antwort bekomme ich nicht.
Mama geht interessiert an den Vitrinen mit Fotos und Theaterkritiken entlang. Ich schmunzelnd hinterher.
"Das Stück fängt in zwanzig Minuten an. Ob es dafür wohl noch Karten gibt?" fragt sie. Stumm deute ich auf das rote Schild "Ausverkauft".
Enttäuscht blickt sie zu Boden, fängt sich aber schnell wieder. "Na, dann lass uns gehen."
Ich bleibe stehen und tue so, als suche ich etwas in meiner Handtasche.
"Kind, was suchst du?"
Mit einem "Ja, was haben wir denn da?" ziehe ich triumphierend die Eintrittskarten heraus. Mamas Augen leuchten auf.
"Julia, du bist wirklich die Beste!" sagt sie, ganz außer sich vor Freude, und zieht mich eilig ins Foyer.
Die Türen zum Theatersaal sind bereits geöffnet.
"Sollen wir schon mal reingehen?" meint Mama aufgeregt. Wegen der vielen Stufen hake ich mich bei ihr ein. Langsam gehen wir an den Sitzreihen entlang. Ab Reihe zehn werde ich etwas langsamer. Mama strahlt immer mehr. Bei Reihe vier bleibe ich stehen.
"Geh mal vor bis zur Mitte. Wir haben Platz vierundzwanzig und fünfundzwanzig."

Als wir unsere Plätze eingenommen haben, klopft Mama mir, wie am Vortag auf dem Schiff, auf den Oberschenkel. "Julchen, das war eine tolle Idee! Wenn ich das zu Hause erzähle, platzen alle vor Neid."
Gut, dass ich weit weg wohne, und davon nichts mitbekomme.
Das Stück handelt von einem Heiratsvermittler, kleinen Verwechslungen, einer anstrengenden Mutter, und natürlich von der großen Liebe. Zugegeben, es war amüsant und auch ganz angenehm, sich mal für knapp zwei Stunden auf "heile Welt" einzulassen.
Mit standing ovations und lang anhaltendem Applaus verabschiedet das überwiegend weibliche Publikum mittleren Alters die Schauspieler von der Bühne. Die wenigen anwesenden Männer sehen dagegen eher erleichtert aus, dass sie endlich nach Hause gehen dürfen.
Auf dem Weg nach draußen redet meine Mutter ununterbrochen. Szene für Szene kommentiert sie, nicht ohne immer wieder nachzufragen, ob ich auch alle Einzelheiten mitbekommen habe.
Vor dem Theater bleibt sie stehen und atmet tief die kühle Nachtluft ein.
"Julia, ich habe einen ganz trockenen Mund. Hier gibt es doch bestimmt irgendwo was zu trinken."

Auf meinen Einwand hin, dass es schon spät sei, und wir ja auf meinem Balkon noch ein Glas zu uns nehmen könnten, bekomme ich nur ein "Das können wir danach immer noch machen", zu hören.
Also begeben wir uns ein paar Häuser weiter zur - laut Reiseführer - besten und bekanntesten Currywurstbude von ganz Berlin. Bekannt und beliebt ist dieser Imbiss, weil die Schauspieler nach dem Theater gerne hierher kommen, um mit Champagner und Currywurst zu feiern.
"Dann machen wir das jetzt auch", entscheidet sie. Zwar hätten wir keinen Erfolg zu feiern, dafür aber einen wunderbaren Abend.
Genüsslich kauend stehen wir an einem der runden Stehtische und lassen uns den leckeren Nachtimbiss inklusive Champagner schmecken.
Entspannt prostet meine Mutter mir zu.
"Weißt du was, Julia? Ich habe mir gerade überlegt, dass ich noch einen Tag länger bleibe."
Mir bleibt die Spucke weg! Ich wende ein, dass ich leider keine weiteren Überraschungen mehr für sie in petto habe. Auch müsse ich am Montag arbeiten, und könne sie somit nicht mal zum Bahnhof begleiten.
Sie schüttelt entschlossen den Kopf.
"Aber du hast doch nichts davon, wenn du den Tag allein in meiner Wohnung verbringst", spiele ich mein letztes Argument aus.

Vergeblich! Wer so gut wie sie allein in der Großstadt zurechtkäme, der schaffe es auch, auf eigene Faust bummeln zu gehen und zum Bahnhof zu kommen. Schließlich gebe es in Berlin Taxis im Überfluss.

Das kommt davon, wenn man seiner Mutter den Aufenthalt so schön wie möglich gestaltet. Aber auf eine Nacht mehr oder weniger kam es jetzt auch nicht mehr an.

Wir beschließen, den Heimweg zu Fuß anzutreten.

Unterwegs fällt mir ein, dass ich meiner Mutter mal das Versprechen gegeben hatte, mich nach dreiundzwanzig Uhr nicht mehr allein auf der Straße aufzuhalten. Wahrscheinlich hatte sie im Fernsehen irgendwelche übertriebenen Berichte über das ach so gefährliche Nachtleben von Berlin gesehen.

Um sie damit ein wenig zu foppen, frage ich sie nach der Uhrzeit.

"Es ist gleich zwölf, wieso?"

Ich erinnere sie an das unsinnige Versprechen und freue mich schon auf eine Antwort wie: "Ja, du hast Recht, hier ist es gar nicht so gefährlich", oder: "Ich sehe ein, dass das völlig überflüssig war".

Verständnislos schaut sie mich an. "Wieso? Du bist doch nicht allein. Ich bin ja bei dir!"

Stimmt! Wie konnte ich nur vergessen, dass im Notfall aus der Gehhilfe meiner Mutter eine Waffe à la James Bond würde, mit der sie alle Gegner in die Flucht schlagen könnte.
Und wie komme ich nur auf die absurde Idee, dass sie mir jemals Recht geben würde?
Zu Hause angekommen, wickeln wir uns in Decken ein und setzen uns mit einem letzten Glas Wein auf den Balkon.
Eigentlich bin ich viel zu müde, um noch aufzubleiben und ich frage mich, woher meine Mutter auf einmal diese Energie nimmt.
"Kind, du bist doch nicht etwa eingeschlafen?" werde ich aus einem wilden Traum geweckt, in dem meine Mutter die Hauptrolle spielt.
"Oh, hab ich was verpasst?" frage ich ganz benommen.
"Ich glaube nicht", kommt es träge zurück.
Aha! Sie ist auch eingeschlafen. Sie danach zu fragen wäre vergeblich, denn das würde meine Mutter nie zugeben.
Ich teile ihr noch mit, dass wir am nächsten Tag länger schlafen können, da Anna uns erst gegen elf Uhr abholt, dann gehen wir zu Bett.
Die wilden James Bond-Träume holen mich prompt wieder ein. Q sieht aus wie meine Mutter und zeigt mir, Agentin B(l)ond, versteckte Waffen, die sie in meine Gehhilfe eingebaut hat. Ich drehe den vergoldeten Knauf in Form eines

Drachenkopfs nach links, und schon schießt aus einer Düse Hühnermist, der meinem Gegner extrem in den Augen brennt. Drehe ich ihn nach rechts, purzeln lauter bunte Seifenkügelchen auf den Boden, auf denen meine Verfolger ausrutschen. Drücke ich auf den Knauf, speit der Drache Feuer.
"Prima!" höre ich mich im Traum sagen, "fehlt nur noch mein Martini." Mama Q nimmt den Stock, schüttelt, dreht ihn um, schraubt den Drachenkopf ab, und serviert mir darin einen Martini - geschüttelt, nicht gerührt.
"Um Ihnen alle Geheimnisse der Gehhilfe zu offenbaren, werde ich Ihnen noch ein paar Tage Gesellschaft leisten müssen, Misses Blond."
N e i n!!!
Völlig erstarrt, liege ich mit weit aufgerissenen Augen im Bett. Durchatmen, Julia. Es war nur ein Traum. Langsam entspannen sich meine verkrampften Muskeln wieder.
Im Bad rauscht das Wasser. Heute befürchte ich weder Einbrecher noch Wasserrohrbruch. Der Traum hat mich direkt in die Realität zurückgeholt: Das kann nur meine Mutter sein, die unter der Dusche steht.
Noch etwas benommen schlüpfe ich rasch in Jeans und Pulli. Ein Blick auf den ungedeckten Tisch verrät mir, dass auch meine Mutter eben erst aufgestanden ist.

Ich mache mich auf den Weg zum Bäcker.
"Juten Morjen, Frau Soltau! Det is aber schön, det Sie heute die Schrippen holen, wo Ihre Frau Mama doch so ungern alleene mit dem Fahrstuhl fährt."
Na, herzlichen Glückwunsch! Die Dame ist wirklich bestens informiert.
"Eene janz bezaubernde Frau is det übrijens. Det Glück mit so ner Mutter hat nicht jeder."
"Ja, ne, ist wohl so." Mein Gehirn ist noch im stand by-Modus, was nach einer anstrengenden Nacht als Mrs B(l)ond verständlich sein dürfte. Der netten Bäckerin erspare ich diese Geschichte lieber.
Daher beschränke ich mich aufs Schrippenkaufen und auf die Mitteilung, dass meine Mutter sicher am nächsten Tag kurz vorbei käme, um sich vor ihrer Heimreise zu verabschieden. Was sie mit einem "Na, det is ja schön" und einem kostenlosen Stück Erdbeertorte belohnt. Natürlich nicht, ohne ausdrücklich zu betonen, dass die Torte für meine Mutter sei, sie möge diese ja so gerne.
Das ist also der Dank dafür, dass i c h fast jeden Morgen bei ihr einkaufe. Was mache ich nur falsch?
Mit einem " Du hättest ruhig Bescheid sagen können, dass du weg bist", begrüßt mich meine Mutter.

"Dir auch einen schönen guten Morgen! Ich war nur Brötchen holen."
Mit den netten Grüßen von Frau Bäckerin und der Torte kann ich ihre Laune jedoch schnell wieder bessern.
Gemeinsam decken wir den Tisch. Ich mache uns Rühreier, während meine Mutter Kaffee kocht.
"Hast du gut geschlafen?" frage ich, verwundert über ihre ungewohnte Einsilbigkeit.
"Wie ein Stein", kommt die Antwort kurz und knapp. "Du warst aber auch schon mal gesprächiger", bemühe ich mich, die Konversation in Gang zu bringen.
"Da war ich auch noch jünger und musste deinen Bruder und dich vor lauter Sorge, wo ihr euch die Nächte um die Ohren geschlagen habt, ausquetschen. Heute mag ich es eher ruhig."
Auch gut! Ich passe mich da gerne an.
Unter der Dusche fällt mir ein, dass am nächsten Wochenende Alex kommt.
Fast habe ich das Gefühl, dass ich mich, trotz Arbeit, während der Woche mehr erhole als an den Wochenenden. Da kann ich wenigstens schlafen gehen, wann ich will. Sollte es nicht eigentlich umgekehrt sein? Wenn das so weiterging, würde es ein harter Sommer werden.
Wenigstens brauchte ich für den Besuch von Alex nichts zu organisieren. Sie sei froh, wenn nicht alles vorgeplant sei, sagte sie bei unserem letzten

Telefongespräch. Schließlich habe sie zu Hause genug Termine. Außerdem könne man sich von ihr aus gerne einfach mal irgendwo hinsetzen und nur quatschen, was mir sehr entgegenkommt. Sicher würde das Wochenende mit meiner Freundin deutlich entspannter als das aktuelle. Aber hatte ich das von Mamas Besuch nicht ebenfalls angenommen?
Um Punkt elf Uhr steht „Taxi" Anna vor der Tür.
Auf geht es zum Schloss Sanssoucis nach Potsdam.
Mama sitzt vorne und ist ganz begeistert von "Prinz" Poldi. Auch mit Anna versteht sie sich auf Anhieb. Die beiden unterhalten sich während der Fahrt über alles Mögliche. Also döse ich ein wenig vor mich hin und lasse die Gedanken schweifen.
Ich habe mich in der kurzen Zeit wirklich schon gut eingelebt in Berlin. Mir kommt es so vor, als sei ich schon monatelang hier zu Hause.
Natürlich hatte ich großes Glück gehabt, auf so einen netten Kollegen wie André zu treffen, der mich sofort an die Hand genommen hat. Na ja, und dass er auch noch eine patente Schwester wie Anna hat, machte das Ganze wirklich perfekt.
Aber so ein bisschen vermisste ich meine alten Freundinnen doch. Zwar hatten wir uns auch früher nicht ständig auf der Pelle gelegen. Aber wenn man etwas zu bequatschen hatte, egal wer

oder weshalb, war man abends mal eben "rüber" gesprungen. Meist wurde bei dieser Gelegenheit, mit Unterstützung der einen oder anderen Flasche Sekt, aus schlechter Laune schnell wieder gute, oder Frust verwandelte sich unversehens in Lachen, indem wir einfach über die Person, auf die wir sauer waren, stundenlang abgelästert haben. Nach so einem Abend waren die Probleme wie weggeblasen.

Obwohl wir oft, gern und lange miteinander telefonieren, vermisse ich es, ihnen von meinen Erlebnissen berichten zu können. Deshalb sollte ich mir unbedingt einen baldigen Termin für die Wohnungseinweihung überlegen. Moni fragte ja auch schon danach. An dem Wochenende würde es in Berlin Original Sauerländer Zickenalarm geben!

"Möchte die Dame denn villeecht och aussteigen?" Oh, wir sind ja schon da!

Mama steht neben dem Auto und rollt die Augen, weil ihre Tochter mal wieder ein "Träumerle" ist.

Wir verlassen den großen Parkplatz. Auf dem Weg zum Schlosspark reiht sich eine Souvenirbude an die andere. Dass hier nicht noch die Kieselsteine der Parkwege verkauft werden, ist alles. Vom Topflappen mit Foto vom Schloss, über Friedrich den zweiten als hölzernen Hampelmann ist so gut wie alles vertreten.

Im Vorbeigehen bekomme ich mit, wie eine Dame um die sechzig versucht, ihren gelangweilten Ehemann in den Kauf eines dieser Souvenirs einzubeziehen.
"Herbert, sollen wir lieber Schneekugeln, oder Hampelmänner für die Kinder mitbringen?" Herberts einzige Reaktion ist ein kurzes Achselzucken.
"Herbert! Du guckst ja gar nicht!" Herbert geht einen winzigen Schritt nach vorne und reckt sich widerwillig.
Zu gerne würde ich stehenbleiben, um mir das Schauspiel weiter anzusehen. Aber Anna, Poldi und meine Mutter sind schon weitergegangen. Ich beeile mich, sie wieder einzuholen. Poldi begrüßt mich, als hätte er mich heute noch nicht gesehen.
"Wenn du mir gesagt hättest, dass die Anna so einen lieben Hund hat, hätte ich selbstverständlich ein paar Leckerli gekauft. Aber über so etwas denkt meine Tochter ja nicht nach."
"Ne, Frau Soltau, det is schon jut so! Ick gloob, der Poldi hat sein Normalgewicht schon jut überschritten. Jenau wie seen Frauchen."
"Na, nu übertreiben Sie aber, Anna", sagt meine Mutter kopfschüttelnd.

Der Park ist traumhaft schön. Wir bewundern die Blütenpracht, besonders die vielen Rosenstöcke, das neue Palais ebenso wie die römischen Bäder.

Am Brunnen angekommen, gönnen wir uns erst mal eine kleine Pause und überlegen, welcher Weg zum Hauptgebäude am angenehmsten zu gehen ist. Einerseits lässt der Gedanke an die vielen Stufen der Weinterrassen meine Oberschenkel bereits im Voraus schmerzen. Andererseits ist der Slalomweg durch den Garten kilometerlang.

Bereitwillig überlassen Anna und ich die Entscheidung meiner Mutter. Schließlich ist sie die Älteste und gehtechnisch eingeschränkt, auch wenn ich im Moment das Gefühl habe, dass sie die fitteste von uns dreien ist, was ich mir tunlichst nicht anmerken lasse. Wir versprechen ihr also - völlig uneigennützig- auf der Treppe nach Bedarf Pausen einzulegen, und entscheiden uns für den anstrengenderen, aber kürzeren Weg.

Oben angekommen, bin ich mir nicht sicher, wer hier auf wen Rücksicht genommen hat. Meine Mutter hatte sich nichts davon anmerken lassen, dass sie überhaupt eine Pause braucht, wohingegen sogar Poldi sich nur widerwillig, mit hängender Zunge hinter Anna herziehen ließ.

Aber nun haben wir es geschafft und marschieren erwartungsvoll auf die offenen

Türen des Hauptgebäudes zu, wo wir uns einen Eindruck davon verschaffen wollen, wie die hohen Herrschaften früher gelebt haben.
Anna und ich sind gleich voll in unserem Element. Wir stellen uns vor, wie unsere Zofe uns morgens fragt, welches der wunderschönen barocken Kleider wir zu tragen wünschten.
Sie wäre uns beim Ankleiden behilflich und würde die Lockenpracht unserer Perücken frisieren.
Währenddessen beschäftigten wir uns mit dem üblichen Hofklatsch. Zur Einnahme des Frühstücks schreiten wir die breiten Treppen hinunter und rauschen durch die hohen Räume zur langen Tafel, wo schon der Herr Gemahl auf uns wartet.
"Guten Morgen, meine schöne Gattin. So stärkt Euch heute gut. Wir werden einen langen Weg nach Köln haben."
"Ja, in einer klapprigen Kutsche, über holprige Pfade, durch Wälder, in denen sich Räuber verstecken und nur auf euch zwei warten", holt meine Mutter uns in die Realität zurück.
"Och Mama", beschwere ich mich, "wolltest du denn nie eine Prinzessin sein?"
"Nein! Und zu der Zeit, von der ihr gerade schwärmt, schon mal gar nicht. In diesen Gemäuern wird es im Winter nur einen beheizten Raum gegeben haben. Toiletten?

Fehlanzeige! Damals setzte man sich auf ein Brett mit Loch in einem eiskalten Erker. Morgendliches Duschen gab es auch nicht. Zum Anziehen der unbequemen Gewänder brauchte man Ewigkeiten. Und so geizig wie der Alte Fritz war, hatte seine Frau sicher keinen Spaß mehr mit ihm. Egal, ob sie nun hier wohnte oder nicht."
"Aber Frau Soltau", meldet Anna sich zu Wort, "wir spinnen ja nur det nach, wat uns in den janzen Filmen von früher vorjegaukelt wird. Und da war et immer schön, det müssen Sie aber ma zujeben. Oder haben Sie nie Sissi jekiekt?"
Eins zu null für Anna!
Mama verschlingt nämlich jedes Weihnachten Sissi! Und braucht regelmäßig ein Taschentuch für die Tränen, die sie dabei vor lauter Sentimentalität vergießt.
Schmunzelnd steht meine Mutter von einem der Besucherstühle auf, auf dem sie sich in der Zwischenzeit ausgeruht hat.
Anmutig hebt sie den Kopf. "Würden meine Gäste mir dann bitte zur Tafel folgen? Es ist angerichtet", spielt sie unser Spiel geduldig mit.

Nachdem wir wieder draußen sind, knurrt mir hörbar der Magen. "Wo könnten wir denn hier eine gedeckte Tafel finden?" frage ich Anna. "So langsam habe ich echt Hunger." Mama nickt gleichfalls. Wir haben ja auch seit dem Frühstück nichts mehr zu uns genommen.

"Essen is ne jute Idee! In der alten Mühle jleech hinter dem Schloss ist ein Restaurant."

Gesagt, getan.

"Das ist aber hübsch hier", stellt meine Mutter beim Betreten der alten Mühle bewundernd fest.

Wir setzen uns im überdachten, lichtdurchfluteten Palmengarten an einen runden Tisch. Bei genauerem Hinsehen stelle ich fest, dass winzige Lichterketten in den Palmen versteckt sind. Etwas kitschig für meinen Geschmack, aber für ein romantisches Abendessen sehr geeignet.

Ausgehungert stöbere ich in der Karte. Ich entscheide mich für einen rustikalen Grillteller. Anna nimmt das Wiener Schnitzel und meine Mutter bestellt eine Forelle.

"Ah, die Forelle Müllerin Art, sehr zu empfehlen", sagt die nette Bedienung.

"Na", antwortet meine Mutter trocken, "ein Müller wäre mir lieber."

"Na det nenne ick ma Humor", kontert Anna, kaum dass die Kellnerin uns den Rücken zugedreht hat.

Poldi liegt völlig erschöpft zu ihren Füssen. Hinlegen würde ich mich auch gerne, allerdings erst nach dem Essen.

Die Getränke werden gebracht, und wir stoßen mit einem Radler, einem Weißwein und einem Mineralwasser auf den schönen Tag an.

Während des Essens erzählt meine Mutter, was sie in der Schule über das Schloss und seine Bewohner lernen musste. "Ein ganzes Jahr lang haben wir die Familie und das Leben von Friedrich dem Zweiten durchgekaut. Das vergisst man nie mehr!"

"Na, denn kann ick schon vastehen, warum Sie die Zeit nich so toll fanden!" meint Anna verständnisvoll. "Det soll ja och nen Eijenbrötler jewesen sein, der Fritz. Sicher weil seen Vater immer so streng zu ihm war."

"Wenn mein Vater meinen besten Freund umbringen ließe, wäre ich das sicher auch", werfe ich ein. Nicht dass die beiden noch denken, ich hätte in der Schule gepennt.

Während des Essens kommt meine Mutter wieder auf ihr Lieblingsthema zu sprechen: Männer und Enkelkinder!

"Wieso sind Sie eigentlich noch Single, Anna? Sie sind sehr sympathisch und sehen gut aus. Was machen die Männer falsch?"

"Na endlich mal eener, der fragt, wat die Männer falsch machen. Meene Mutter fragt immer nur, wat ick versemmle."

Ich verkneife mir die Bemerkung, dass meine Mutter sich auch bei Anna nur der Höflichkeit halber danach erkundigt.

"Anna und ich haben halt einfach noch nicht den Richtigen gefunden", versuche ich das peinliche Thema zu beenden.

"Jenau!" stimmt Anna ein.

Meine Mutter scheint die Botschaft verstanden zu haben, denn sie fragt Anna, ob sie noch Geschwister habe.

"Ja, nen Bruder. Den André, det is doch Julias Arbeitskolleje."

"Ach ne, das ist ja interessant! Davon hast du gar nichts erzählt, Julia."

Ich betone, dass es da auch nicht viel zu erzählen gibt. "André ist sehr nett und eben mein Kollege. Das war's auch schon." Ich hoffe nur, dass Anna meine Blicke verstanden hat, und keine weiterführenden Details ausplaudert... ein Glück, sie lehnt sich entspannt zurück und seufzt zufrieden.

"Meene Herren, bin ick satt", ist alles, was sie dazu zu sagen hat.

Da wir alle drei müde vom Laufen und Schauen sind, treten wir den Heimweg an. Als Anna den Wagen vor der Haustür stoppt, lade ich sie ein, uns noch ein Stündchen Gesellschaft zu leisten.

"Ne, danke Leute, ick bin total platt und muss ins Bett", lehnt sie ab.

Die beiden verabschieden sich sehr herzlich voneinander und Anna versichert, dass sie sich sehr auf ein Wiedersehen freue. Poldi bekommt auch einen Abschiedskrauler.
Im Fahrstuhl kann Mama nur mühsam das Gähnen unterdrücken. Aber wie ich sie kenne, würden wir vorerst noch nicht schlafen gehen.
"Trinken wir noch ein Gläschen an meinem letzten Abend bei dir?" folgt prompt die Frage, kaum dass wir in der Wohnung sind.
"Klar! Setz dich schon mal, ich komme gleich." Ich versuche munter zu klingen, auch wenn ich alles andere als fit bin. Zwar ist es nicht mal halb zehn, aber ich fühle mich ziemlich ausgepowert. Mit zwei gefüllten Weingläsern bewaffnet, betrete ich den Balkon. Bestimmt wird sie mich jetzt über André ausfragen. Im Vorfeld überlege ich mir schon Antworten wie: "Er ist einfach nicht mein Typ" oder "Er ist schon vergeben", aber sie sagt nichts dergleichen. Stattdessen erfreut sie sich mit mir an der schönen Abendstimmung und wir lassen das Wochenende noch ein wenig Revue passieren. Am Ende entscheiden wir uns für unsere Betten und gegen ein weiteres Glas Wein, bevor wieder eine von uns auf dem Balkon einschläft.
Ich werde durch Tellerklappern geweckt. Ist die Nacht so schnell vergangen? Eilig husche ich ins

Bad. Die kalte Dusche wird mich wieder mal retten müssen.
"Wow! Du hast sogar schon Brötchen geholt", begrüße ich meine Mutter in der Küche.
"Na ja, ich hab gedacht, ich verwöhne dich heute noch einmal. Wo du doch sonst nie in Ruhe frühstückst."
Nachdem mir noch beste Grüße von der Bäckersfrau ausgerichtet wurden, nehmen wir geruhsam unser Frühstück ein.
"Wann genau fährt eigentlich dein Zug?" Erst jetzt fällt mir ein, dass wir darüber überhaupt nicht gesprochen haben.
"Um kurz nach drei. Ich fahre dann mit dem Taxi zum Bahnhof. Mach dir keine Sorgen, das schaffe ich schon."
"Na klar Mama, bist ja schon groß."
Wir verabschieden uns herzlich. Ich wünsche ihr eine gute Fahrt. "Und ruf mich heute Abend an, damit ich weiß, dass du gut angekommen bist."
"Wer von uns beiden ist noch gleich die Mutter?" erwidert sie lachend.
So - das Mama-Wochenende hätte ich hinter mir. Eigentlich war es gar nicht sooo schlimm. Jedenfalls gefällt es ihr in Berlin, sonst wäre sie nicht länger geblieben.

"Guten Morgen, André!" begrüße ich meinen Kollegen. Er ist immer einer der ersten im Geschäft.
"Oh, wat versprühst du denn um die Uhrzeit schon jute Laune. Det kommt aber och nich oft vor, wa?" grüßt er zurück. "Und, is die Frau Mama jut wieder zu Hause anjekommen?"
Ich berichte, dass die "Frau Mama" noch einen Tag verlängert hat, und erst am Nachmittag abreist. Dann tauschen wir uns kurz übers Wochenende aus und begeben uns an die Arbeit.
Es ist kurz vor Mittag. Mein Chef und ich überarbeiten gemeinsam das Angebot für die Ausstattung einer Büroetage, als ich meinen Augen nicht traue: Meine Mutter marschiert in diesem Augenblick direkt auf den Eingang der Firma zu.
Deshalb hatte sie mich am Abend vorher nicht mehr nach André ausgefragt! Sie hatte bereits geplant, vor ihrer Abreise „ganz zufällig" vorbeizukommen, um sich höchstpersönlich ein Bild von ihm zu machen, vermutlich unter dem Vorwand, ihr sei die "Wohnungstür ins Schloss" gefallen und sie habe sich leider "ausgesperrt".
André nimmt die vermeintliche Kundin höflich in Empfang.
"Schönen juten Tach!" begrüßt er sie. Dann schaut er genauer hin.

"Na wenn det ma nich die Frau Soltau ist! Det sieht man ja sofort! Wenn ick nich jewusst hätte, dass die Frau Mama zu Besuch ist, dann hätt ick doch jlatt gedacht, Sie wären Julias Schwester. Ick bin übrijens André."
"Und ich habe im ersten Moment gedacht, Sie wären schwul!" entgegnet sie schlagfertig, winkt aber sogleich wieder ab. "Entschuldigen Sie bitte, nur, meine Tochter hat mir einen kleinen Schnellkurs gegeben, wie man das erkennt. Aber nicht jeder, der sich ein bisschen weiblich bewegt, ist schwul."
"Wollen Sie Ihre Mutter nicht begrüßen?" reißt mein Chef mich mit einem Augenzwinkern aus meiner Peinlichkeitsstarre.
Mit knallrotem Kopf gehe ich zu ihr und André hinüber.
"Kind! Du bist ja ganz rot im Gesicht, ist dir nicht gut?"
"Mama, könnte ich dich mal kurz unter vier Augen sprechen?"
André hat sich sofort wieder gefangen und grinst mich an. "Is schon jut Julia. Deene Mutter jefällt mir, wa?"
Mama schaut irritiert von einem zum anderen.
"Frau Soltau, Ihr erster Eendruck hat Sie nich jetäuscht. Ick bin schwul."
Daraufhin bringt sie nur ein erstauntes "Oh!" heraus. "Warum hast du mir das denn nicht

gesagt, Julia? Dann hätte ich mir diese peinliche Situation ersparen können. Ich bin ja nur hier, weil ich mich ausgesperrt habe!"
Ja, wer's glaubt! Ihre Jacke hatte sie sich im letzten Moment noch greifen können, bevor die Tür ins Schloss fiel. Und mit der Handtasche war sie offenbar den ganzen Morgen in der Wohnung herumgelaufen…
"André, ich glaube, ich ziehe meine Mittagspause vor und helfe meiner Mutter."
"Und den Chef lässte eenfach sitzen?"
Oh weia, den hatte ich ganz vergessen. "Weeste wat? Du jibst mir den Schlüssel, und ick jeh mit deener Mutter. Vielleicht hat die Dame ja och noch Lust uf nen Mittagssnack?"
Mama ist ganz entzückt. "Ja, das ist eine wunderbare Idee!"
Ich gehe schnell zu meinem Schreibtisch und hole den Schlüssel.
Mein Chef hat sich bequem zurückgelehnt und schmunzelt amüsiert. "Sehr aufgeschlossen, Ihre Frau Mutter."
Verlegen lächle ich zurück. "Ich bin sofort wieder bei Ihnen."
Ich drücke meiner Mutter den Schlüssel in die Hand, obwohl ich genau weiß, dass sie den anderen in ihrer Tasche hat.
"Ich mache dann später Pause und begleite dich noch zum Bahnhof, einverstanden?"

"Das ist eine gute Idee, Julia." Sprachs, hakt sich bei André ein und verschwindet mit ihm durch die Tür.

Ich möchte gar nicht wissen, worüber die beiden sich gleich unterhalten werden. Peinlicher kann es jedenfalls nicht mehr werden.

Zurück an meinem Schreibtisch, bemerkt mein Chef verständnisvoll: "Frau Soltau, auch ich habe eine Mutter", und wir arbeiten konzentriert weiter.

Nach einer knappen Stunde sind wir fertig und mit dem Ergebnis sehr zufrieden. In dieser Form können wir das Angebot gut vorstellen und haben noch ein wenig Verhandlungsspielraum.

"Jetzt haben Sie sich Ihre Pause aber verdient! Dann lösen Sie mal Ihren Kollegen bei Ihrer Mutter ab und bringen Sie sie in Ruhe zum Bahnhof."

Ich bin mir nicht ganz sicher, ob er ablösen oder erlösen meint.

Ich stehe vor meiner eigenen Haustür und muss klingeln. Aus der Wohnung dringen die Stimmen von André und meiner Mutter; ich höre die beiden schon lachen, noch bevor die Fahrstuhltür aufgeht.

Die Wohnungstür steht weit offen.

"Et war mir eene Ehre, Sie kennenzulernen und ick freu mir schon uf Ihren nächsten Besuch",

sagt André. In der Küche sehe ich, wie die beiden sich mit Küsschen rechts und Küsschen links verabschieden. Meine Mutter wischt sich gerade die Lachtränen mit dem Taschentuch ab.
André dreht sich zu mir um "Ah! Da is ja det Julchen. Ick bin dann ma wieder arbeeten. Bis gleech."
Und schon bin ich mit Mama allein.
"Da hast du aber einen tollen Arbeitskollegen! Kind, ich muss sagen, mit Anna und André hast du wirklich gute Freunde gefunden. Jetzt weiß ich, dass ich dich beruhigt alleine lassen kann."
Na, da bin ich aber froh!
"Ach ja? Und worüber habt ihr euch so unterhalten?" Irgendwie habe ich das ungute Gefühl, dass hier was im Busch ist.
"Über nix Besonderes", antwortet sie leichthin. "Der André hat mir nur ein wenig von sich erzählt."
Das nehme ich ihr nicht so ganz ab, aber mehr wird sie mir wohl nicht verraten.
Meine Wohnungsschlüssel liegen beide nebeneinander auf dem Küchentisch.
Schnell stecke ich einen davon ein, bevor ich es vergesse. Was André wohl von ihrer Schwindelei mit dem Aussperren gehalten hat?

"Hast du alles eingepackt?" frage ich. "Wir müssen langsam los zum Bahnhof!"

Ich folge ihr ins Gästezimmer und nehme ihren gepackten Koffer. Im Fahrstuhl hat sie immer noch denselben ängstlichen Blick drauf, wie bei ihrer Ankunft. Ich muss schmunzeln. Auf der Straße halte ich ein Taxi an, das uns in wenigen Minuten ans Ziel bringt.

Im Bahnhof ist es wieder unglaublich voll. Man muss aufpassen, dass man nicht umgerannt wird. Mühsam kämpfen wir uns zum Bahnsteig durch. Auch hier ist alles voller Menschen. Mama blickt sich um.

"Mein Gott, Julia, die wollen doch nicht alle mit dem gleichen Zug fahren?"

Ich beruhige sie, indem ich ihr erkläre, dass vor ihrem ICE noch ein Regionalzug kommt, in den sehr viele Reisende einsteigen werden.

Wir setzen uns noch einen Moment auf eine Bank.

"Schade, dass ihr keine Fotos von den schönen Kleidern gemacht habt", bemerkt meine Mutter völlig zusammenhanglos. Fragend schaue ich sie an. "Von welchen Kleidern?"

"Na, die von dem Abend, an dem ihr zusammen essen wart."

Ich bekomme das zweite Mal an diesem Tag einen knallroten Kopf.

"Kind, du bist schon wieder so rot im Gesicht. Du kannst doch noch nicht in den Wechseljahren sein! Hast du denn auch Hitzewellen? Die Tochter

von Frau Buchen eine Straße unter uns, die war in deinem Alter schon in den Wechseljahren. Das ist aber nicht schön."
Ich bin sprachlos und völlig perplex, dass sie überhaupt von diesem Abend weiß und ihn anscheinend als ganz normal ansieht. Und sie switcht mir nichts, dir nichts zum Thema Wechseljahre mit Anfang dreißig.
Der Regionalzug fährt mit laut quietschenden Bremsen ein; damit ist die Unterhaltung erst einmal unterbrochen. Es steigen viele Leute aus und ein. Der Bahnsteig wird leerer. Und in fünf Minuten kommt der Zug, der mich von meinen "Wechseljahren" vorerst erlöst.
Ich helfe meiner Mutter auf, und wir gehen schon mal zu der Stelle, an der der Zug hoffentlich mit Wagen vierunddreißig zum Halten kommt. Die weiße Nase des Zuges ist schon von weitem zu sehen.
"Es war schön, dass du hier warst", sage ich brav wie eine Vorzeigetochter.
"Ja!" strahlt sie, "und ich werde sicher bald wiederkommen. Vielleicht sollte ich mir überlegen, ob ich mir nicht einen Platz in einer Seniorenresidenz sichern sollte. Möglicherweise nehmen mich dann auch mal ein paar Schwule mit auf die Rolle."
Spontan spielt sich vor unserem inneren Auge das gleiche Kopfkino ab und wir müssen lachen.

Wagen vierunddreißig hält tatsächlich direkt vor uns. Wir umarmen uns fest und herzlich, und kurz darauf ist meine Mutter hinter den getönten Scheiben des ICEs verschwunden.
Ich winke noch einmal und verlasse den Bahnhof.
Ja, das ist meine Mutter wie sie leibt und lebt. Auf der einen Seite das unsichere, hilflose Mäuschen, aber kaum hat sie festen Boden unter den Füssen, legt sie los!

Auf dem Rückweg zur Firma gönne ich mir in aller Eile ein Stück Pizza auf die Hand. Meine Pause ist längst um und ich möchte die Geduld meines Chefs nicht überstrapazieren.
Zurück an meinem Schreibtisch suche ich das Angebot, das mein Chef und ich am Vormittag ausgearbeitet haben. Hatte er es nun doch, entgegen unserer Absprache, schon an den Kunden weitergeleitet? Ich kann es nicht finden. André ist nirgends zu sehen. Meine Kollegin Ulla weiß auch von nichts. "Ich glaube André ist beim Chef", ist alles, was sie sagen kann.
Gerade will ich an seiner Tür anklopfen, da lässt ein heftiges Wortgefecht mich innehalten. Ich kann nicht verstehen, was drinnen gesprochen wird. Klopfe ich nun, oder lieber nicht? Ich bin hin- und hergerissen zwischen meiner Zusage gegenüber dem Kunden, das Angebot heute noch vor Büroschluss vorbeizubringen. Soweit

möglich, halte ich mich immer an Vereinbarungen, denn es gibt nichts Schlimmeres, als zu versuchen, dumme Ausreden zu erfinden, warum eine Abmachung nicht eingehalten wurde. Andererseits kam es auf fünf Minuten auch nicht an.

Gerade als ich mich auf dem Absatz umdrehen will, wird die Tür aufgerissen. André stürmt heraus und rennt mich beinahe um. Erschrocken stoppt er kurz vor mir und marschiert wortlos, mit gerötetem Gesicht an mir vorbei.

Unmittelbar danach kommt mein Chef heraus. Auch er bleibt kurz vor mir stehen. Allerdings fängt er sich sofort wieder. "Wollten Sie zu mir?"

"Ja. Ne. Ich...", stottere ich hilflos.

"Frau Soltau! Ja, oder nein?" So barsch kenne ich ihn gar nicht.

"Äh, ich wollte das Angebot wegbringen, kann es aber nicht finden", druckse ich herum. "Haben Sie es schon selbst ...?"

"Nein! Sonst noch was?" Verdattert schaue ich ihn an und schüttle den Kopf.

Nein, ich war nicht beim Kunden, oder nein, ich habe das Angebot nicht. Oder beides nein?

"Später", kommt es kurz und knapp zurück, und schon ist die Tür wieder zu.

Hoppla! Ob das etwas mit der Besuchsaktion meiner Mutter zu tun hat? Auweia! Nicht dass

André einen Rüffel bekommen hat, weil er mit ihr losgezogen ist.
Ich gehe auf die Suche nach André, aber der ist wie vom Erdboden verschluckt.
Kurz entschlossen drucke ich das Angebot neu aus und beschließe, es selbst abzugeben. Das Büro des Kunden ist nur drei Straßen entfernt. Nachdem ich Ulla Bescheid gesagt habe, mache ich mich auf den Weg.
Unterwegs geht mir Andrés Verhalten nicht aus dem Kopf. Sollte er wirklich wegen Mama Ärger bekommen haben? Vorstellen kann ich mir das eigentlich nicht. Aber ich hätte auch nicht gedacht, dass der Chef derart sauer reagiert. Auch André hatte ich noch nie so in Rage erlebt. Ganz im Gegenteil! André war doch immer gut drauf.

„Diepken Computer & Components" – das Türschild unseres Kunden; ich war so in meine Gedanken vertieft, dass ich beinahe daran vorbeigelaufen wäre.
Erfreut, dass das Angebot pünktlich fertig ist, nimmt der Chef des Hauses mich persönlich in Empfang. Er habe schon oft schlechte Erfahrungen mit den Terminabsprachen anderer Innenausstatter und Handwerker gemacht, erklärt er. Ich versichere ihm, dass in unserer

Firma zugesagte Termine eingehalten werden und spreche das Angebot kurz mit ihm durch.

Mit einem dicken Auftrag in der Tasche mache ich mich auf den Rückweg.

Eigentlich müsste ich vor Freude über meinen ersten großen Objektauftrag strahlen. Aber ich muss die ganze Zeit an den Streit zwischen dem Chef und André denken. Ich werde das Gefühl nicht los, dass ihre Auseinandersetzung, oder was auch immer zwischen den beiden war, mit meiner Mutter zusammenhängt.

Niedergeschlagen und mit einem ganz schlechten Gewissen komme ich im Geschäft an.

André sitzt an seinem Schreibtisch und schreibt Rechnungen. Oder tut er nur so?

"André, wenn das Gespräch mit dem Chef vorhin irgendwas mit meiner Mutter zu tun hat", spreche ich ihn von hinten an, "dann tut es mir wirklich leid. Das Letzte, was ich möchte, ist, dass du meinetwegen Ärger bekommst."

Mit belegter Stimme und ohne sich zu mir umzudrehen, versichert André, dass alles in Ordnung sei und ich mir keinen Kopf machen solle. Und mit einem "Ick hab viel zu tun", lässt er mich stehen. Langsam trotte ich zu meinem Schreibtisch. Beruhigt haben mich seine Worte nicht, aber anscheinend möchte er in Ruhe gelassen werden. Kaum sitze ich, verlässt er seinen Platz und geht aus dem Büro.

Ist ja nicht so, als hätte ich nichts zu tun. Also stürze ich mich auf den neuen Auftrag, bestelle die Stoffe, Rollos und alles, was dazu gehört.
Ich bin so beschäftigt, dass ich ganz verblüfft aufschaue, als Ulla mir einen schönen Feierabend wünscht. "Du bist jetzt alleene hier. Is det okay für dich?"
"Wo ist denn André?"
"Weg!"
"Und der Chef?"
"Schon lange weg!"
"Hast du auch schlechte Laune?"
Sie winkt ab. "Ne, aber ick bin och schon ne halbe Stunde drüber und meen Mann wartet uf mir."
Ich erwidere, dass ich auch gleich fertig bin und ordnungsgemäß überall das Licht ausschalten werde. Und schon kreisen meine Gedanken wieder um André. Also war er doch sauer auf mich. Wieso sollte er sonst gegangen sein, ohne tschüss zu sagen.
Da ich mich jetzt nicht mehr konzentrieren kann, räume ich meinen Schreibtisch auf, sehe nochmal nach, ob alle Türen abgeschlossen sind, lösche das Licht und gehe.
Draußen bleibe ich unschlüssig stehen. Ich hasse unausgesprochene Konfliktsituationen. Undenkbar, jetzt einfach nach Hause zu gehen. André sollte mir gefälligst reinen Wein

einschenken und sagen, was los ist, dann würde ich morgen mit dem Chef sprechen und mich in aller Form für das spontane Auftauchen meiner Mutter entschuldigen. Aber zuerst müsste ich mal wissen, was Sache ist. Der Chef hatte nicht einmal gefragt, was der Kunde zu dem Angebot gesagt hat. Daraus schließe ich, dass auch er sauer auf mich ist, und das musste ich klären. Aber einfach beim Chef zu Hause aufkreuzen? Ne, das traue ich mich nicht. Was bleibt als Alternative? Zu André fahren.
Genau! Also, ab zur S-Bahn.
Ich krame noch schnell nach dem zerfledderten Stadtplan in meiner Handtasche und marschiere los.
Unterwegs überlege ich, ob meine Entscheidung richtig ist. Aber egal, ob richtig oder falsch, ich kann Unklarheiten einfach nicht leiden. Und bevor ich mir vor lauter Grübeln die Nacht um die Ohren schlage, stelle ich mich lieber der Situation. Wenn ich eines im Lauf meines Lebens gelernt habe, dann das! Wie viele schlaflose Nächte hatte ich früher, nur weil ich beim kleinsten Streit Bauchschmerzen bekam und an nichts anderes mehr denken konnte. Hatte man sich nach ein paar Tagen ausgesprochen, schwupp, war alles wieder fein. Fast jedenfalls. Denn vor lauter Schlafmangel sah ich aus, wie eine Fledermaus mit Dracula-Maske. Somit hatte

ich mir von da an schnellste Klärung als Selbstheilungsmittel verordnet.

Mit Herzklopfen stehe ich vor Andrés Haustür. In seiner Wohnung brennt Licht. Also ist er da und einem offenen Gespräch steht nichts mehr im Weg.

Nach dem ersten Klingeln passiert nichts. Komm, mach auf! Ich weiß doch, dass du da bist. Endlich ertönt eine verschnupfte Stimme durch die Sprechanlage: "Wer ist da?"

"Ich bin's, Julia." Der Summer gibt die Haustür frei.

Die Wohnungstür ist angelehnt. Ich klopfe und gehe hinein.

"André?"

"Bin im Wohnzimmer", kommt es gedämpft zurück.

Drinnen sitzt André auf dem Sofa, inmitten von einem Berg aus benutzten Papiertaschentüchern, und ist dabei, diese in einen Müllbeutel zu stopfen.

"Bist du erkältet?" frage ich besorgt.

Er schaut mich an - ich blicke in ein total verheultes Gesicht.

"Du lieber Himmel, André, was ist denn passiert?" Ich bin so betroffen, dass ich auf der Stelle stehen bleibe.

Er lässt sich zurückfallen und wischt sich die Tränen aus dem Gesicht.

"Und das alles wegen der Aktion mit meiner Mutter heute Mittag? War der Chef sauer? Ich, ich rede mit ihm, André. Ich bringe das wieder in Ordnung, versprochen!" beteuere ich.
"Ach Julia, du hast doch keene Ahnung, wat los is", meldet sich das Häufchen Elend zu Wort. "Ick nehme für die Show heute keenen Eintritt. Kannst dich ruhig setzen."
Na, ein Rest Humor ist ihm immerhin geblieben. Das nimmt mir ein wenig von meiner Unsicherheit, denn ich weiß gerade überhaupt nicht, was ich machen soll. Nehme ich ihn in den Arm oder setze ich mich auf Abstand zu ihm aufs Sofa? Wenn eines meiner Mädels so drauf wäre, wäre diese Überlegung überflüssig. In den Arm nehmen und mitheulen, lautet in diesem Fall die Devise.
Ich wähle mal den Mittelweg, setze mich neben André und lege mitfühlend meine Hand auf seinen Arm. Dabei sehe ich eine halbleere Flasche Rotwein neben dem Sofa stehen.
Von seinem Elend überwältigt, dreht er sich schluchzend zu mir um und hängt sich wie ein Baby an meinen Hals. Aus seinem Mund kommt lediglich ein Glucksen, vermischt mit ein paar undeutlichen Worten: "Idiot... Liebe... feige... so lange... kann nicht mehr." Ich verstehe nur Bahnhof, während meine Bluse an der Schulter langsam durchweicht.

Zumindest scheint sein Weinkrampf nichts mit mir zu tun zu haben. Ich streiche seinen Kopf. Irgendwann wird er sich schon wieder einkriegen.

Gefühlte dreißig Minuten später löst er sich von mir. Mein Rücken schmerzt von der unbequemen verkrampften Haltung und ich lehne mich aufatmend zurück.

"Entschuldige Julia. Det war so nich jeplant." Er schnäuzt kräftig in sein Taschentuch und trocknet sich die Augen. Dann nimmt er einen kräftigen Schluck aus der Rotweinflasche.

Anschließend hält er mir die Flasche hin, doch ich lehne mit einem Kopfschütteln ab.

Es muss ihm wirklich dreckig gehen, wenn der sonst so stilbewusste André aus der Flasche trinkt. Er sieht aber auch echt schlimm aus mit seinen verquollenen Augen.

Jetzt, wo sich mein Rücken wieder entspannt und meine Bluse trocknet, kommt immer mehr Mitleid in mir auf.

"Nachdem ick dir allet erzählt habe, hältste mich sicher für total zickig, wa?"

Ratlos schaue ich ihn an. Glaubt er allen Ernstes, dass ich bei dem ganzen Geschluchze irgendetwas verstanden habe? Wie komme ich denn aus der Nummer wieder raus, ohne dass er beleidigt ist? Auch wenn sich die Situation für beide Seiten gerade komisch anfühlt, muss ich ein Grinsen unterdrücken - oder gerade deswegen?

"Sorry, mein Lieber, aber, ähhh, ich habe irgendwie nicht so ganz viel verstanden ..."

Einen Moment lang wissen wir beide nicht, was wir sagen sollen, bis wir wie auf Kommando in schallendes Gelächter ausbrechen. Wir kugeln uns auf dem Sofa, und nun muss auch ich mir die Tränen abwischen, allerdings vor lauter Lachen. Ich versuche zwischendurch immer wieder, mich dafür zu entschuldigen, aber André winkt lachend ab.

Ein paar Minuten später kriegen wir uns wieder ein. Andrés Gesicht wird zunehmend ernst, als er erzählt, was seinen Kummer ausgelöst hat. Vorher nimmt er mir das Versprechen ab, dass ich davon auf keinen Fall jemandem etwas weitersagen darf.

Vor fünf Jahren hatte er bei TOMMIS FENSTERWELT angefangen. Der Chef sei ihm von Anfang an sehr sympathisch gewesen. Da er aber davon ausgegangen war, dass Tommi heterosexuell ist, habe er konsequent jedwede aufkommenden Gefühle für ihn unterdrückt. Nach einer gewissen Zeit sei dann auch sein Herzklopfen wieder abgeebbt.

Im Sommer danach war er am Christopher Street Day auf einem der Wagen mitgefahren und hatte zu seiner Überraschung Tommi tanzend in der

Menschenmenge am Straßenrand entdeckt, was aber nichts heißen musste, da ja nicht nur Homosexuelle an diesem Umzug teilnehmen, und zumal er auch nicht verkleidet war.
Wie üblich sei er am späteren Abend noch mit Freunden in eine Disco gegangen. Dort hatte er zum zweiten Mal den Eindruck, ihn kurz gesehen zu haben.
"Und als ick da morjens um fünf raus bin, loofe ick Tommi in die Arme."
Mit offenem Mund staune ich ihn an. "Und dann?"
Dann habe Tommi ihn in eine Ecke gezogen und geküsst.
"Als ick wieder Sauerstoff in die Lungen und meene Fassung zurück hatte, meente ick, dass det mit die Verarsche von Schwulen nich so jut ankommt."
Er hätte gehen wollen, aber Tommi hatte ihn festgehalten und erneut geküsst.
"Ick stand da wie mit die Highheels am Boden festjetackert, wa? Denn hat er mir janz tief in die Augen jekiekt und meente, det er sich zwar wat an Mut anjetrunken hätte, aber er wäre keene Hete."
Nach diesem Geständnis waren die beiden bei André gelandet. Natürlich waren sie erst einmal übereinander hergefallen. Tommi hatte ihm offenbart, dass er schon seit seiner Jugend wisse,

dass er schwul sei, aber diese Erkenntnis immer für sich behalten habe - mit der einen oder anderen männlichen Ausnahme. Und er wolle auch, dass das so bleibt. Weder seine Familie noch seine wenigen Freunde wüssten davon. Er hätte einfach Angst davor, sich zu outen.
"Und du fandest das in Ordnung?" frage ich ungläubig, da André seine Homosexualität nun wirklich in vollen Zügen auslebt.
"Mensch Julia, ick war in dem Moment der jlücklichste Homo uf Erden. Selbst wenn Tommi jesagt hätte, det er sich nach zehn Tagen in die Goldelse verwandelt, hätt ick mir druf eenjelassen!"
Ich bin überrascht, mein gut aussehender Chef ist also ebenfalls schwul.
"Könnte ich jetzt doch was von dem Wein bekommen?"
André reicht mir die Flasche und ich nehme einen kräftigen Schluck.
Bevor er sie wieder auf den Boden stellt, nimmt er auch noch mal einen Zug.
"Und heute hat er Schluss gemacht, oder wie? " frage ich weiter.
Entschieden schüttelt er den Kopf und fährt fort, dass die Heimlichtuerei schon seit fast vier Jahren andauere, und wie belastend es sei, sich immer nur im Geheimen zu treffen. Man könne ja noch nicht mal gemeinsam essen gehen. Nur

zweimal seien sie für ein verlängertes Wochenende an der Ostsee gewesen. Weit weg, damit Tommi nicht erkannt wird. Und selbst da hätten sie weder Händchen gehalten, geschweige denn, sich in der Öffentlichkeit geküsst.
Ich greife erneut nach der Flasche, obwohl mir schon der erste Schluck auf nüchternen Magen zu Kopf gestiegen ist. Aber solch eine verzwickte Situation konnte nüchtern nicht ertragen werden.
André berichtet weiter, dass er das Treffen mit meiner Mutter und die Lockerheit, mit der sie als ältere Dame vom Land mit dem Thema Homosexualität umgeht, als Aufhänger nehmen wollte, um Tommi die Angst davor zu nehmen, sich endlich zu outen. Man lebe ja schließlich nicht mehr in den fünfziger oder sechziger Jahren.
Daraufhin habe dieser ihm eine Szene gemacht: dass er ein Geschäft habe und somit viel Verantwortung. Außerdem wolle er nicht, dass seine Mitarbeiter sich über ihn lustig machen.
"Er sei nu ma nich so een bunter Paradiesvogel wie icke, und so weiter und so weiter. Da bin ick aus dem Büro jerannt und dir in die Arme."
Mir verschlägt es fast die Sprache!
"Das waren aber verdammt harte Worte von ihm. Da hätte ich auch die Flucht ergriffen! Und was hast du jetzt vor?"

André zuckt mit den Schultern, erneut steigen ihm Tränen in die Augen.
"Aber ich verstehe das nicht", wende ich ein. "Wir sind doch hier in Berlin. Selbst der Bürgermeister ist schwul und steht dazu. Hier scheint es aus meiner Sicht ohnehin mehr Schwule als Heteros zu geben, " ereifere ich mich und rede mich aus Solidarität mit meinem Kollegen immer mehr in Fahrt. „Er muss ja nicht gleich im Kleid rumlaufen, aber wenn er dich wirklich liebt, dann muss er sich outen!"
Mist, das hätte ich nicht sagen sollen. André kriegt postwendend die nächste Heulattacke.
"Was sagt denn Anna dazu?" versuche ich ihn abzulenken.
"Anna darf det uf jar keenen Fall erfahren", wehrt er entsetzt ab.
Erstaunt blicke ich ihn an. "Aber sie ist deine Schwester. Ihr versteht euch doch so gut."
André klärt mich darüber auf, dass Anna sich erst vor kurzem die neue Stelle gesucht hatte, weil sie sich an ihrem vorigen Arbeitsplatz in einen Kollegen verknallt, und eine Affäre mit ihm begonnen hatte. Leider war der verheiratet.
"Da ick nich wollte, det Anna genau so leidet wie icke, hab ick ihr den Hintern versohlt und gesagt, sie soll sich eenen neuen Job suchen. Wenn der Typ sie wirklich lieben würde, dann käme er schon nach. Aber sie hat nie wieder wat von ihm

jehört. Da kann ick ihr doch jetzt nicht wat von meenem Liebeskummer vorheulen."
Da konnte ich ihm nur zustimmen.
"Aber neulich in der Bar hast du noch versucht, mit dem Kellner zu flirten."
"Det war doch nur Show für euch. Julia! Du musst mir jetzte hoch und heilig versprechen, det du mit niemandem darüber sprichst. Schon jar nich mit Anna!"
Ich nicke zustimmend. Deshalb ist Anna also nach Berlin gezogen.
Mein Handy klingelt. Hoffentlich ist das nicht Anna. Ich weiß nicht, ob ich in diesem Moment dichthalten könnte. Glück gehabt, auf dem Display lese ich "Mama".
"Kind, wo treibst du dich bloß wieder rum? Bei dir ging keiner ans Telefon. Ich wollte mich nur melden, dass ich gut zu Hause angekommen bin. Und dass es sehr schön bei dir war. Ja, und grüß mir bitte nochmal die Anna und den André. Ach, das sind wirklich reizende Menschen."
Ich verspreche ihr, die Grüße auszurichten und verabschiede mich schnell, bevor sie mich ausquetschen kann, wo ich denn gerade sei.
"Sag mal, André, du hast nicht zufällig was zu essen im Haus? Mir steigt echt der Wein zu Kopf und mein Magen knurrt."
André geht in die Küche und kommt mit zwei großen Bechern Schokopudding und zwei Löffeln

zurück. Was wird das? Liebeskummer filmreif auf Amerikanisch?
In US-Liebesfilmen sitzen die Mädels immer mit riesigen Schüsseln Schokoladeneis und einer Großpackung Kleenex auf kitschigen Sofas und trösten sich gegenseitig.
Spielen André und ich das jetzt mit Pudding und Rotwein nach?
Genüsslich löffeln wir unsere Becher leer.
Plötzlich fängt André an zu lachen. "Ick fühl mir ebend wie in eenem kitschigen Ami-Liebesfilm."
"Ja, ich mich auch. Fehlt nur noch das Drehbuch."
Das meine ich ehrlich. Soll ich versuchen, André von seinem Kummer abzulenken, oder soll ich ihm das Gleiche raten, was er seiner Schwester nahegelegt hatte?
"Sag mal, hat Tommi nach dem Streit nicht wenigstens versucht, dich anzurufen?"
"Weeß nich. Hab det Handy aus. Aber er war hier."
"Und, was hat er gesagt?"
"Weeß nich, hab ihn ja nich rinjelassen."
Zuerst wollte er nicht, dass Tommi ihn so verheult sieht. Als es später wieder geklingelt hatte, wollte er ihm eine Chance geben. Da stand nur ich vor der Tür.
Mir fällt ein, dass im Fernsehen eine Komödie mit Ben Stiller läuft, also versuche ich es doch

mal mit der Ablenkungstaktik. Auf meinen Vorschlag hin, vielleicht ein wenig fernzusehen, habe ich eine Sekunde später die Fernbedienung auf den Knien.
"Mach schon mal an. Ich hole noch Wein." Somit hätten wir Flasche Nummer eins gekillt. Gut, dass ich erst nach der Hälfte eingestiegen bin.
Der Film ist ganz nett. Ab und an können wir uns sogar zu einem kleinen Minigelächter überwinden. Aber das war es dann auch schon. Keine Ahnung, ob es an dem Film oder an unserer Stimmung liegt.

Ich sehe zwei Männer in Kleidern. Bei näherem Hinsehen erkenne ich, dass es Brautkleider sind. Gemeinsam schreiten sie einen Gang entlang, an dessen Ende ein Altar steht. Viele Menschen in festlicher Garderobe erheben sich von den Bänken und beklatschen das Brautpaar. André! Es ist André. Aber wer ist der andere? Die Glocken läuten schrecklich laut. Ich muss mir die Ohren zuhalten.
Plötzlich sehe ich nichts mehr. Alles ist dunkel. Ich merke, dass meine Augen geschlossen sind.
Langsam öffne ich sie. Nun ist das Weiße kein Kleid, sondern meine Zimmerdecke. Ich habe also mal wieder wirres Zeug geträumt. Und die Glocken haben mich mal wieder geweckt. Aber warum ist das Fenster offen?

Ein wenig übel ist mir auch. Schritt für Schritt schaltet sich mein Gehirn ein.
Ich war am Abend zuvor bei dem in Liebeskummer getränkten André gewesen. Wir hatten Rotwein getrunken und Unmengen Schokopudding gegessen. Ob die Glückshormone, die darin enthalten sein sollen, bei ihm gewirkt haben? Mir ist jedenfalls nur schlecht. Als ich aufgebrochen bin, war es schon spät. Da André mich nicht alleine mit der Bahn fahren lassen wollte, hatte er mir ein Taxi gerufen. Genau! Und weil ich frische Luft brauchte, hatte ich das Fenster aufgerissen.
Der Tag hat noch nicht richtig angefangen, und ich sehne schon den Abend herbei. Außerdem ist erst Dienstag. Diese Woche verspricht heiter zu werden. Ich rapple mich vorsichtig auf. Eine kalte Dusche hat noch immer geholfen.
Um den Bäcker mache ich heute einen großen Bogen. Bloß nichts essen. Ich bin froh, dass sich mein Magen nach zwei Tassen Tee wieder einigermaßen beruhigt hat.
Das Auto vom Chef parkt vor der Firma. Julia, du weißt von nix und verhältst dich ganz normal - hoffentlich klappt das. Ob André heute zur Arbeit kommt? Der arme Kerl tut mir immer noch leid.

André erschien an diesem Tag nicht zur Arbeit. Kurz nachdem er mir eine SMS geschickt hatte, in

der er sich fürs Trösten bedankte und sich entschuldigte, dass er mich arbeitstechnisch hängen ließ, teilte mir der Chef mit, dass mein Kollege voraussichtlich zwei bis drei Tage ausfallen werde, da er sich wohl einen Virus eingefangen habe. Anschließend gratulierte er mir noch kurz zu dem Auftragserfolg, fragte, ob ich Hilfe bei der weiteren Bearbeitung brauche, und zog sich wieder in sein Büro zurück.
Da ich noch zwei Kundentermine für André übernehmen musste, war der Tag schnell vorbei, ebenso der Rest der Woche.
Am Mittwoch weihte André mich am Telefon unter Tränen ein, dass er die Beziehung schweren Herzens beendet habe. Wenn Tommi nicht zu ihm stehen könne, solle er sich einen anderen Idioten suchen, mit dem er Versteckspielen könne. Keinesfalls werde er sich wieder privat mit ihm treffen. Aufgrund von Annas schlechten Erfahrungen ging André zudem davon aus, dass er sich über kurz oder lang einen neuen Job suchen müsse. Die Frage, ob ich ihm irgendwie helfen könne, verneinte er. Er müsse sich erst einmal sortieren, damit er dem Chef in den nächsten Tagen einigermaßen gefasst begegnen könne.
Anna meldete sich am Donnerstag. Auch sie hatte eine stressige Arbeitswoche hinter sich.

Nebenbei berichtete sie, dass ihr Bruder krank sei, jedoch keinen Besuch wünsche, aus Angst jemanden anzustecken. Um nicht schwindeln zu müssen, ging ich nicht weiter darauf ein. Stattdessen erzählte ich ihr vom bevorstehenden Besuch meiner Freundin Alex am Freitag. Wir vereinbarten, miteinander zu telefonieren, um eventuell zu dritt etwas zu unternehmen.
Freitags kam André wieder zur Arbeit. Sehr gefasst, sogar fast normal, nur nicht so aufgedreht wie sonst. Da der Chef mehrere Außentermine hatte, ergab sich kaum ein Zusammentreffen der beiden.
Um ihn nicht weiter runterzuziehen, beließ ich es bei ein paar verschwörerischen Blicken und lobte ihn für seine gute Verfassung.

Nun bin ich mal wieder auf dem Weg zum Bahnhof. Alex freut sich so sehr auf ein Wochenende ohne Kinder und mit ganz viel Spaß, dass ich schon fast Angst habe, ihre Erwartungen nicht erfüllen zu können. Zwar war ich jeden Abend einigermaßen früh schlafen gegangen, fühle ich mich aber alles andere als fit. Trotzdem freue ich mich jetzt auf Alex. Sie ist immer so tiefenentspannt, weiß immer einen guten Rat und ist für jeden Spaß zu haben.

Im Bahnhof kenne ich mich mittlerweile bestens aus. Nun ja, so viele Ferngleise gibt es hier auch wieder nicht. Erstaunlich für so eine große Stadt.
Da fährt auch schon der Zug ein. Ich bleibe gleich neben der Rolltreppe stehen, da ich nicht weiß, in welchem Wagen Alex sitzt.
Menschenmassen strömen auf mich zu. Angestrengt versuche ich, meine Freundin ausfindig zu machen, als mir jemand von hinten auf die Schulter tippt. Alex!
Sie lässt ihre Reisetasche auf den Boden fallen und umarmt mich. "Julia, ist das schön, dich wiederzusehen. Toll siehst du aus, die Berliner Luft scheint dir gut zu bekommen." Das sagt ausgerechnet die Frau, die kein Gramm zu viel auf den Rippen hat und vom Kopf bis zu den lackierten Zehen immer perfekt gekleidet ist. Außerdem hat sie beneidenswert schöne dunkelbraune Augen, die ein attraktiver Kontrast zu ihren langen blonden Haaren sind. Dass diese Frau drei Kinder hat, glaubt kein Mensch.
„Bis eben sah ich vielleicht noch toll aus, aber neben dir sind meine Flirtchancen garantiert auf null gesunken", kann ich da nur ehrlich einräumen. „Komm! Wir fahren erst mal in meine Wohnung und quatschen."
Im Taxi merke ich, dass ich doch recht müde bin. Aber gleichzeitig bin ich auch total aufgekratzt

und freue mich, Besuch aus der Heimat zu haben.

Kaum sind wir zu Hause angekommen, fragt Alex auch schon, wo denn hier die Partys so abgehen.

„Party", erwidere ich ungläubig, „sag bloß, du willst heute noch Party machen?" Abgesehen davon, dass ich mir einen ruhigen Mädelsabend mit Pizza und Wein vorgestellt habe, weiß ich immer noch nicht, wo hier die tollen Partys steigen.

„Na, wir sind immerhin in einer Weltstadt! Im Fernsehen sieht man dauernd irgendwelche Promis auf Partys und so."

„Alex, ich glaube, da bist du auf dem falschen Dampfer. Ich habe wirklich null Plan, wo man in Berlin richtig auf den Putz hauen kann. Ehrlich gesagt, war ich bis jetzt noch in keiner Disco oder so."

Alex meint, dann sei es aber höchste Zeit, das zu ändern. Sie hätte was von einer tollen Disco am Potsdamer Platz gelesen. Dort würden auch immer die Preisverleihungen der Filmfestspiele stattfinden. Schließlich wolle sie einmal in ihrem Leben auch über einen roten Teppich gehen.

Unfassbar schnell hat sie mich mit ihrer Energie und guten Laune angesteckt. Und ich habe das deutliche Gefühl, dass dieses Wochenende doch nicht so ruhig wird, wie ich es mir vorgestellt hatte.

Wir sind uns aber darin einig, dass man für solch ein Vorhaben auf jeden Fall erst mal eine Stärkung braucht. Also machen wir uns rasch ein wenig frisch. Ich tausche meinen Hosenanzug gegen Jeans und Bluse, Jacke drüber und fertig.

Zwei Querstraßen weiter ist an der Ecke ein italienisches Restaurant. Ich habe es schon ein paar Mal im Vorbeigehen gesehen. Da es so einladend aussieht, wollte ich immer mal dorthin. Heute ist die Gelegenheit dazu.
Wir bestellen zwei große Pizzen und eine Flasche Weißwein.
„Erzähl mal, Alex, was machen deine süßen Kids?" frage ich neugierig. Doch sie wehrt ab.
„Alles bestens! Aber jetzt bin ich auch mal froh, sie los zu sein. Erzähl mir lieber, was bei dir so alles passiert ist. Hast du inzwischen einen interessanten Mann kennengelernt?"
Mit dieser Frage hatte sogar meine Mutter länger gewartet. Ich versuche, mich mit der Auskunft,
dass ich ja nicht ausschließlich nach Berlin gezogen bin, um einen Mann zu finden, aus der Affaire zu ziehen.
„Außerdem sind hier irgendwie alle schwul. Aber, wenn ich ehrlich bin, fühle ich mich sauwohl in ihrer Gesellschaft."
Während wir essen, berichte ich Alex ausführlich von André und dem Wochenende mit meiner

Mutter. Auch, dass er ihr von dem Abend erzählt hatte, an dem André, Anna und ich in Abendgarderobe essen gegangen waren. Wie cool sie in Anbetracht ihres Alters damit umging, und dass sie sogar gerne mal bei solchen Aktionen dabei wäre.

Der Gedanke an André stimmt mich traurig. Der arme Tropf sitzt bestimmt wieder einsam auf seinem Sofa und heult sich die Augen aus dem Kopf. Alex merkt sofort, dass meine Stimmung umgeschlagen ist. Also erkläre ich ihr kurz, dass er derzeit Liebeskummer hat, verschweige aber weitere Details.

"Hm - können wir dem armen Kerl nicht irgendwie helfen?" Typisch Alex! Schon kommt wieder ihr Talent als Problemlöserin zum Vorschein.

"Lass mal gut sein. Beziehungsstress hat jeder ab und zu. Das renkt sich bald wieder ein." Ich tue mein Bestes, um überzeugend zu klingen, denn ich würde gern das Thema wechseln, bevor ich vor lauter Fürsorge doch noch alles ausplaudere und wir mit unseren "Lösungsvorschlägen" alles nur noch schlimmer machen. Außerdem killt André mich, wenn er erfährt, dass ich mein Versprechen, mit niemandem darüber zu reden, nicht gehalten habe.

"Also gut, dann lass uns mal überlegen, welchen Teil Berlins wir heute unsicher machen können."

Unsere Teller sind leer. Erstaunt stelle ich fest, dass es mit der Weinflasche nicht anders aussieht. Kein Wunder, dass Alex so unternehmungslustig ist.

"Sag mal Julia, lerne ich denn die Anna noch kennen? Wir könnten doch auch zu dritt um die Häuser ziehen."
Ich habe zwar keine Ahnung, ob Anna nicht vielleicht schon auf dem Sofa eingeschlafen ist, aber einen Versuch wäre es wert. Es ist noch nicht mal zehn Uhr. Also krame ich nach meinem Handy und klingle durch. Eine verschlafene Stimme meldet sich am anderen Ende.
"Hey Anna, ich bin's, Julia! Ich hab doch heute Besuch bekommen. Hast du nicht Lust, mit Alex und mir noch was trinken zu gehen?"
"Haste schon tiefer ins Glas jekiekt? Ick bin schon bettfeen uf dem Sofa."
Ich versuche sie zum Mitkommen zu überreden, indem ich ihr sage, dass sie dann schon bestens ausgeruht sei und Alex sie unheimlich gerne kennenlernen möchte.
"Komm, Anna! Runter vom Sofa und rin in die Jeans. Gib dir mal nen Ruck. Worauf wartest du? In ein paar Jahren mit Rollator und zitternden Knien wird das nix mehr ." Woher ich plötzlich so viel Unternehmungsgeist habe, weiß ich nicht. Vermutlich hat Alex mich angesteckt.

Ich höre, wie sie mit Poldi darüber diskutiert, ob sie ihn wohl mal für ein paar Stunden alleine lassen kann. Vermutlich liegt der kleine Faulpelz mit auf dem Sofa und hebt gerade mal die Augenbrauen.
"Na jut", gibt sie endlich nach. "Det dauert aber nen Moment, bis ick mir ausjehfein jemacht hab."
Wir vereinbaren, uns direkt am Potsdamer Platz zu treffen, da Alex dort gerne in eine Disco möchte. Also bezahlen wir und brechen auf.

"Sollen wir ein Stück zu Fuß gehen? Die Luft ist so angenehm." Ich bemühe mich, zu überspielen, dass mir der Wein ganz schön zu Kopf gestiegen ist, und hoffe, dass ich rasch wieder klarer werde. Alex findet die Idee gut. So könnten wir auch viel mehr entdecken.
Ein paar Straßen weiter kommen wir an einer Tankstelle vorbei. Alex bleibt stehen.
"Die Berliner Luft ist ganz schön trocken. Komm! Wir holen uns noch einen Prosecco."
Ich bin entsetzt! "Also Alex! Ich marschiere doch nicht mit einer Flasche in der Hand durch die Straßen."
"Sag mal, wer von uns wohnt denn in der Großstadt?" Gespielt entrüstet stemmt Alex ihre Hände in die Hüften. "Muss da erst eine

Dorftrulla nach Berlin kommen, um dich aufzuklären, was IN ist?"
Dann informiert sie mich, dass es mittlerweile Prosecco in Dosen gibt, und dass es total angesagt sei, diesen auf dem Weg zum nächsten "Event" zu trinken.

Lachend dreht sie sich um und verschwindet in der Tankstelle. Ich warte mal lieber in sicherer Entfernung draußen. Wer weiß, was sie da drin noch so alles von sich gibt.
Kurz darauf kommt Alex mit zwei Dosen Prosecco und einer Zeitschrift zurück.
"Hast du dir vorsichtshalber was zu lesen mitgebracht, falls der Abend doch noch langweilig wird?" necke ich sie.
Alex erwidert, dass sie sich beim Kassierer erkundigt habe, wo man denn in Berlin nachts so hingeht. Dieser habe sie auf eine Zeitschrift verwiesen, in der alle Veranstaltungen und Locations zu finden seien. "Inklusive Fernsehprogramm, falls die Auswahl doch zu klein wäre", habe er noch ironisch hinzugefügt.
"Und da du ja nicht auf dem Laufenden bist, habe ich das Blatt gekauft."
Zischend öffnen sich die Dosen und wir stoßen an. Ich bin zwar der Meinung, dass das keinen Stil hat. Aber Alex ist irgendwie immer up to date.

Wir gehen bis zur nächsten S-Bahn Station und fahren den Rest der Strecke. Zwei Stationen weiter steigt eine Frauengruppe in unseren Wagen ein. Alle mit Prosecco-Dosen in der Hand. Natürlich kann meine Freundin es sich nicht verkneifen, mich augenzwinkernd darauf hinzuweisen, dass das heutzutage modern ist. Mit einem: „ Das nennt man vorglühen", beendet sie das Thema und blättert ein wenig in der Zeitschrift.

Ich schaue aus dem Fenster und lasse die vielen bunten Lichter auf mich wirken. Im Dunkeln finde ich Berlin fast noch schöner als bei Tag. Ich kann schon den Potsdamer Platz mit dem Sony-Center sehen. Das Dach wechselt alle paar Sekunden die Farben, ein beeindruckendes Bild. Ich schrecke zusammen, als die Bahn in einen Tunnel fährt. Vorbei ist es mit dem schönen Schauspiel.

Am Potsdamer Platz suchen wir uns ein beleuchtetes Plätzchen auf dem großen Platz vor dem Casino und setzen uns auf die Stufen. Da ist auch tatsächlich eine Disco mit einem kleinen roten Teppich.

"Siehste", trumpft Alex auf, "hier sind bei den Preisverleihungen immer die Stars. Dann liegt da aber ein Riesenteppich und alles ist voll mit Fans und Journalisten."

Jetzt, wo sie es sagt, erinnere ich mich an die Bilder, die ich davon im Fernsehen gesehen habe. Gerade wollen wir uns dem weiteren Nachtleben in Buchstabenform widmen, da sehe ich Anna suchend über den Platz schlendern. Ich stehe auf, um ihr zu winken. Und schon begrüßen sich meine Begleiterinnen wie zwei alte Freundinnen. Nun kann ja nichts mehr schiefgehen.
Da mir bereits der Wein zu Kopf gestiegen war, biete ich Anna meine noch fast volle Dose Prosecco an.
"Det jloob ick nich! Ihr habt schon vorjeglüht?" fragt Anna gespielt entsetzt.
„Siehste Julia, Anna kennt das auch mit dem Vorglühen. Nur du wieder nicht!"
"Weeste, Alex, ick hab nen schwulen Bruder, da weeß man eenfach wat Phase is, wa?" sprichts und stößt mit Alex an.
Die fragt auch gleich, warum Anna denn ihren Bruder nicht mitgebracht habe. Mit vier Mädels wäre es doch sicher noch lustiger.
Ich bin froh, dass auch Alex so locker mit dem Thema umgeht und nicht tausend Fragen stellt. Aber sie ist ja bereits vorinformiert.
"Ne, der André hat heute nen Auftritt im Travestie- Theater. Und irgendwie is der och nicht jut druff. Keene Ahnung, wat der hat."
Die Sache mit dem Theater ist ein gefundenes Fressen für Alex. Neugierig erkundigt sie sich, wo

das sei und ob wir da nicht noch hingehen wollten. Den Zahn zieht Anna ihr sofort.
"Bis wir da sind, ist die Vorstellung schon vorbei. Det lohnt sich nich, wa?"
Anna deutet auf die Zeitschrift.
"Wat haste denn da? Haste die beem Frisör jeklaut?"
Ich erkläre ihr, was es mit der Zeitschrift auf sich hat, und dass Alex sich vorgenommen hat, Berlin unsicher zu machen.
"Klar, ich bin doch nicht fünfhundertfünfzig Kilometer mit dem Zug gefahren, um das Wochenende im Bett zu verbringen. Ich habe kinderfrei", setzt sie erklärend hinzu.
"Und ick hab mir och nich vom Sofa jerollt, um mir Kaninchen anzukieken."
Schön, dass die beiden sich einig sind. Ich war von einem etwas ruhigeren Wochenende ausgegangen. Da hatte ich Alex' Worte am Telefon wohl falsch verstanden. Stimmt! Sie sprach davon, nichts planen zu wollen, aber nicht von nichts erleben wollen.
Also stecken wir unsere Nasen in die Zeitschrift und lassen uns von den bunten Seiten inspirieren.
Ein komisches Bild geben wir ab: Drei erwachsene Frauen sitzen kichernd auf den Stufen, wie Vierzehnjährige, die zum ersten Mal in ihrem Leben eine Bravo lesen.

Alex tippt mehrfach mit dem Finger auf eine Stelle.
"Mädels! Da gehen wir hin!"
Anna und ich schauen genauer hin. "Mallorca-Nacht?" frage ich ungläubig.
"Ne, tiefer."
"Wie tief? Über oder unter der Men Strip Bar?"
"In! Die Men Strip Bar!"
Anna findet als erste die Sprache wieder.
"Ick gloob, ick jeh wieder uf meen Sofa."
"Ich auch." Etwas Besseres fällt mir erst mal nicht ein. Mein Gehirn ist im Schockzustand. Doch Alex ist voll in ihrem Element. Sie versucht uns mit Argumenten wie "Das wird bestimmt witzig", "Mal was anderes", und "Hier kennt uns doch keiner", zu überreden.
"Wie wäre et denn, wenn wa erstma irjendwo wat trinken? Ick bin jrad total unterhopft und brooch nen Bier."
"Eine sehr gute Idee!" pflichte ich ihr bei. Seufzend gibt Alex nach. Aber ich glaube nicht, dass sie die Idee aus den Augen verliert.
Also gehen wir ein paar Meter weiter über den kleinen roten Teppich in die Disco.

Unsere Jacken, inklusive Zeitschrift geben wir an der Garderobe ab. Gut so! Ich schmiede schon mal Pläne, wie ich das Ding klammheimlich entsorgen kann. Später werde ich zur Toilette

gehen. Auf dem Weg lasse ich mir Alex' Jacke geben, nehme die Zeitschrift raus, zerpflücke das Ding und spüle es die Toilette runter.
"Julia!" holt Alex Stimme mich aus meinen Gedanken, "klebst du am Teppich fest, oder warum kommst du nicht?"
Wow! Eine typische Disco ist das hier nicht. Es sieht fast aus wie in einer Kirche.
An eine Wand wurden Kirchenfenster gemalt, die aussehen wie echt. Eine Kanzel ragt hoch über uns auf. Darauf ist der DJ platziert. In einer Ecke stehen Tische und Stühle. Anscheinend kann man hier sogar Essen bestellen. Rechts und links von der Tanzfläche sind zwei überlange Theken. Beeindruckt vom ungewöhnlichen Ambiente steuern wir die Bar an. Es ist noch nicht sehr voll, so dass wir Plätze an der Theke bekommen. Ich bestelle drei Bier.
Wir stoßen an und sehen uns neugierig um. Im Hintergrund befindet sich eine kleine Bühne. Darauf stehen als Dekoration riesige Blumenkübel voll mit Apfelsinen. Die Pfeiler sind mit Klinkern verkleidet, die aussehen, als würden sie abbröckeln. An der wahnsinnig hohen Decke erkennt man phantasievolle Malereien, die von den Kronleuchtern in ein warmes Licht getaucht werden. Der Raum ist eine originelle Mischung aus Mittelalter und Kirche.

Durch ein Lied aus den achtziger Jahren werden wir aus dem Staunen gerissen. Die Tanzfläche füllt sich rasch und wir sind gleich mit dabei. Die guten alten Hits kennen einfach alle. Es sind die Muntermacher für jede Party. Laut mitsingend tanzen wir ausgelassen zu einem Lied nach dem anderen.

Zwei oder drei Meter von uns entfernt, tanzt ein Mädel ungefähr in meinem Alter und lächelt mich an. Hat sie mich gegrüßt? Freundlich wie ich bin, nicke ich lächelnd zurück. Sollte ich die hübsche Brünette irgendwoher kennen? Vielleicht eine Kundin?

Egal. Ich drehe mich ein wenig und tanze weiter. Langsam wird es richtig voll.

Und warm! Ich tippe Alex auf die Schulter. In Zeichensprache mache ich ihr klar, dass ich etwas trinken möchte. Anna bekommt meine Geste mit. Beide nicken und folgen mir zur Bar, wo mittlerweile alle Plätze belegt sind. Also bestellen wir aus der zweiten Reihe. Ich brauche erst mal ein Wasser. Meine Zunge klebt vom vielen Mitsingen fast am Gaumen. Alex nimmt auch ein Wasser. Anna entscheidet sich für ein Bier. Sie hat ja auch was aufzuholen.

"Sag mal, kanntest du das Mädel auf der Tanzfläche?" fragt Alex mich. "Die hat dich die ganze Zeit beobachtet und angelächelt."

Ich antworte, dass ich auch das Gefühl hatte, sie hätte mich gegrüßt, mir jedoch nicht eingefallen sei, woher ich sie kennen könnte. Gerade will ich noch hinzufügen, dass ich mir so ein hübsches Gesicht sicher gemerkt hätte, da deutet Anna mit einem Kopfnicken hinter mich. Ich drehe mich um, und da steht die schöne Fremde direkt vor mir.

"Kennen wir uns irgendwoher?" frage ich leicht verdattert.

"Noch nicht", kommt prompt die Antwort. "Aber das würde ich gerne ändern."

Ich hole tief Luft, da kommt Anna mir zuvor: "Ick jloobe, wir stehen eher uf Männer, wa?"

Große, fremde Kulleraugen blicken mich fragend an. "Du auch?"

"Was, ich auch?"

"Stehst du auch auf Männer?"

Ich verstehe immer noch nicht so richtig, worum es hier genau geht.

"Ja, klar stehe ich auf Männer! Wieso? Hast du irgendwo welche im Angebot?"

Anna lacht sich schlapp. Die Fremde verabschiedet sich mit einem Lächeln und taucht in der Menge ab.

Völlig irritiert schaue ich meine Freundinnen an. "Was, bitte schön, war das jetzt?"

Alex antwortet ganz cool: "Bei Männern würde man sagen, eine billige Anmache. Aber bei der fand ich das irgendwie süß."
Anna lacht immer noch. Ich checke gar nichts mehr. "Wieso hat die sich denn bei mir entschuldigt, und warum fragt sie mich, ob ich auch auf Männer stehe?"
"Na, weil sie dachte, du stehst uf Frauen, wa?" erklärt Anna mir amüsiert.
"Julia", Alex Coolness verwandelt sich ebenfalls in ein breites Grinsen, "du wurdest gerade anstatt von einem Mann halt mal von einer Frau angebaggert."
Jetzt ist der Knoten auch bei mir geplatzt. "Und was bitte ist daran so lustig?"
"Nüschte", grinst Anna, "nur det du det nich gecheckt hast."
"Unser Julchen ist und bleibt eben ein Spätzünder", muss Alex noch ihren Senf dazu geben.
Na, ob Alex das ohne Annas Kommentare sofort kapiert hätte, wage ich mal zu bezweifeln. Mit einem "Det is halt Berlin", prostet Anna uns mit einer neuen Runde Bier zu. Sie war der Meinung, uns darauf einen ausgeben zu müssen.

Mittlerweile hat der DJ die Musik der Achtziger gegen Techno ausgetauscht, was nicht so ganz

unser Ding ist. Zwar wippen wir ein wenig mit, aber die Stimmung ist irgendwie raus.
"Wie sieht's denn mal mit einem Standortwechsel aus?" brüllt Alex uns zu.
"Wohin?" fragt Anna. "Ich hab da eine Idee", erwidert Alex augenzwinkernd.
Wir trinken unsere Gläser aus und bahnen uns den Weg zur Garderobe.
Mir fällt wieder diese Berlin-Zeitung ein. Mist! Die wollte ich doch unauffällig entsorgen. Aber Anna wird den Trip in die Men Strip Bar bestimmt auch nicht mitmachen wollen. Somit wären wir schon mal zu zweit und Alex ist überstimmt.
Kaum haben wir unsere Jacken an, da blättert Alex auch schon in ihrer Informationsquelle.
"So, Mädels! Das war ja schon mal ganz nett, aber ich würde sagen, jetzt geht der Spaß erst richtig los."
Sie fragt Anna, wie weit die Tauenziehnstraße von unserem Standort entfernt ist. Die wirft einen Blick in die Zeitschrift.
"Wat denn, wat denn? Willste echt in die Bar?"
Ich bin so fest davon überzeugt, dass Anna sich vehement dagegen aussprechen wird, dass ich mich schon mal auf den Weg zum Ausgang mache. Nebenbei höre ich zwar etwas von "U-Bahn", und "nicht lange", mache mir aber keine weiteren Gedanken darüber. Draußen atme ich tief die frische Luft ein. Der Himmel ist

sternenklar. Somit scheint bestimmt morgen die Sonne. Prima! Dann können wir einiges unternehmen. In Gedanken fahre ich schon mit Alex auf Inlineskatern den siebzehnten Juni runter, als Anna lauthals verkündet: "Noch so ne Kaltschale aus der Dose, und ick bin für jeden Spaß zu haben."
Erschrocken drehe ich mich um. "Für welchen Spaß?"
"Tja, Julia, du bist überstimmt", triumphiert Alex mit einem Siegerlächeln. "Anna will auch in die Stripper -Bar."
Ich bin fassungslos. Mehr als ein entrüstetes "Anna!" bringe ich aber nicht heraus.
"Ach komm, Süße, du bist immerhin heute schon angemacht worden. Das Vergnügen hatten wir noch nicht!" Gegenüber Alex' Sprüchen fühle ich mich machtlos.
"Und wer sonntagabends im Ballkleid in einem Schwulenrestaurant essen geht, den können ein paar leicht bekleidete Männer nicht schocken."
"Komm, Julchen, oder muss ick erst noch Poldi zur Verstärkung holen, damit du dich traust?"
Mit einem zaghaften "überredet", löse ich ein riesiges Gekreische und Gehopse bei den beiden aus. Daher ermahne ich sie, ihre Stimmen lieber zu schonen. "Es gibt gleich sicher noch einiges zu kreischen."

Am Kiosk in der U-Bahn versorgen wir uns aufs Neue mit Dosenprosecco. So wie wir rumgibbeln, scheinen wir uns gerade wieder in Teenager zurück zu verwandeln.
Gegenseitig beschreiben wir uns, welche Filme gerade in unserem Kopfkino laufen: Das geht von großen, gut gebauten Männern über rasierte Beine, bis hin zu Glatzköpfen und Sahne auf einem knackigen Po.

"Aber ich warne euch", versuche ich mit einem Rest an Ernsthaftigkeit einzubringen. „Wenn das in irgendeiner Weise peinlich wird, bin ich sofort weg!"
Irgendwie werde ich das Gefühl nicht los, dass es genauso kommen wird.

An der Strip-Bar angekommen, sind wir mit einem mal alle still.
Ich mache einen letzten Vorstoß: „Wir müssen da nicht reingehen. Es gibt hier sicher noch was anderes Nettes."
Aber Alex, die sich nicht so leicht einschüchtern lässt, schüttelt entschieden den Kopf und hält uns die Tür auf.
Anna und ich schleichen so langsam hinein, als gingen wir auf Eiern und durchqueren nur zaghaft einen

kleinen, dunklen Vorraum. Mit einem „ Also ihr benehmt euch wie Vierzehnjährige!" marschiert Alex an uns vorbei, direkt auf einen Vorhang zu, hinter dem die Bar liegt.

In diesem Augenblick kommt ein knackiger Typ durch den Vorhang geschossen, wobei er uns fast umrennt. „Hallo Mädels! Ihr kommt gerade richtig, in ein paar Minuten beginnt unsere Show."

Er hält uns den Vorhang auf. Perplex bleibe ich stehen. „ Das ist ja nur ein ganz kleiner Laden", flüstere ich Anna zu, die neben mir stehen geblieben ist.

„Und viel los ist hier och nich." Stimmt! Der Raum ist gerade mal zur Hälfte gefüllt.

Wir folgen Alex, die auf einen Tisch vor der Bühne zusteuert.

Kaum sitzen wir, steht auch schon der nächste gut gebaute Knabe vor uns. Sein sehr muskulöser Körperbau steht im Kontrast zu einem fast kindlichen Gesicht.

„Kann ich euch noch etwas zu trinken bringen, bevor die Show anfängt?"

Ohne zu fragen, bestellt Anna drei Prosecco und beugt sich interessiert vor.

„Kiek mal, da is sogar ne Stange uf der Bühne. Ob die da och so richtig Akrobatik dran machen?"

Wir diskutieren gerade darüber, wie toll manche Frauen daran tanzen können, und dass es dafür

sogar richtige Wettbewerbe gibt, da werden auch schon unsere Getränke gebracht. Wir schaffen es gerade noch anzustoßen, als das Licht in dem ohnehin spärlich beleuchteten Raum noch weiter herunter gedimmt wird. Begleitet von einem Trommelwirbel und großem Getöse treten vier Männer durch einen Vorhang direkt neben unseren Sitzplätzen. Zwei davon kennen wir schon: den, der uns am Eingang fast umgerannt hatte, und den Jüngling, der uns die Getränke brachte. Hier sind also die Kellner gleichzeitig die Tänzer.
Synchron springen sie auf die kleine Bühne und ziehen gekonnt ihr einstudiertes Ausziehprogramm durch.
Ein paar Frauen im Publikum pfeifen bei jedem Kleidungsstück, das zu Boden fällt. Wir belassen es dabei, zu klatschen. Die Stimmung ist gut, auch wenn die Zahl der Zuschauer übersichtlich ist.
Natürlich bekommen die Männer am Ende einen lebhaften Applaus.

„Siehste", bemerkt Alex, „war doch gar nicht so schlimm, oder?"
Ich schüttle den Kopf und muss zugeben, dass es ganz amüsant war, wie sexy Männer sich ausziehen können.

„Und nun meine lieben Damen", ertönt eine Stimme aus dem Off, „kommt der Mann, auf den Sie alle gewartet haben. Der Mann, der Ihnen schlaflose Nächte bereiten wird: unser Superstar Benni!"
Alles schaut gespannt auf den Vorhang neben unserem Tisch. Musik erklingt, der Vorhang geht auf, und Benni blickt mir direkt ins Gesicht. Oh Gott! Bleib bloß nicht stehen, alles, bloß das nicht. Und ... er geht an mir vorbei.
Erleichtert atme ich auf. Benni lässt sich beklatschen, während er von Tisch zu Tisch tänzelt, bis er die Runde an unserem Tisch beendet.
Prompt greift er nach meiner Hand und zieht mich vom Stuhl hoch. NEIN!!! Heftig schüttle ich den Kopf. Doch er lächelt nur und tanzt voller gespielter Erotik um mich herum.
„Verrätst du mir noch deinen Namen?" flüstert er mir zu.
„Julia." Mein Gesicht gleicht einer knallroten Tomate - hätte ich doch mehr Makeup aufgetragen. Benni drückt mich spielerisch auf den Sitz zurück und beginnt, ein Teil nach dem anderen auszuziehen. Ich weiß gar nicht, wo ich hinschauen soll. Schließlich will ich mich nicht noch mehr blamieren. Außerdem möchte ich Benni nicht die Show verderben, indem ich ein verlegenes Gesicht aufsetze und nur an ihm

vorbei gucke. Krampfhaft durchforsche ich mein Gedächtnis nach irgendwelchen Shows, die ich mal im Fernsehen gesehen habe, um abzurufen, wie sich da die Frauen verhielten, die das gleiche „Vergnügen" hatten wie ich in diesem Moment. Da schwingt Benni ein Bein über meinen Kopf und schon sitzt er breitbeinig auf mir. Lächeln, Julia, immer schön lächeln. Aus Sekunden werden gefühlt Lichtjahre.
Kaum spüre ich sein Gewicht auf meinen Schenkeln, zieht er mich geschickt mit einer Hand am Nacken mit hoch, und ehe ich protestieren kann, finde ich mich auf der Bühne an der Tanzstange wieder. Na, das habe ich mir immer schon gewünscht. Jetzt können mich alle noch besser sehen. Wenn ich diese Nummer hinter mir habe, bringe ich Alex und Anna um!

Um dem Ganzen die Krone aufzusetzen, werden meine Hände über dem Kopf an der Stange gekreuzt. Hautnah kreist Benni um mich herum, mittlerweile nur noch mit einem Slip bekleidet. Indem er kurz stehen bleibt und ein Bein an mir reibt, flüstert er mir ins Ohr, dass ich ihm gleich den Slip ausziehen soll, wenn er sich bückt.
Das wird ja immer schlimmer. Ich weiß in diesem Moment nicht, was härter ist, meine total verkrampften Muskeln, oder die Stange, an der ich gerade wie Sahnesteif stehe. Apropos Sahne!

Hat Anna nicht in der U-Bahn von Sahne auf dem Po gesprochen? Eins ist klar: kommt der Typ gleich mit Sahne an und ich soll die von ihm ablecken, dann werde ich hier die Führung übernehmen. Triumphierend werde ich Benni von der Bühne entführen und meinen beiden Mädels auf den Tisch legen. Yes! Die Idee erscheint mir derart genial, dass ich tatsächlich auf die Nummer mit der Sahne warte.

Stattdessen werden meine Arme behutsam wieder nach unten geführt. Benni dreht mir den Rücken zu und bückt sich. Sein schwarz beslipter Hintern bewegt sich vor mir hin und her. Meine Augen sind wie unter Hypnose darauf fokussiert. Der Hintern kommt immer näher. Dabei war er doch gar nicht weit weg. Wieso bleibt der denn so lange in gebückter Haltung? Ach ja! Ich sollte ihm ja die Buxe ausziehen, wenn er sich runterbeugt. Ohne darüber nachzudenken, wie ich das am besten mache, damit es auch erotisch aussieht, zerre ich hektisch an seinem Slip. So sehr, dass er automatisch einen Schritt zurück macht, und mich mit seinem Allerwertesten an die Stange drückt.

Bevor ich auch nur ansatzweise überlegen kann, wie ich aus der Nummer wieder rauskomme, hat Benni sich aufgerichtet und zu mir umgedreht. Mit seinem ganzen Gewicht drückt er mich an die Stange. "Dann ziehen wir den Slip eben anders

aus", flüstert er mir ins Ohr. Ehe ich mich versehe, landen meine Hände auf seinem Hintern. Geführt von seinen geübten Fingern, ziehe ich ihn also jetzt aus.
Zu meiner großen Erleichterung trägt er noch einen String darunter. Obwohl Benni immer noch nicht völlig hüllenlos ist, höre ich ein paar Frauen pfeifen und jubeln.
Er tanzt noch zweimal um mich herum, hebt mich dann mit lässiger Leichtigkeit, als wäre ich eine Feder, hoch und trägt mich an unseren Tisch zurück.

Rührei, Toast, Marmelade. Vor mir steht alles, was mein Herz morgens begehrt. An diesem Tag gehört noch eine eiskalte Cola dazu. Als hätte ich drei Tage Durst leiden müssen, trinke ich sie in einem Zug leer.
Mir gegenüber steht ein Teller mit einer Schrippe und Nutella. Daneben liegt Annas Kopf, gebettet auf ihren Unterarm. Neben mir schlürft Alex einen Becher Kaffee.
Nach meinem Auftritt in der Men Strip Bar, brachte uns Benni als Dankeschön fürs Mitmachen eine Flasche Champagner. Natürlich musste die sofort ausgetrunken werden. Irgendwann füllte sich die Bar ein wenig mehr und es folgte der nächste Showakt, bei dem ich auf meinem Platz sitzen bleiben durfte. Ein

anderes Mädel hatte das Vergnügen, als Ausziehhilfe auf der Bühne zu fungieren. Danach hatten wir genug gesehen und vor allem getrunken. Gut angeschickert verließen wir die Lokalität.

Nun war es auf einmal Anna, die total aufgekratzt war. Sie wollte unbedingt noch weiter um die Häuser ziehen. Also beschlossen wir, den Weg zu meiner Wohnung einzuschlagen und unterwegs in jede Kneipe einzukehren, die noch geöffnet hatte. Da fast überall noch reger Betrieb herrschte, mussten wir leider die eine oder andere überspringen. Es wurde nämlich schon langsam hell.
Ich habe keine Ahnung, wie viele Leute wir in dieser Nacht kennengelernt haben. Ein paar Namen fallen mir ein, jedoch bin ich mir nicht sicher, ob ich sie noch den dazugehörigen Gesichtern zuordnen kann.
In einer Bar wurde Junggesellenabschied gefeiert. Wir mussten dem Bräutigam Kondome abkaufen, dafür gab er uns Schnaps aus. In einer anderen Kneipe trafen wir auf eine junge Männertruppe aus Bayern. Einer hatte blaue Haare. Er erklärte, dass seine Freundin eifersüchtig sei. Daher habe sie ihm vor der Fahrt nach Berlin die Haare gefärbt, in der Hoffnung, dass ihn andere Mädels damit doof finden. Sie

hatte offensichtlich nicht damit gerechnet, dass er mit den blauen Haaren der absolute Mittelpunkt war, und die Frauen ihn gerade deshalb total süß fanden.

Erschöpft sitzen wir, wenige Meter von meiner Wohnung entfernt, in dem kleinen Innenhof eines gemütlichen Cafés und frühstücken.
"Ob ich wohl Annas Brötchen noch haben kann?" Ich kläre Alex auf, dass das hier Schrippe heißt und zucke müde mit den Schultern.
Es wurde langsam Zeit, mal wieder feste Nahrung zu sich zu nehmen, anstatt flüssige. Gesättigt lehne ich mich zurück und genieße mit geschlossenen Augen die Sonne auf meinem Gesicht.
"Haben die Damen vielleicht noch einen Wunsch?" Widerstrebend öffne ich die Augen. Der Kellner lächelt mich an, als wüsste er, dass wir die Nacht durchgemacht haben. Keine Kunst, so wie wir in den Seilen hängen. Alex, die wohl auch eingenickt ist, hat als erst die Sprache wiedergefunden.
"Die Rechnung bitte."
Wir bezahlen und wecken Anna.
Erstaunlich schnell ist auch sie wieder wach. Ihr erster Gedanke gilt natürlich ihrem Hund. "Oh weia, ick muss zu Poldi. Det arme Tier muss dringend vor die Tür."

Nachdem wir Anna zur S-Bahn gebracht haben, brauchen Alex und ich dringend eine Mütze voll Schlaf. Allerdings ließ Alex' Tatendrang mir nicht so viel Zeit dazu, wie mein Körper eigentlich gebraucht hätte. Doch die kalte Dusche hat mich wieder mal gerettet.
Bei bestem Wetter fahren wir auf Inline Skatern von einer Sehenswürdigkeit zur nächsten.
Alex ist begeistert von dieser Art des Sightseeings. Dank der charmanten und vor allem mitteilungsbedürftigen Frau Landsmann von der Schiffstour, kann ich hier und da eine kleine Geschichte zu den Sehenswürdigkeiten beisteuern. Am meisten beeindruckt Alex jedoch das Hotel Adlon. Als wir vor dem Eingang stehen bleiben, blickt sie andächtig und voller Ehrfurcht auf das Gebäude und fängt an zu erzählen, was sie über dessen Geschichte gelesen hatte. Dass Lorenz Adlon es neunzehnhundertsieben eröffnet hatte, und dies das erste Hotel in Deutschland war, das nicht einfach nur Zimmer zum Übernachten anbot, sondern Rauchersalons, Spielzimmer und verschiedene Cafés, wodurch es einzigartig und zur ersten Adresse wurde. Auch, dass die Gästeliste von Kaiser Wilhelm dem Zweiten über Rockefeller bis zu Charlie Chaplin reichte. Und dass Marlene Dietrich hier entdeckt wurde. Nicht zu vergessen, dass es

während des Krieges zum Lazarett umfunktioniert wurde und es in den letzten Jahren vor dem Abriss eine Herberge war, bis neunzehnhundertsiebenundneunzig der Neubau unter dem alten Namen wieder eröffnet wurde.
Ich bin schwer beeindruckt von ihrem detaillierten Wissen.
Auch der Portier nickt uns anerkennend zu. Was Alex spontan ermutigt, ihn zu fragen, ob wir nicht eines der wunderbaren Cafés in diesem geschichtsträchtigen Haus anschauen dürften. Sehr höflich erklärt der Uniformierte mit einem gutmütigen Lächeln, dass dies überhaupt kein Problem sei, wenn wir denn mit anderen Schuhen wiederkämen. Inlineskates seien leider nicht erlaubt.
Doch davon lässt meine Freundin sich nicht beeindrucken. Sie erwidert, dass dies nicht möglich sei, da wir später noch eine Verabredung hätten und sie am nächsten Morgen schon wieder abreisen müsse. Geduldig und nach wie vor höflich versichert er, dass die Rollen unter unseren Füßen genauso wenig zum Stil des Hauses passen würden, wie auf Socken über das Parkett zu rutschen. Mir ist Alex' hartnäckige Art peinlich, deshalb gehe ich ein paar Schritte weiter und beobachte die Szene aus sicherem Abstand. Alex lässt nicht locker. Mit Engelszungen und einem bewundernswerten Augenaufschlag

redet sie weiter auf ihn ein. Dies sei ihr einziges kinderfreies Wochenende. Ab Montag hätte sie wieder ihre drei Kinder zu betreuen und diese zwei Tage in Berlin seien ihr Highlight des Jahres. Damit hatte sie ihn um den Finger gewickelt. Er ruft einen Pagen zu sich und bittet ihn, zwei Paar Damenschuhe aus dem Fundus zu holen. An uns gerichtet erklärt er, dass er dies nur aufgrund Alex' Leidenschaft fürs Adlon mache, und wir jetzt Aschenputtel spielen müssten. Sollten uns die angebotenen Schuhe nicht passen, könne er nichts mehr für uns tun.

Natürlich passen sie! Zwar sind sie jeweils eine Nummer zu groß, aber verschwitzte Füße saugen sich fest. Flüchtig geht mir der Gedanke durch den Kopf, welche Käsemauken wohl vor den meinen in diesen Pumps gesteckt haben, aber rasch beruhige ich mich damit, dass letztere in so einem exklusiven Hotel wahrscheinlich desinfiziert wurden.

Alex hat also wieder mal ihren Willen bekommen. Ihre Beharrlichkeit hat gesiegt. Auch wenn es ihr längst nicht mehr um das Geschichtliche ging. Aber so ist sie eben. Und so erlebe ich immer wieder Situationen mit ihr, in die ich mich alleine niemals begeben würde.

Wir tranken also den vermutlich teuersten Kaffee unseres Lebens und sinnierten darüber, welche Berühmtheiten wohl die Schuhe vergessen haben könnten, die an unseren Füßen klebten. Anschließend schauten wir uns noch die edle Keramikabteilung an und begutachteten die goldenen Wasserhähne in den edlen Waschräumen.

Beim Rücktausch unserer Schuhe bedankte Alex sich überschwänglich bei dem überaus toleranten Portier und ließ ein großzügiges Trinkgeld springen. Er wünschte uns noch ein schönes Wochenende und alles Gute für ihre Familie.

Danach fuhren wir zum Reichstag, da wir in die Glaskuppel wollten. Doch dort war man nicht so tolerant wie im Adlon und ließ uns mit den Inlineskates nicht hinein. Auch gab es dort keine Leihschuhe. Dabei wären sicherlich gefühlte zwanzig Paar Schuhe bei meinen Steuerabgaben möglich gewesen. Wegen der Unfallverhütungsvorschrift durften wir auch nicht barfuß gehen. Wir hätten ja in eine Scherbe treten können.

Nach diesem Flop gönnten wir uns ein Radler in einer Beachbar im Museumsviertel an der Spree und beschlossen, auf weitere Besichtigungen vorerst zu verzichten. Aber wir hatten ja auch schon fast alles gesehen.

Fertig wie die Brötchen sitzen wir nun auf meinem Balkon und quatschen über unsere Erlebnisse der letzten vierundzwanzig Stunden. Eigentlich redet nur Alex. Ich nicke nur. Manchmal kommt mir noch ein zustimmendes "ja" über die Lippen. Zu mehr bin ich einfach nicht mehr in der Lage. Schließlich hatte ich nur vier Stunden Schlaf. Es ist mir unbegreiflich, wie Alex das schafft. Kommt man als Mutter wirklich dauerhaft mit so wenig Schlaf aus? Ich bin mir nicht sicher, ob ich das wirklich testen möchte.
Ich höre Stimmen! Sprechen die mit mir? Ein Blinzeln verrät mir, dass der Stuhl neben mir leer ist.
"Julia!" werde ich angeschrien, "wach endlich auf!" Alex steht plötzlich vor mir.
"Wieso aufwachen? Ich hab doch gar nicht geschlafen."
Warum ich dann nicht die Tür öffnen würde, wenn es klingelt, fragt sie mich.
"Ob jepennt oder nich, det ist doch jetz ejal. Wir haben Alarmstufe Rot!"
Verblüfft drehe ich mich um. "Anna! Wo kommst du denn her? Was ist passiert?"
Sie sprudelt heraus, dass sie schon seit dem Vorabend versucht habe, André zu erreichen, er aber nicht ans Telefon geht. Daher sei sie zum Travestie- Theater gefahren, da er dort auftreten

sollte, jedoch habe er für Ersatz gesorgt und mittags abgesagt.
"Aber er jeht nich ans Telefon. Und zu Hause isser och nich. Ick mach mir Sorjen!"
Alex versucht sie zu beschwichtigen, er sei vielleicht unterwegs, und habe sein Handy vergessen. Oder, so wie ich, eingeschlafen und habe nichts gehört.
Zum Protestieren komme ich nicht. "Ne, ne, det is allet nich seene Art. Der is sonst fast immer erreichbar. Da stimmt wat nich!"
So, liebe Julia! Da sitzt du aber schön in der Patsche! Ich musste André versprechen, nicht mit Anna über seinen Liebeskummer zu reden. Und jetzt steht sie völlig außer sich vor Sorge vor mir. Ich kann doch Anna jetzt nicht hängen lassen.
"Warst du schon bei ihm zu Hause? Oder hast du nur versucht ihn anzurufen", frage ich, um Zeit zum Nachdenken zu gewinnen.
"Natürlich war ick da, aber et war allet dunkel."
Alex hat sofort einen Vorschlag parat. " Wir teilen uns auf. Eine wartet mit Poldi vor Andrés Wohnung, die anderen beiden klappern sämtliche Lokale ab, in denen er sein könnte." Ich melde mich freiwillig, mit dem Hund Wache zu schieben. Vielleicht würde sich eine Gelegenheit ergeben, kurz mit ihm unter vier Augen zu sprechen.

Alex ist sofort einverstanden. So konnte sie noch mehr Berliner Nachtleben mitkriegen. Im Auto versuche ich die aufgewühlte Anna zu beruhigen. "Vielleicht hat André sich mit dem Typen aus der Bar von neulich getroffen und jetzt kommen sie nicht mehr voneinander los."
"Oder sein Handy ist einfach nur kaputt", wirft Alex ein.
Anna schüttelt nur den Kopf und meint, dass er deshalb nicht seinen Auftritt in der Show abgesagt hätte.
Bei Andrés Wohnung angekommen, warten die beiden noch kurz, bis ich geklingelt habe. Doch die Tür bleibt zu, und das Auto mit meinen Freundinnen verschwindet in Richtung City. Ich gehe mit Poldi die Straße auf und ab. Nun mache ich mir auch immer mehr Sorgen, denn auf meine SMS hat André auch nicht geantwortet. Er wird sich doch vor lauter Liebeskummer nicht in die Spree geworfen haben?
"Komm Poldi, wir setzen uns mal auf die Treppe."
Die Straße ist nicht besonders belebt, was das Warten nicht angenehmer macht. Es gibt hier so gut wie nichts zu gucken, bis auf gepflegte Altbauten hinter hohen Bäumen, deren Wurzeln im Laufe der Jahre zu Stolperfallen auf dem Bürgersteig geworden sind.

Nicht mal viele Autos parken hier, und mit einem Hund "Ich sehe was, was du nicht siehst" zu spielen ist auch eher unspannend.
"Julia! Poldi! Wat macht ihr denn hier? Is wat passiert?" Ups, da war ich doch glatt mit dem Kopf auf den Knien eingenickt. Auf eine Stelle als Wachmann brauche ich mich sicher nicht zu bewerben. Und Poldi auch nicht.
"Mensch, André, wo warst du die ganze Zeit? Wir haben uns Sorgen um dich gemacht, weil du nicht ans Telefon gehst! Anna und Alex suchen im Schwulenviertel sämtliche Bars nach dir ab. Gib Anna sofort Bescheid und sag ihr, was los ist, sie wird dir nicht gleich den Kopf abreißen."
"Meen Handy is kaputt, aber komm erst mal rein."
André sieht müde aus, irgendwie abgekämpft, aber nicht verheult wie neulich.
Erst als wir oben vor der Wohnung stehen, bemerke ich im Schein der Treppenhausbeleuchtung, dass sein Hemd mit Blut verschmiert ist. "Wo kommt denn das Blut her? Hast du Tom abgestochen?"
Ein ironischer Blick gleitet über sein Gesicht. "Nich janz, aber det erzähl ick dir später. Ruf du ma Anna an, ick mach mir schnell frisch. Wer is eejentlich Alex?"

André kommt gerade aus dem Bad, da stehen Anna und Alex schon vor der Tür. Die Hände in die Hüften gestemmt, baut Anna sich vor André auf. "Kannst du mir ma sajen, wat ick verbrochen habe, det du mich nich anrufst?"
Liebevoll nimmt André sie in den Arm. "Es tut mir leid. Wirklich! Bitte beruhige dich, wat sollen denn unsere Jäste sagen?"
Alex steht mit offenem Mund da und starrt André an - ein seltenes Bild. Er durchbricht ihre Sprachlosigkeit, indem er sie, wie üblich, mit Küsschen rechts und Küsschen links begrüßt.
"Du bist echt schwul? Was für eine Verschwendung!"
Für meine Begriffe, hat sie ihre Sprache zu schnell wieder gefunden. Auch wenn mir dieser Satz sehr bekannt vorkam. Aber dank seiner Schwester kann André ja gut mit solch klaren Worten umgehen.
Kaum sitzen wir auf Andrés kuscheligem Sofa, legt er los und berichtet, warum er momentan nicht so gut drauf ist. Angefangen damit, dass er mit jemandem zusammen ist, den er sehr liebt. Was auch alles schön und gut wäre, wenn denn der andere nicht Angst hätte, sich zu outen, da seine Familie denkt, er sei Hetero und er als Inhaber eines Geschäftes Angst habe, Kunden zu verlieren.

"Und das im einundzwanzigsten Jahrhundert?" unterbricht Alex ihn ungläubig. "In Berlin?"
Wir sind uns einig, dass das total bescheuert ist. Ohne mich groß mit einzubeziehen, erzählt André davon, wie er meine Mutter kennengelernt, und wie er sich mit ihr über das Thema Schwulsein ausgetauscht habe: Dass es natürlich auch zu ihrer Jugend Homosexuelle gab, die das aber immer verheimlichen mussten. Wie schrecklich es sein musste, anderen das ganze Leben lang etwas vorzuspielen. Wie froh sie darüber sei, dass sich das geändert habe. Schließlich könne ja auch keiner etwas dafür.
"Julia, deene Mutter is ne Wucht, wa?" Ich gebe Anna recht, dass sie zumindest bei diesem Thema ganz weit vorne liegt.
Da André das Versteckspielen nach so langer Zeit nun leid sei und wie jeder andere auch, ganz einfach gerne mal mit seinem Partner ausgehen würde, habe er die lockere Einstellung meiner Mutter zum Anlass genommen, seinem Freund zu ins Gewissen zu reden, dass homosexuell zu sein selbst auf dem Land kein Grund mehr für dummes Gerede sei, geschweige denn in einer Großstadt wie Berlin. "Außerdem tut es auch irgendwann weh, wenn der Partner nicht zu dir steht," fügt André mit Tränen in den Augen hinzu.

"Nachtigall ick hör dir trapsen", Anna beugt sich vor, und schaut ihrem Bruder direkt in die Augen. "Det is aber nich deen Chef, oder?"
Erwartungsvoll blicken wir André an. Er wendet den Blick von Anna ab. Wie ein Häufchen Elend sitzt er zwischen uns. Er schaut auf seine Füße, als würden die ihm helfen, der Situation zu entkommen.
Langsam nickt er mit dem Kopf und fängt an zu schluchzen. Anna ist fassungslos. "Det glob ick jetz nich!" Wie ein Wasserfall redet sie auf ihn ein, dass er wohl gar nichts aus ihrem Fehler gelernt hätte, etwas mit dem Chef anzufangen. Dass er damals verständnislos reagiert habe, wie sie sich mit ihrem verheirateten Kollegen habe einlassen können. Und dass die logische Schlussfolgerung daraus ja wohl in den meisten Fällen ein Jobwechsel wäre.
"Nur mit dem kleenen Unterschied, det Tom nich verheiratet ist", versucht André sich zu verteidigen.
Anna will gerade weiter ausholen, als Alex sich schlichtend einschaltet.
"Leute! Vorwürfe nützen doch gar nichts. Das Kind ist in den Brunnen gefallen, jetzt heißt es darüber nachzudenken, wie wir es da wieder rausholen können."
Wie immer hatte sie die Situation schnell im Griff. Für sie war es schon immer reine

Zeitverschwendung, sich mit unabänderlichen Tatsachen auseinanderzusetzen.

"Da hat Alex nicht ganz unrecht", traue ich mich auch mal etwas zu sagen. "Wir sollten unsere Energie lieber darauf konzentrieren, das Beste aus der Situation zu machen." Das hatte zwar Alex bereits ausgedrückt, aber das scheint sie mir nicht übel zu nehmen.

"Und weel du dich nich jetraut hast, mir det allet zu erzählen, biste nich an deen Handy jegangen?" schlussfolgert Anna.

"Ja und nein, ick wollte dir heute anrufen, aber jetzt isses kaputt." Er wollte Tom heute noch eine letzte Chance geben, und sei zu ihm gefahren. Natürlich sei das Gespräch wieder in einen Streit ausgeartet. Toms Sturheit habe ihn rasend gemacht.

"Da hab ick eenfach det Handy nach ihm jeworfen."

"Und...hast du getroffen?" will Alex wissen.

"Mitten an den Kopp", ist die Antwort. Ich bin nicht die Einzige, die sich ein Lachen verkneifen muss. Sogar Annas Lippen zucken verdächtig. Alex ist die Erste, die sich nicht mehr zurückhalten kann und prustet los, Anna und ich können uns auch nicht mehr beherrschen. Auch André kann ein Lächeln nicht unterdrücken, setzt aber gleich hinzu, dass das in dem Moment nicht wirklich witzig war. Er habe mit voller Wucht

Toms Stirn getroffen, was zu einer Platzwunde führte. "Det hat jeblutet wie Sau!" Daher also das Blut auf seinem Hemd. Daraufhin habe er ihn ins Krankenhaus gefahren. Die Wunde wurde mit fünf Stichen genäht und Tom wegen Verdachts auf eine leichte Gehirnerschütterung zur Beobachtung da behalten. Deswegen habe er auch nach Ersatz für die Show gesucht, da er nicht wusste, wie lange das Ganze im Krankenhaus dauern würde. "Dabei habe ick noch nich mal richtig jezielt. Ick hab eenfach nur jeworfen", versucht er sich zu verteidigen.
"Schade um det Handy", ist alles was Anna dazu zu sagen hat.
Ich möchte noch wissen, wie Tom denn darauf reagiert hat. "Jar nich! Er hat die janze Zeet nich een Wort mit mir jesprochen."
"Na, vielleicht hast du ja seinen Verstand getroffen und er denkt jetzt mal über alles nach", versucht Alex ihn zu trösten.
Anna nimmt ihren Bruder liebevoll in den Arm. "Komm Kleener, det wird schon wieder. Kiek mich an, ick hab es ooch überlebt."
"Ich bin ja der Meinung, dass bei Liebeskummer am besten eine dicke Pizza, Schokopudding, Rotwein und gute Freunde helfen. Die Freunde sind schon da, bleibt nur noch, den kulinarischen Rest zu besorgen." In Sachen pragmatische Herangehensweise ist Alex echt zu gebrauchen.

"Danach überlegen wir uns eine Strategie. Aber, ohne Mampf kein Kampf!"

Um sicherzustellen, dass André auch wirklich erst einmal abgelenkt ist, beschließen wir, alles selber zu machen. Also durchwühlen wir seine Küche nach den Zutaten. Es folgt eine klare Aufgabenverteilung: Alex und Anna fahren rasch einkaufen. André und ich bereiten schon mal den Pudding vor, da Milch und eine Fertigmischung vorhanden sind. Poldi darf natürlich bei uns bleiben.

"Danke, dass du meiner Schwester nichts erzählt hast", sagt André, kaum dass die Tür hinter den beiden ins Schloss gefallen ist.

Ich entgegne, dass sein Kopf noch dran, und seine Angst, Anna könne eventuell einen Tobsuchtsanfall bekommen, gänzlich unbegründet gewesen sei.

"Ick gloobe, wenn ihr nich dabei jewesen wäret, hätte sie anders reagiert."

Damit könnte er unter Umständen recht haben.

"Übrigens echt nett, deene Freundin Alex. Seed ihr alle so locker druff im Sauerland?"

Meine Antwort besteht in einem Lächeln. Keine Ahnung. Aber wenn ich genauer darüber nachdenke, dann sind meine Freunde eigentlich alle sehr entspannt. Zumindest sind sie überwiegend unkompliziert. Kleine Ausnahmen bestätigen die Regel. Aber ich komme auch mit komplizierten, verbohrten Menschen gut klar. Das Leben ist mir zu kurz, als dass ich mich über jede Kleinigkeit aufregen will. Leben und leben lassen ist meine Devise.

Alex und Anna reißen mich aus meinen Gedanken. Mit vollen Taschen kommen sie in die Küche. Auf die Frage, wer das alles essen soll, antwortet Alex nur, dass die Nacht ja noch lang werden könnte. In Anbetracht der Menge an Weinflaschen, die auf dem Küchentisch stehen, scheint zumindest noch ein längerer Aufenthalt geplant zu sein.

Die erste Flasche wird auch gleich geköpft.

Alle sind in ihrem Element. Es wird Teig geknetet, geschnippelt, angestoßen, weiter geschnippelt, Teig ausgerollt, nachgeschenkt, angestoßen und gelacht.

Wer es nicht besser wüsste, der käme bei diesem Anblick niemals darauf, dass wir dabei sind, ein Liebeskummermenü anzurichten.

Mit vollen Bäuchen und ziemlich beschwipst hängen wir auf dem Sofa. Leere Teller stehen auf dem Tisch, aber keiner hat Lust, sie abzuräumen.

Halb liegend, halb sitzend berühren sich die Köpfe von Anna und André: ein idyllisches Bild echter Geschwisterliebe. Nur Alex rutscht unruhig hin und her.

Ich tue so, als würde ich es übersehen und schließe für einen Moment die Augen.

Mit fällt ein, dass ich ja noch den Termin für meine Einweihungsparty festlegen muss. Morgen Abend werde ich Tanja und Moni anrufen. Veranstalte ich eine reine Mädelsparty? Mal hören, was die anderen so meinen.

Tellergeklapper reißt mich aus meinen Gedanken. Auch André und Anna schrecken auf.

"Sorry", sagt Alex, "ich wollte euch nicht wecken, sondern nur ein wenig aufräumen."

André hievt sich vom Sofa hoch. "Ne, ne, det machen wir schon zusammen, wa? Mitjehangen, mitjefangen."

Dank Alex sind alle wieder wach. Acht Hände sorgen schnell für Ordnung, sogar Poldi hilft mit: er leckt den Küchenboden blank. Die nächste Flasche Wein wird entkorkt.

André meint, wir müssten nicht die ganze Nacht bei ihm Händchen halten. "Du willst bestimmt noch wat vom Berliner Nachtleben sehen, Alex."

"Det haben wir jestern schon für heute mit erledigt," teilt Anna bereitwillig mit, was den Anstoß gibt, die letzte Nacht noch einmal zu durchleben. Angefangen in der Disco mit der netten Anmache der hübschen Blonden, über meinen tollen Auftritt in der Men Strip Bar, bis hin zu unserem Nickerchen am Frühstückstisch im Café.

Nicht zu vergessen, die vielen Leute, die wir auf der Kneipentour kennengelernt haben.

Wir haben so viel Spaß beim Erzählen, dass mir mein Bühnenauftritt gar nicht mehr peinlich ist. Fast kommt es mir vor, als wäre diese Nacht nur ein Traum gewesen.

André kann sich kaum noch halten vor Lachen. Wir müssen ihm hoch und heilig versprechen, dass wir das nächste Mal nicht ohne ihn ausgehen werden. Da er als frischgebackener Single vermutlich wieder mehr Zeit habe, wolle er solche Nächte auf gar keinen Fall verpassen.

Alex will nicht glauben, dass es zwischen André und Tom aus ist. Im Gegenteil. Sie geht verschiedene Strategien durch, wie man Tom dazu bekommen könnte, sich endlich zu outen. Sie sei sogar bereit, ein Gespräch mit seiner Familie zu führen.

"Komm, André, das mit dir und Tom biegen wir schon wieder hin, und dann kommt ihr das nächste Mal einfach beide mit."

"Danke für die aufmunternden Worte. Ihr seed echte Freunde, wa. Aber ick gloob, mit der Aktion heute, hab ick es janz versaut."

Damit will Alex sich allerdings nicht so recht zufrieden geben. An irgendeinem Plan scheint sie zu basteln.

Vielleicht würde ich ja später in den Genuss kommen, mehr darüber zu erfahren. Obwohl ich mir nicht sicher bin, ob ich das wirklich will.

Was ich jetzt will, ist mein Bett! Anna möchte aufgrund des leicht erhöhten Alkoholgehaltes im Blut bei André schlafen. Vielleicht will sie ihn auch einfach nicht alleine lassen. Alex und ich machen uns auf den Weg zur S-Bahn. Es wird bald wieder hell, so dass wir beschließen, das Frühstück in demselben Café einzunehmen wie gestern.
Der Kellner staunt nicht schlecht, als er uns sieht.
"Juten Morjen, die Damen. Fehlt da nicht noch eene in der Runde?"
"Die haben wir heute vor dem Frühstück ins Bett gebracht", antwortet Alex keck. Wobei sie damit nicht mal gelogen hat.
Wir essen sogar das Gleiche wie am Vortag. Aber diesmal schlafen wir nicht ein. Die Sonne scheint nicht, und es weht ein ungemütlicher Wind.
Alex hat sich mit in mein Bett gelegt, und wir reden noch über André und meinen Chef. Ich erzähle ihr die Geschichte vom Streit zwischen den beiden im Büro und dem Abend bei André, als er Rotz und Wasser geheult hat, wovon Anna aber nichts wissen sollte.
Sie verspricht, sich etwas einfallen zu lassen.
"Alex! Du kannst nicht alle Probleme dieser Welt lösen."
"Nicht alle, aber die meiner Freunde!"
"Apropos Freunde! Hat Kai sich immer noch keinen Heiratsantrag für Tanja einfallen lassen?"

"Nein, aber vielleicht kriegen wir ja bald alles unter einen Hut."
Alex Optimismus ist einfach unschlagbar.

Nach knapp fünf Stunden Schlaf bringe ich Alex zum Bahnhof. In einem Souvenirladen besorgt sie noch schnell ein paar Mitbringsel für ihre Kids und Thomas. Ich kaufe Ampelmännchen-Topflappen und gebe sie Alex für meine Mutter mit.

Nach diesem aufregenden Wochenende fällt es mir schwer, wieder alleine zu sein, deshalb rufe ich Tanja an, um wieder jemanden zum quatschen zu haben. Da sie ebenfalls allein zu Hause ist, scheint mein Anruf gerade recht zu kommen, denn Kai ist mal wieder angeln. Ein Hobby, für das Tanja sich nicht begeistern kann. Es ist ihr einfach zu langweilig den ganzen Tag aufs Wasser zu starren, ohne zu reden. Das können wohl nur Männer...
Dass ich mir die Geschehnisse der letzten Tage von der Seele reden kann, erleichtert mich, und Tanjas mitfühlendes Verständnis für Andrés Situation, obwohl sie ihn persönlich gar nicht kennt, trägt ebenfalls dazu bei.
"Kannst du denn nicht mal versuchen mit deinem Chef zu reden?" fragt sie auch gleich. "Da müssen wir doch was machen!"

Ich versichere ihr, dass sie sich keine Gedanken machen soll, Alex wolle sich schon etwas einfallen lassen. "Vielleicht könnt ihr ja beim nächsten Mädelsabend was austüfteln."
Sie ist mit mir einer Meinung, dass ich mich vorerst mal raushalten möchte. Im Fall, dass es schiefgeht, möchte ich mir nicht nach den ersten Wochen in Berlin wieder einen neuen Job suchen, zumal ich mich in Tommis Firma eigentlich sehr wohl fühle.
Zum Abschluss vereinbaren wir noch, dass Tanja herausfinden soll, wann alle Umzugshelfer nach Berlin kommen können und legen auf.
Da ich noch schnell hören will, wie es André geht, klingle ich eben bei Anna durch. Sie ist auch gerade erst nach Hause gekommen und versichert, dass er sich ganz gut im Griff habe. Sie wären vorhin mit Poldi spazieren gewesen und hätten unterwegs lange geredet. Er wolle mal sehen, wie er mit seinen Gefühlen bei der Arbeit klar kommt und keine voreiligen Entscheidungen treffen. Schließlich seien Tom und er nicht mehr im Kindergartenalter. Man müsse eben erwachsen damit umgehen. "Hoffentlich weiß Tom das auch," rutscht es mir heraus.
"Ick jehe mal davon aus, det du die beeden im Auge hast." Natürlich habe ich das.
"Warst du vorher noch gar nicht zu Hause?" erkundige ich mich.

"Ne, wieso?" "Ach nur so..."
"Wenne det wejen der frischen Klamotten meenst, so ne Herrenunterhose trägt sich och mal janz jut." Lachend beenden wir das Gespräch.
Da hatte ich ja wirklich zwei echte Urgesteine kennengelernt.

Ich sitze noch nicht ganz an meinem Schreibtisch, da ruft auch schon der Chef an. Er sei leider im Krankenhaus. Nicht Schlimmes, nur eine kleine Platzwunde und eine leichte Gehirnerschütterung. "Vermutlich kann ich heute oder morgen schon wieder nach Hause."
Gespielt betroffen frage ich ihn, wie das denn passiert sei. Schließlich weiß ich offiziell von nüschte, wie der Berliner so schön sagt. Doch er wehrt nur ab, und meint, er sei leider ungeschickt gestolpert, und dass er das nicht verrate, sonst würden seine Mitarbeiter in den nächsten drei Jahren noch darüber lachen. Ja, Chef, manchmal fliegen die Handys recht tief.
Gut, dass er mich jetzt gerade nicht sehen kann. So ein leichtes Schmunzeln kann ich mir nicht verkneifen. Ich lese ihm seine Termine für die kommenden zwei Tage vor. Vier davon soll ich übernehmen, drei André. Da können wir uns auf eine stramme Woche gefasst machen. Es ist ja nicht so, als hätten wir selber nichts zu tun. Aber

so hat André wenigstens nicht viel Zeit zum Trübsal blasen. Ich wünsche ihm noch eine schnelle Genesung und lege auf, da kommt André schon voller Tatendrang durch die Tür spaziert.

"Arbeit, ick komme, wat gibt et allet zu tun?"
"Eine Menge!" Ohne das Wort Chef, geschweige denn seinen Namen in den Mund zu nehmen, erkläre ich ihm, wie die Aufgabenverteilung aussieht. "Na det hört sich doch jut an. Denn ist die Woche ja schon mal jeritzt!" Das sehe ich auch so! Also gehe ich ins Chefbüro, um die fehlenden Unterlagen zu holen.

Ups, was ist denn hier passiert? Ein ordentlicher Arbeitsplatz sieht anders aus. Der Schreibtisch ist voll mit zerknüllten Blättern und mehreren zerbrochenen Bleistiften. Aber wenigstens die Kundenmappe liegt am richtigen Platz. Ich schnappe sie mir und will gerade wieder gehen, da bleibt mein Blick an einem halb zusammengefalteten Stück Papier hängen:

Liebster André, es tut mir unendlich leid...

Völlig erstarrt stehe ich vor dem Schreibtisch. Was soll ich tun? Ignorieren oder weiterlesen? Was ist, wenn André ins Büro kommt? Auf keinen Fall kann ich alles einfach in den Papierkorb werfen, das würde Tom sofort merken.

Verdammt - was ist, wenn in dem Brief steht, dass er ihn über alles liebt? Was ist, wenn darin

steht, dass er einen anderen hat? Um das herauszufinden hilft nur eins, lesen!
Lieber André,
es tut mir unendlich leid, dass ich dich so verletzt habe. Du glaubst gar nicht, wie sehr ich dich dafür bewundere, dass du so offen mit der Homosexualität umgehen kannst. Du bist für mich mehr als mein Partner. Du bist für mich Freund, Familie und Vorbild. Ich möchte dich nicht verlieren. Ich habe solche Angst, dass ...

Na super! Dann hat André mit seiner Handywurf-Aktion ja vielleicht doch etwas vermasselt. Oder? Hektisch wühle ich in den anderen Papierknäueln, in der Hoffnung, eines zu finden, in dem mehr steht. Aber es ist immer der gleiche Inhalt, nur anders formuliert.
Unter einem der Briefe steht noch: „Scheiße, ich kann es nicht" und „Feigling".
Was mache ich bloß? Ich höre Schritte. Hektisch stecke ich ein Knäuel in die Hosentasche, die anderen knülle ich wieder zusammen und werfe sie über dem Schreibtisch in die Luft: Das ursprüngliche Chaos ist wieder hergestellt. Gerade rechtzeitig ziehe ich die Tür ins Schloss, als André auch schon vor mir steht. "Haste allet?"
"Jetzt ja. Hab's nur nicht auf Anhieb gefunden."
Hoffentlich verraten mich meine roten Wangen nicht.

Wir gehen die Kunden zusammen durch und André verschwindet kurz darauf zu dem ersten Termin, als Ulla unverhofft mit einem Teller voller belegten Brötchen vor mir steht.
"Wo sind sie denn alle hin?" Ich erkläre ihr, dass der Chef im Krankenhaus liegt und André daher rasch zu einem Kundentermin los musste. "Oh je, na dann müssen wir wohl alles alleine essen." Ich frage, ob sie Geburtstag hatte. "Ne, ich dachte nur, gut gefrühstückt fängt die Woche besser an." Nun ja, es gibt bessere Montage. Trotzdem nehme ich ihr gerne zwei Brötchen ab.
Der Tag verging wie im Flug. Morgens haben Ulla und ich Kunden im Geschäft beraten, und als mittags André zurück kam, fuhr ich zu Aufmaßen raus.
Wir haben alle länger gearbeitet. Es ist schön, wie alle zusammenhalten, wenn es brennt.
Völlig erledigt lasse ich mich auf mein Sofa fallen. Erst jetzt fällt mir wieder der angefangene Brief in meiner Hosentasche ein. Sofort bin ich hellwach und rufe Anna an. "Zumindest wissen wa jetzt, det Tom ihn doch noch liebt", ist ihr erster Kommentar.
"Ja, aber was machen wir jetzt?"
Ratlosigkeit macht sich breit. "Weeste wat? Wir machen jetz mal nen schönen Abendspaziergang mit Poldi. Da fällt uns bestimmt wat een!"

Ich komme gar nicht dazu, etwas einzuwenden, den mit einem "Ick hol dir gleich ab" legt Anna kurzerhand auf.

Na super! So anstrengend, wie das Wochenende war, geht die Woche gleich weiter. Dabei wünsche ich mir nur ein wenig Schlaf, sonst nichts.

Kaum habe ich mich frisch gemacht, da stehen die beiden auch schon vor der Tür. "Ich habe noch nicht mal was gegessen", knurre ich. "Wat du heute nicht isst, det is auch morgen nich uff deenen Hüften!" Da hat sie sicher nicht unrecht, aber mein Gehirn braucht auch ein wenig Nahrung. Wie soll ich sonst über den Plan nachdenken, wie wir André und Tom wieder zusammen bringen können.

Mit Poldi an der Leine gehen wir ein paar Straßen weiter Richtung Lietzensee.

"Apropos Hüftgold", unterbricht Anna das Schweigen, "Ick weeß, du hast det nich so nötig wie icke, aber machse een bisschen Sport mit mir? Solche Wochenenden wie det letzte kommen bei meenen Hosen nich so jut an." Ehrlich gesagt, zeigte meine Waage heute Morgen auch zwei Kilo mehr an als vor ein paar Wochen. "Die Idee ist super!" Wir überlegen, was wir am besten machen könnten. Ich schlage schwimmen vor. Anna entgegnet, dass Wasser nicht ihr Element ist. "Im Schwimmbad ist so viel

Chlor und im See sind große Fische." Mein Argument, dass Fische ja scheu sind und vor uns abhauen, wird von ihr völlig ignoriert. Also frage ich, wie es denn mit Skaten aussieht? "Ne, det hab ick noch nie jemacht, da fahre ick bestimmt Leute um."

Bei weiteren Vorschlägen, wie Tennis, Badminton oder Joggen, zieht sie nur ihre rechte Augenbraue hoch und schaut mich mit großen Augen an.

"Dann bleibt uns wohl nur noch das Fitness Studio." Jetzt gehen beide Augenbrauen in die Höhe.

"An so Geräte mit Gewichte, wo die janzen Halbstarken sind, will ick aber och nich."

Ich stelle fest, dass wir ja nicht zwingend an die Geräte müssen. "Es gibt jede Menge Kurse, die wir besuchen können." Damit ist sie einverstanden.

"Außerdem könnten wir in ein Fitness-Studio nur für Frauen gehen", fällt mir noch ein. Somit beschließen wir, uns mal schlau zu machen, wo Kurse angeboten werden, die wir gerne ausprobieren möchten.

Als wir weiterschlendern, erzählt Anna mir noch ausführlich die Geschichte mit ihrem früheren Chef. Wie sehr sie darunter gelitten hat, dass er sich nicht von seiner Frau getrennt hat. Dass sie so naiv war und anfangs all seine Ausreden geglaubt hatte. "Bis André mir die Augen geöffnet hat." Er habe sich rührend um sie gekümmert, darum könne sie ihn jetzt ihrerseits auf keinen Fall im Stich lassen. "Das kann ich alles gut verstehen, Anna, aber was sollen wir tun?" Ich bin wirklich ratlos. Und anscheinend bin ich da nicht die Einzige, denn eine Stunde später stehen wir wieder vor meiner Tür und sind nicht einen Schritt weiter mit dem Problem.

"Vielleicht sollten wir erst einmal ein paar Tage abwarten." Anna nickt müde und wir verabschieden uns. Natürlich nicht, ohne das Versprechen, anzurufen, sobald es André wieder so schlecht gehen sollte, wie in den letzten Tagen.

Von draußen höre ich schon mein Telefon klingeln. Meine Mutter! "Hallo Julchen, ich wollte mich für die lustigen Topflappen bedanken." Alex hatte sie ihr heute vorbeigebracht. "Aber die Geschichte mit den Ampelmännchen habe ich nicht ganz verstanden."

Ich erkläre ihr, dass in der ehemaligen DDR alle Ampeln diese schönen Männchen hatten, den Geher und den Steher. Und dass nach der Wende zunächst alle "Ost" Ampeln die "West" Männchen bekommen sollten. Doch dann habe man sich eines Besseren besonnen und dem Ostampelmännchen eine besondere Stellung zukommen lassen, indem man es nach dem

Mauerfall zum Symbol der Ostalgie entwickelte. Nun werden bald alle Fußgängerampeln in ganz Berlin mit diesen Männchen versehen.

"Damit auch alle Touristen etwas davon haben, kann man diese Ampelmännchen mittlerweile in allen Varianten kaufen." Mama freut sich, wieder etwas dazu gelernt zu haben. "Kind, es ist alles so aufregend bei dir in Berlin. In ein paar Wochen setze ich mich wieder in den Zug." Mit den besten Grüßen von ihr an André und Anna verabschieden wir uns.

Poldi sitzt vor meinem Sofa und knurrt mich an. Ja, Poldi, du bekommst gleich was zu fressen. Das Knurren wird immer lauter. Einbrecher? Erschrocken reiße ich die Augen auf. Kein Hund zu sehen. Wieder ein Knurren. Julia an Erde, ich bin wach. Es ist nur mein Magen. Wieder mal ein Morgen, an dem ich mich komplett neu sortieren muss. Ich liege tatsächlich im Wohnzimmer auf der Couch. In voller Montur. Vermutlich bin ich nach dem Gespräch mit meiner Mutter eingeschlafen und dann einfach nur noch umgefallen. Kein Wunder, dass ich von meinem knurrenden Magen geweckt worden bin. Einen Vorteil hat das Ganze: nach acht Stunden Schlaf bin ich total ausgeruht und noch vor dem Wecker wach. Eine absolute Rarität!

Der Tag verlief ähnlich wie der vorhergehende, nur mit dem Unterschied, dass ich heute diejenige war, die, zur Freude aller, für das Frühstück gesorgt hat. Und ich war die erste in der Firma, was auch eher selten vorkommt.

Am nächsten Tag im Büro verhält André sich unglaublich souverän und verliert kein Wort über sein Privatleben. Mal sehen, ob er das auch noch so hinbekommt, wenn der Chef wieder da ist. Ich hoffe es für ihn.
Auf dem Weg nach Hause mache ich Zwischenstation im Lebensmittelladen. In meinem Kühlschrank herrscht gähnende Leere und ich möchte ungern aufs Neue von meinem knurrenden Magen geweckt werden. Trotzdem ist leichte Kost angesagt: ein wenig Obst, Geflügel und Salat. Damit ich nicht gleich wieder einkaufen gehen muss, landen noch Brot und Käse in meinem Einkaufskorb. Zu Hause angekommen, schwinge ich die Pfanne auf den Herd und schnipple den Salat. Mit einem Gläschen Wein genieße ich mein Essen auf dem Balkon, ehe die Verdauungsphase jäh vom Klingeln des Telefons unterbrochen wird. Anna hat ein Fitness- Studio für uns gefunden. Da sie André Ablenkung in Form von Sport verordnen will, ist die Idee, ein reines Damenstudio zu besuchen, gestorben. Stattdessen gibt es Body

workout vom Feinsten, und das nur fünf Minuten von meiner Wohnung entfernt, Start am nächsten Abend um zwanzig Uhr.
"Wann hast du mit André darüber gesprochen? " erkundige ich mich, denn er hatte mir nichts davon gesagt. "Na, det is denn morjen deene Aufgabe!" Meinen Protest schmettert sie mit einem lockeren "Det schaffst du schon!" ab. Ich bin sehr gespannt, was er von ihrem Vorschlag hält.
Damit ich nicht wieder die ganze Nacht auf dem Sofa zubringe, schnappe ich mir ein Buch und lege mich ins Bett. Dazu hatte ich lange keine Gelegenheit mehr, und an diesem Abend würde ich bestimmt nichts mehr verpassen. Kaum habe ich es mir mit fünf zusätzlichen Kissen gemütlich gemacht, klingelt schon wieder mein Telefon. "Was gibt es Neues an der Front?" will Alex wissen. Ich erstatte ausführlich Bericht über Annas sportliche Pläne und Andrés tapfere Haltung.
Diese Neuigkeiten aktivieren innerhalb von Sekunden ihre Helferseele und lassen viele absurde Ideen und Lösungsstrategien für Andrés Probleme nur so aus ihr hervorsprudeln. Im Gegenzug versuche ich, sie davon zu überzeugen, dass es erst einmal besser wäre, in Ruhe abzuwarten, wie die Dinge sich entwickeln. "Lass den beiden doch ein wenig Zeit, Alex."

Zumal ich auch ehrlich gesagt gar nicht weiß, was wir groß tun könnten. Mit dem Satz "Ich will auch meinen Job nicht verlieren", kann ich sie endlich überreden, jegliche Aktion zu unterlassen.
"Ach übrigens", wechselt Alex das Thema, "du kannst deine Einweihungsparty für übernächstes Wochenende planen. Wir kommen mitsamt Männern." Sie habe bereits alle Mädels gefragt, und das sei das einzige Wochenende vor den Sommerferien, an dem keiner etwas vorhabe. Sogar ihre Eltern hätten Zeit, um die Kinder zu übernehmen. "Ich freue mich, dass ich so bald wieder nach Berlin kommen kann."
Übernächstes Wochenende schon? Wow! Mir blieb kurz die Luft weg. Gäbe es einen Wettbewerb der meistbesuchten Einwohner von Berlin, würde ich ihn wohl gewinnen.
"Ach übrigens, deine Mutter hat mich gefragt, ob ich bei dir auch so früh von den Kirchenglocken geweckt wurde. Ich wusste ich zwar nicht genau, was sie damit meinte, daher habe ich nur gesagt, dass ich einen sehr tiefen Schlaf habe."
Ich erkläre, dass eine Straße weiter eine Kirche in aller Herrgottsfrühe mit dem Läuten beginnt, dann legen wir auf.

Hellwach liege ich im Bett. Meine Gedanken wandern von André zu Tanja und Kai, zu Moni und Alex. Auf jeden Fall würde ich Anna und André zu meiner Party einladen.

Gleich Morgen würde ich mich nach einem kleinen Hotel in der Nähe umsehen. Schließlich muss die Sauerländer Truppe ja irgendwo übernachten.

Wie gewohnt reißt mich der Wecker aus dem Tiefschlaf. Ich bringe ihn mit einem deftigen Schlag zum Schweigen. Heute musste das Frühstück ausfallen, es sei denn, Ulla oder André sorgten für frische Brötchen.

Gerade als ich aus der Tür gehen will, ruft Anna an, um mich an unseren Kurs im Fitness- Studio zu erinnern. "Und sieh zu, det du den André überredest." Da hatte ich mir was angetan. Ich war noch nie ein Fan dieser muffigen Geräteschuppen, weil ich eher die Freiluftsportlerin war. Aber was tut man nicht alles für seine Freunde! Und ich war ja mehr als froh, so schnell welche gefunden zu haben.

An diesem Tag bin ich die Letzte im Geschäft. Dafür steht schon Frühstück auf meinem Schreibtisch. Ulla teilt uns mit, dass der Chef angerufen habe, um zu fragen, ob alles gut läuft. "Er kommt vermutlich am Freitag wieder."

André geht nicht weiter darauf ein. "Und, was hast du ihm gesagt?" erkundige ich mich. "Na,

dass wir alles im Griff haben und er sich mal in Ruhe auskurieren soll."
Dann schwirrt sie ab. Ulla war irgendwie urig. Ihre zurückhaltende Art durfte man nicht unterschätzen. Sie hielt im Laden jederzeit die Stellung, und uns anderen den Rücken frei. Und das alles in einer sehr angenehmen, völlig unaufdringlichen Art. Doch irgendwie wurde ich das Gefühl nicht los, dass sie alles mitbekommt.

"Sag mal, André, hast du heute Abend schon was vor?" taste ich mich langsam an Annas geplante Aktivitäten heran.
Er schüttelt den Kopf. "Prima! Dann hat sich das grade geändert." Ich erzähle ihm von Annas Vorhaben, ein paar Kilos abzunehmen - was natürlich nur mit Sport funktionieren könne. Und dass wir über verschiedene Möglichkeiten nachgedacht hätten, Anna es aber unbedingt mal mit einem Kurs probieren wolle. "Dabei können wir sie doch nicht alleine lassen, oder?"
Verwundert schaut André mich an. "Body workout? Wat soll dette seen?"
"Keine Ahnung, aber heute Abend um acht werden wir's wissen."
Zögernd willigt er ein. "Ein bisschen mehr Sport könnte mir och janz jut tun."
Perfekt! Schnell schicke ich Anna eine sms, danach geht es ran an die Arbeit. Heute ist

Schreibtischtag. Ein Angebot nach dem anderen wird in die Tastatur getippt, jede Menge Kataloge nach Preisen durchsucht. Mit müden Augen und den Kopf voller Zahlen mache ich Feierabend. Noch schnell die Angebote in den Briefkasten geworfen und ab nach Hause, die Sporttasche packen.

Um Punkt Acht stehen wir mit sieben weiteren Personen im Sportdress in Kursraum II des Fitness Studios. Und ich bereue es sofort, mich vorher nicht schlau gemacht zu haben, wie das neueste Fitnessdress auszusehen hat. Gut, dass wir uns instinktiv gleich in die letzte Reihe gestellt haben. Ich bin ja mit skaten und Radfahren sonst eher der lockere Draußensportler. Somit habe ich an, was mein Schrank noch so hergab: Dreiviertelleggins und ein weites, einfaches Baumwoll-Shirt. Frau trägt heute atmungsaktiven Bustier und darunter einen Waschbrettbauch an den man ja auch irgendwie erst einmal dran kommen muss. Und natürlich Hotpants, Jazzpants, oder wie auch immer diese Buxen heißen, um jeden Millimeter Oberschenkel zu zeigen. Anna schaut auch leicht verunsichert in die Gruppe, in der man ganz eindeutig die Frischlinge erkennen kann. Sie trägt eine graue Jogginghose, und wie ich ein Baumwollshirt. André fällt natürlich nicht aus der Rolle. Es scheint in seiner Natur zu liegen, immer

das richtige Outfit zu treffen. Außerdem sieht sein Körper auch nicht so ganz unfit aus. Aber wenigstens scheinen wir nicht die einzigen Erstbesucher zu sein. Vor uns stehen noch zwei Kandidaten. Beide circa Mitte zwanzig. Vermutlich ein Pärchen, bei dem er versucht sie sportlich zu motivieren. Was ich daraus schließe, dass sie, klein und knubbelig, verunsichert, ständig Blickkontakt zu ihm, mittelgroß und nicht ganz untrainiert, sucht.
Unsere Vorturnerin, namens Pamela stellt sich kurz vor. Ihre Eltern wären früher große Fans der Serie Dallas gewesen, erklärt sie uns schmunzelnd. Da sie sich mit diesem Namen bis heute nicht identifizieren kann, bittet sie uns, sie einfach nur Ela zu nennen.
Wenn sie ihren Namen wirklich so schrecklich findet, frage ich mich, warum sie allen die Geschichte erzählt. Ein einfaches "ich heiße Ela" hätte es ja schließlich auch getan.
"Ela" freut sich darauf in den nächsten Wochen mit uns Muskeln in unseren Körpern zu finden, die wir vielleicht noch gar nicht entdeckt haben. Mit dem Gedanken des Pferdes, welches nicht höher springt als es muss, stelle ich mir natürlich als erstes die Frage, wozu ich Muskeln brauche, die sich mir in meinem alltäglichen Leben noch nie gezeigt haben?

Doch Ela lässt mir keine Zeit darüber nachzudenken, denn wir hopsen schon locker auf der Stelle. Nach zwei Minuten gibt sie Befehl, rechtes Bein nach vorne, linkes Bein nach vorne. "Der Schritt wird jetzt immer größer", schreit sie gegen die laute Musik an. "Und jetzt schön die Arme mitnehmen." Der Takt und Elas Gebrüll "rechts, links, rechts, links", wird immer schneller. So schnell kann ich gar nicht hochspringen, wie sie schreit. Damit ich nicht völlig nach einem Bewegungslegastheniker aussehe, nehme ich nur jeden zweiten Takt mit. Anna tut es mir gleich und sieht mich leidend an. Nach einer gefühlten Stunde, machen wir das gleich in der Breite. Also hüpfen wir alle wie Hampelmänner rum.
"So Leute, kleine Pause. Trinkt mal schnell etwas und dann geht es weiter." Ich schaue auf die Uhr. Wow! Wenn ich die Zeit abziehe, in der Ela sich vorgestellt hat, sind doch glatt schon sechs Minuten rum. "Das kann ja noch heiter werden", rutscht es mir über die Lippen. Mit hochrotem Kopf nickt Anna mir japsend zu. Kaum habe ich die Wasserflasche in meinem Taschengewirr gefunden, klatscht Ela auch schon wieder in die Hände. "Ich hoffe, es sind jetzt alle auf Betriebstemperatur. Weiter gehts!"
Wir boxen gegen die Luft, mal schneller, mal langsamer. Natürlich vernachlässigen wir dabei nicht unsere Beinarbeit. Weiter geht es mit

hochspringen, in die Hocke, Beine nach hinten in den Liegestütz werfen, vom Liegestütz wieder in die Hocke und alles wieder von vorne. Kurze Pause. Diesmal schaffe ich es sogar in den 20 Sekunden etwas zu trinken. Zu dumm nur, dass ich Mineralwasser mit Kohlensäure dabei habe. Doch bei der lauten Musik wird ein kleiner Rülpser sicher nicht zu hören sein.
André schlägt sich im Gegensatz zu Anna und mir echt tapfer. Das Mädel vor mir kommt kaum mit dem Schweiß abwischen nach. Ihr Typ hingegen lächelt nur und sieht noch richtig frisch aus.
Nachdem wir weiterhin auf verschiedene Art und Weise unsere Körper, ohne jegliche Gerätschaften, gestützt und verbogen haben, kommen wir, laut Ela, zur ausklingenden Ruhephase in der wir auf dem Rücken liegen und unser Bauch im Mittelpunkt steht.
Unsere Oberkörper heben und senken sich nach ihren schreienden befehlen, mal schnell, mal langsam. Ich habe das Gefühl, dass mein Oberkörper durch das von Schweiß vollgesogene Baumwollshirt doppelt so schwer geworden ist und kämpfe um jeden Zentimeter den ich nach oben komme. Zumindest habe ich nun am eigenen Leib erfahren warum heutzutage alle atmungsaktive Sportklamotten tragen und die gute alte Baumwolle Out ist.

Die sechzig Minuten sind um. Mein Körper fühlt sich an, als wäre er in jeder Minute um mindestens ein Jahr gealtert. Ela verabschiedet uns lächelnd "ihr habt super mitgemacht. Wir sehen uns dann am Freitag zur selben Zeit." Vor der Tür wartet schon der nächste Kurs. Wie macht die Frau das nur?
Die meisten gehen jetzt noch auf Ausdauergeräte. Anna und ich sehen uns an und sind uns ohne Worte darüber einig, dass wir das nicht wollen. André biegt auch sofort Richtung Herrenumkleidekabine ab.
Mit der heißen Dusche versuche ich meine Muskeln wieder gnädig zu stimmen. Für einen kurzen Moment habe ich sogar das Gefühl, es könnte klappen. Als ich mich aber stehend in meine Jeans quälen will, ist es mit der Gnade auch schon vorbei. Meine Beine zittern wie Espenlaub. Deshalb bevorzuge ich es mich im sitzen anzuziehen. Anna versucht es gar nicht erst im stehen, sondern setzt sich gleich erschöpft auf die Bank. Sie ist immer noch knallrot im Gesicht. "Morjen jeh ick tot!"

Genau das denke ich auch, als ich am nächsten Morgen von einem Krampf in der rechten Wade geweckt werde. Bei dem Versuch auf dem Rücken liegend das Bein hoch zu strecken um mit den Händen die Zehen nach unten zu ziehen, schreien mich meine Bauchmuskeln an? Auch andere Positionen lassen ein schmerzfreies umbiegen der Zehen nicht zu. Akrobatik im Bett. Und das um diese Uhrzeit! Meine Chancen, den Tag mit guter Laune zu beginnen, schmelzen gerade dahin. Julia, streng dein Gehirn an. Was könnte helfen? Wärme hilft. Nun ist es ja unter der Bettdecke nicht gerade kalt, aber anscheinend reicht die Wärme nicht aus. Duschen! Duschen ist gut. Schmerzhaft quäle ich mich aus dem Bett. Die paar Meter ins Bad fühlen sich an, wie die letzten Meter eines Marathons. Ich öffne die Badezimmertür und sehe meine Rettung. Die Badewanne! Ich kann mich nicht daran erinnern, jemals in meinem Leben morgens um zwanzig nach sechs in der Badewanne gelegen zu haben. Doch meine Muskeln bedanken sich indem sie mich nach zwanzig Minuten im heißen Wasser nicht mehr mit dem Schmerz quälen. Dafür wird mein Geist nicht so richtig wach. Um nicht einzuschlafen, nehme ich die Brause und lasse mir eiskaltes Wasser über das Gesicht laufen. Ja! Jetzt sind Körper und Geist wieder im Einklang. Zumindest halbwegs, wie ich bei meinem doch noch etwas unrunden Gang auf dem Weg zu Frau Bäckerin feststelle.

Da ich heute mit Sicherheit die Erste im Geschäft bin, bringe ich natürlich für die anderen

Frühstück mit. An meinem Schreibtisch angekommen, will ich gerade das Tablett mit den belegten Schrippen abstellen, als hinter mir mit einem Ruck die Tür zum Chefbüro aufgeht. Vor Schreck lasse ich alles fallen und weiche automatisch einen Schritt zurück! Nicht viel weniger erschrocken blicken mich zwei große Augen an. Über dem rechten Auge ein blauroter Bluterguss, welcher halb mit einem Pflaster abgeklebt ist. Ich vermute darunter eine ordentlich große Narbe.
"Sehe ich denn so schlimm aus?" findet mein Chef als erster die Worte wieder.
"Das Gleiche könnte ich Sie fragen", gebe ich festen Blickes zurück. Mein Herz ist mir wirklich in die Hose gerutscht vor Schreck.
"Was machen Sie überhaupt hier, ich denke, Sie sind noch im Krankenhaus?"
Er erklärt mir, dass man ihn nur entlassen hatte, weil er versprach, sich heute und Morgen noch an die Bettruhe zu halten. "Ich wollte nur schnell noch etwas Dringendes aus meinem Büro holen und dachte um die Uhrzeit bleibe ich dabei unentdeckt." Er hätte nicht darüber nachgedacht, dass wir ja diese Woche durch seinen Ausfall so viel zu tun haben, dass wir eher anfangen. Keinesfalls hätte er mich erschrecken wollen.

Na Chef, da stotterst du dir aber einen zurecht. Du wolltest nur André nicht begegnen. Aber das behalte ich natürlich für mich. Natürlich will er mir helfen, alles wieder aufzuheben, doch ich winke nur ab. "Halten Sie mal lieber Ihr Versprechen ein."
Völlig irritiert sieht er mich an", welches Versprechen?"
"Das Versprechen Ihre Bettruhe einzuhalten."
Erst jetzt merke ich, dass er gedacht hat, ich hätte das wohl auf etwas anders bezogen.
"Äh ja, deshalb gehe ich jetzt auch schnell." Ich wünsche ihm noch gute Besserung, dann rauscht er auch schon ab. Beinahe wäre er noch vor die geschlossene Eingangstür gelaufen. Den habe ich ja ganz schön aus dem Gleichgewicht geworfen. Irgendwie tut er mir auch ein bisschen leid. Er scheint wohl wirklich nicht über seinen Schatten springen zu können.
"Frau Soltau?" Jetzt wäre mir beinahe zum zweiten Mal alles hingefallen. Erschrocken drehe ich mich zu ihm um. "War eigentlich jemand in meinem Büro?"
"Ja, ich natürlich. Sie hatten mich doch gebeten, Ihre Unterlagen zu holen, damit wir Ihre Kunden übernehmen konnten."
"Natürlich, natürlich! Sonst noch jemand?" Aha, er hat Angst, dass wir seine angefangenen Liebesbriefe gelesen haben.

"Nein", antworte ich brav, obwohl ich kurz überlegt habe einfach zu sagen, dass André auch in seinem Büro war.

Gerade habe ich die belegten Schrippenhälften wieder sortiert, da steht auch schon Ulla hinter mir. "Guten Morgen, Julia", flötet sie gut gelaunt, „wat wollte denn der Chef so früh schon hier?"

Ich erkläre ihr, dass er eher aus dem Krankenhaus entlassen wurde, nachdem er versprochen hatte, noch zwei Tage Bettruhe einzuhalten. "Er wollte nur irgendwas holen."

"Komisch", grinst Ulla, "er hatte gar nichts in der Hand."

Bevor ich etwas sagen kann, ist sie auch schon wieder an ihren Platz verschwunden. Stimmt! Er hatte nichts in der Hand, aber garantiert die zerknüllten Blätter in der Hosentasche. Das musste Ulla ja nicht wissen. Oder wusste sie es doch? Wenn ich mal so recht über die ganze Situation nachdenke, dann weiß hier wohl jeder etwas, aber keiner alles.

Irgendwie muss ich gerade an das Ohnsorg Theater denken. Das hat meine Mutter früher immer gerne gesehen. Ich war zwölf oder dreizehn Jahre jung, und habe es zwangsläufig mit geschaut. Das Bühnenbild bestand meistens aus einer Wohnstube und ganz vielen Türen. Es waren immer zwei Leute in der Stube und hatten ein Geheimnis. Wenn sie hörten, dass jemand anderes kam, verschwanden sie hinter einer der Türen. Hörten diese wiederum jemanden kommen, flüchteten sie durch eine andere Tür. Es war immer ein lustiges Wirrwarr. Genauso kommt mir das hier gerade auch vor. Nur mit dem Unterschied, dass es keine Komödie ist, sondern eher traurig. Doch ich gebe die Hoffnung nicht auf, dass wir alle in ein paar Wochen oder Monaten darüber lachen können und es für Tom und André doch noch ein Happy End gibt.

Kurz vor knapp kam André. Er hätte beinahe verschlafen und freute sich, dass ich etwas zu Essen mitgebracht hatte. Als ich fragte, ob er auch Muskelkater hätte, verneinte er. Er habe sich gestern noch Magnesium Tabletten eingeworfen. Natürlich! Der Herr war mal wieder auf alles vorbereitet.

Ohne gegenseitige Absprache behielten Ulla und ich den Kurzbesuch des Chefs für uns. Ansonsten verlief der Tag normal.

Als wir drei das Geschäft abschlossen, fragte André, ob er uns noch zu einem Feierabendbierchen einladen dürfe. Ulla lehnte dankend ab, ihr Mann warte mit dem Essen auf sie. Da er donnerstags immer eher zu Hause war als sie, war er für das Kochen zuständig.

"Ich bin dabei", war meine Antwort.

Also rief André kurzerhand noch seine Schwester an. So sitzen wir nun zu dritt im Schwarzen Café und Poldi liegt unter dem Tisch.

"Ick kann Morjen nich in die Muckibude jehen," jammert Anna, „mit tut allet weh. Außerdem ist det total bescheuert. Jestern versuche ick mir den Hüftspeck abzutrainieren und jetz sitz ick hier und Futter et mir jleech wieder dran."

Oh, Anna scheint nicht gut gelaunt zu sein.

"Schwesterherz", versucht André sie zu beruhigen," erstens wollten wa eejentlich nur wat trinken. Det muss nich zwangsläufig Bier oder Cola sein. Die haben hier sojar ooch Mineralwasser. Und falls du wat essen möchtest, so sehe ick ooch nen Salat uf der Speisekarte."

Trotzig streckt sie André die Zunge raus. "Ick kann aber Morjen wirklich noch nich wieder in det Studio. Ick kann mir echt nich bewegen. Könnten wir uns auf nächsten Mittwoch einijen?"

André und ich nicken stumm. Die Kellnerin kommt und wir bestellen alle einen Salat und Mineralwasser. Wie heißt es so schön? "Einer für alle, alle für einen!" Obwohl ich jetzt ein Glas Bier auch nicht schlecht gefunden hätte.

Um Annas Laune wieder aufzubessern, erzähle ich von meinem Wadenkrampf heute Morgen und den damit verbundenen Verrenkungen im Bett. Die beiden lachen sich schlapp. "Und wat haste dann jemacht?" fragt Anna.

"Ich bin in die Badewanne gegangen." "Um sechs Uhr?"
"Nein", korrigiere ich André, "um zwanzig nach sechs. Wir wollen mal nicht übertreiben."
Es ist schön, André lachen zu sehen.
Kurz bevor wir uns verabschieden, frage ich die beiden noch, ob sie vielleicht eine günstige Pension in der Nähe wissen. "In einer Woche mache ich meine Einweihungsparty, zu der ich euch hiermit herzlich einlade. Da kommen meine Mädels aus dem Sauerland mit ihren Männern. Die können unmöglich alle bei mir schlafen."
"Aber die müssen doch nich in eene Pension. Poldi und icke rücken da mal een bisschen zusammen und dann is Platz in der kleensten Hütte, wa?"
"Ne, ehrlich?" Ich freue mich total. Auf die Idee wäre ich gar nicht gekommen. "Danke Anna, du bist ein Schatz!"
"Und wat is mit mir?" fragt André gespielt beleidigt. "Du bist unser größter Schatz!" beruhigt Anna ihn sofort mit einem Küsschen auf die Wange.
Ich mache es ihr nach und wünsche den beiden eine gute Nacht.

Das folgende Wochenende war zur Abwechslung recht ruhig, was meiner Wohnung und meiner Wäsche sehr gelegen kam. Auch hatte ich mal wieder Zeit, mit meiner Mutter zu telefonieren. Wie gewohnt, konnte sie es sich nicht verkneifen, mir ein paar Tipps zu geben, wie Frau sich einen Mann angelt. Geduldig hörte ich mir ihre Ratschläge ohne weiteren Kommentar an. Gut, dass sie nicht sehen konnte, dass ich während der langen Predigt mein Bett frisch bezogen habe. Was mit einem eingeklemmten Hörer gar nicht so einfach ist. Spülen war da schon leichter, obwohl man dabei Gefahr läuft, den Hörer ins Spülwasser fallen zu lassen. Auf Kosten meiner Nackenmuskulatur, die sich nach dem Telefonat total verkrampft anfühlte, dauerte es zwar eine Weile, bis ich den Kopf wieder gerade halten konnte, aber dafür hatte ich in der Zeit einiges an Hausarbeit geschafft. Am Montag bei der Arbeit wurde ich das Gefühl nicht los, dass mein Chef mehr unter der Trennung von André litt, als André selbst, dem man eigentlich gar nichts anmerkte. Der zog einfach nur sachlich seinen Job durch und ließ Tommy links liegen. Er verhielt sich ihm gegenüber freundlich, aber er redete kein Wort mehr mit ihm als nötig. Der Chef hingegen sah aus wie ein begossener Pudel und schlich auch genauso durch das Geschäft.

Am Dienstag gingen Anna und ich nach der

Arbeit erst einmal vernünftige Sportklamotten shoppen. Schließlich wollten wir bei unseren nächsten Besuchen im Fitness- Studio wenigstens so aussehen, als wären wir so fit und in Form, wie es unsere neuen Klamotten ausstrahlen: ganz nach dem Vorbild von Leuten, die sich voller Optimismus ihre Kleidung eine Nummer kleiner kaufen, in der Hoffnung, bald hineinzupassen, kauften wir eben einen Sportdress, der schnittiger aussieht, als wir sind. Unser schwuler Verkäufer Hannes - mittlerweile hatte ich ein geschultes Auge dafür, wer schwul und wer eine Hete ist - hatte sich wirklich die allergrößte Mühe gegeben. Zwar konnte er mich nicht zu bauchfrei überreden, aber in Hotpants und einem Doubleshirt machte ich eine gute Figur. "Wenn ick et nich besser wüsste, würde ich doch jlatt denken, du wärst ne richtige Sportskanone, wa?" lautete Annas Kommentar. Auch sie sah in Jazzpants richtig sportlich aus, und kam um ein Doubleshirt nicht herum. Laut Hannes das "must have" in dieser Saison. Zugegeben, der Gedanke, beim Sport ein enges Top zu tragen und darüber noch ein weiteres Shirt ist erst mal ungewohnt. Doch dank des leichten, atmungsaktiven Stoffes, fühlte es sich an wie eine zweite Haut. Am Mittwoch machten wir dann den Praxistest mit dem neu erworbenen Sportdress. Pam"Ela"

ließ uns wieder ganz schön schwitzen. Aber wenigstens sahen wir diesmal gut dabei aus und nicht wie von Schweiß durchtränkte Baumwollsäcke. Ich war diesmal sogar so schlau mir Wasser ohne Kohlensäure mitzunehmen. Auch Anna war richtig gut drauf. Sie meinte, dass sie sich in dem neuen Dress schon viel sportlicher fühlen würde. Es ist wieder mal erstaunlich, was der Kopf so alles ausrichten kann. André lud uns anschließend noch zu irgendeinem komisch schmeckenden Aufbaudrink in der kleinen Sportsbar im Fitnessstudio ein. Kaum war ich zu Hause angekommen, rief Moni an. Die Gute wollte wissen, ob sie für die Einweihungsparty am Freitag noch etwas vorbereiten sollte. Moni hilft immer. Auch haben sie und Tanja immer eine Idee was man kochen kann. Überhaupt sind die beiden unheimlich praktisch veranlagt. Aber in diesem Fall brauchte ich ausnahmsweise mal keine Hilfe, da ich mich entschieden hatte, einfach die guten Sauerländer Bockwürstchen mit Kartoffelsalat zu servieren. Ich hatte sogar ein Geschäft gefunden, das die "dicken Sauerländer" verkauft und mich sofort damit eingedeckt. Daher sagte ich Moni, sie brauche nur ganz viel gute Laune und ihren Stefan mitzubringen.
In der Hoffnung, am nächsten Morgen nicht wieder mit Krämpfen, in mir bis dato

unbekannten Muskelgruppen aufzuwachen, habe ich mir nach dem Gespräch noch zwei Magnesiumtabletten in Wasser aufgelöst und bin ins Bett gegangen.
Und heute ist schon Donnerstag. Zwar habe ich keine Krämpfe, aber meine müden Muskeln lassen mich nur mühsam aus dem Bett kommen. Meine Lider sind schwer wie Blei, als hätten sie gestern mindestens die Hälfte des Trainings mitgemacht. Ich rolle mich auf die Seite und stemme mich langsam aus meiner wohlig warmen Bettdecke.
Schlaftrunken stehe ich unter der Dusche und lasse im Wechsel heißes und kaltes Wasser auf mich einprasseln. Das hilft immer, um wach zu werden. Ich habe die Hose noch nicht ganz über meinen Hintern gezogen, da höre ich von irgendwoher mein Handy klingeln. Gut, dass mich keiner sieht, wie ich wie ein Hase, mit halb hochgezogener Hose durch die Wohnung hopple und mein Handy suche. Gerade als ich es in der Hand halte, hört es auf zu klingeln. Im Display steht "Mama". Egal, die rufe ich auf dem Weg zur Arbeit zurück. Aber kaum habe ich meine Bluse an, meldet sich mein Festnetztelefon. Mama! "Ich wollte dir nur schon mal ein schönes Wochenende mit deinen Mädels wünschen. Heute Abend bist du sicher mit den Kochvorbereitungen beschäftigt und da wollte

ich dich nicht stören." Ich erkläre ihr, dass es für so viele Leute lediglich Bockwurst mit Kartoffelsalat geben wird und die Arbeit damit überschaubar ist.
"Wieso so viele Leute?" will sie wissen. "Na, weil die Mädels ihre Männer mitbringen und auch Anna und André kommen." Auf die Antwort, "die Mädels haben wenigstens Männer, die sie mitbringen können", bin ich um diese Uhrzeit noch nicht vorbereitet. Daher bedanke ich mich nur für die lieben Wünsche und lege missmutig auf. Toll! Als ob ich absichtlich Single wäre, nur um meine Mutter zu ärgern. Natürlich hätte ich gerne einen Mann. Zumindest ab und zu. Oder doch nicht? Keine Ahnung, seitdem ich in Berlin bin, habe ich ja eh kaum Zeit. Und welcher Mann will schon eine Frau, die nachts entweder mit ihrem schwulen Freund in Abendkleidern um die Häuser zieht, oder mit ihren Mädels in einer Menstrip Bar rumtingelt. Auch möchte der sicher nicht ein ganzes Wochenende mit meiner Mutter verbringen. Ehrlich gesagt, weiß ich auch gar nicht, wann ich zuletzt einen Mann in meinem Leben vermisst habe. Also schließe ich dieses Thema für den heutigen, und vermutlich auch für die nächsten Tage ab.
André, Ulla, und ich kommen zeitgleich im Geschäft an. "Na, det hat et och noch nich

jegeben, wa?" flötet André gut gelaunt. "Und wer hat die Schrippen?" fragt Ulla etwas enttäuscht. Die Sache mit dem Frühstück mitbringen hat sich, seitdem unser Chef im Krankenhaus war, irgendwie eingebürgert. Mit schlechtem Gewissen stelle ich fest, dass ich heute dran war. "Oh, sorry. Meine Mutter hat heute Morgen schon angerufen und mich aus dem Rhythmus gebracht. Ich gehe schon."

Als ich zurückkomme, steht der Chef mit Ulla und André an meinem Schreibtisch, in der Hand ein Tablett mit belegten Brötchen. Überschwänglich bedankt er sich bei uns dafür, dass wir während seiner Abwesenheit so fleißig waren und alles so gut im Griff hatten. Auch seine Kunden hätten uns sehr gelobt. "Wie es scheint, brauchen Sie mich gar nicht mehr. Selbst die Essensversorgung scheint ja bestens organisiert."

"So ist det im Leben, da is man och schon mal der Verlierer", versucht André im Spaß zu sagen, nimmt sich eine von meinen mitgebrachten Schrippen und verschwindet zu einem Aufmaß. Doch der Spaß war keiner. Zumindest nicht für Tom. "Hey", versuche ich die Situation zu retten, "Ihre Schrippen sehen aber viel besser aus als meine. Da sind ja sogar welche mit Mett dabei." Auch Ulla erwacht aus ihrer Starre und bedient sich an dem Tablett. "Ja, äh danke", sagt er, bemüht, die Fassung zu bewahren. Er habe außerdem noch sagen wollen, dass wir die geleisteten Überstunden natürlich gerne abfeiern könnten, so wie es unsere Zeit erlaubt. "Bitte geben Sie das doch später noch an den André weiter. Nicht dass ich das noch vergesse." Ulla und ich werfen uns hilflose Blicke zu. Ich nicke nur kurz und dann machen wir uns an die Arbeit. Heute ist für mich mal wieder Angebote schreiben angesagt. Dabei verfliegt die Zeit nur so. Wir drei haben wirklich ein gutes System gefunden. André und ich haben jeder einen Tag in der Woche für Aufmaße. Während er unterwegs ist, bin ich im Geschäft, schreibe Angebote oder berate die Kunden. Umgekehrt genauso. Sind wir beide da, halten wir uns, je nach Zeitplan, gegenseitig den Rücken frei. Ulla entlastet uns, indem sie Anrufe und neue Kunden entgegennimmt, die dann auf André und mich verteilt werden. Außerdem nimmt sie alle Waren entgegen und kommissioniert diese. Danach gibt sie die Stoffe in unsere Näherei. Dadurch können André und ich uns voll auf die Aufträge konzentrieren und der Chef sich auf seine Bodenbeläge. Theoretisch sind wir nicht auf ihn angewiesen und er nicht auf uns. Außer im Krankheitsfall.

André kommt erst kurz vor Feierabend wieder ins Geschäft und ist total platt. "Manche Kunden schaffen eenen, wa?" Ja, so ein Aufmaßtag kann schon mal anstrengend sein. "Aber du kommst doch trotzdem mit heute Abend, oder?" "Logo! Versprochen ist versprochen!" Anna und André wollen nämlich heute mit mir für das Wochenende einkaufen und anschließend helfen, den Kartoffelsalat für die Party zu machen. Da wir uns bei meinem Umzug noch nicht kannten, die beiden aber natürlich zur Einweihung kommen, wollten sie mir unbedingt noch bei irgendetwas helfen.

Da kommt mir eine Idee. Der Chef sagte doch etwas von Überstunden abbauen. Vielleicht kann ich schon damit anfangen und mittags gehen. Das käme mir sehr entgegen. Die Meute kommt ja schon morgen Nachmittag und so kann ich noch etwas gemeinsam mit ihnen unternehmen. Da fällt mir ein, dass ich André ja auch noch mitteilen soll, dass er seine Überstunden abbauen kann. Was ich auch gleich mache. "Ja, ick suche mir dann ma een paar Tage aus. Wann willst du denn?"

"Morgen würde ich gerne eher gehen, habe aber noch nicht gefragt." André grinst. „Sag ihm, ick bin hier. Denn klappt det schon." Gesagt, getan. Ich klopfe also an die Tür, die mir kürzlich fast um die Ohren geflogen ist, als André und Tom hintereinander herausgeschossen kamen.

"Frau Soltau, was kann ich für Sie tun?" Ich

erkläre ihm, dass ich am nächsten Tag Besuch aus dem Sauerland bekomme und gerne mittags Feierabend machen würde. "Von der Arbeit her kann ich es mir erlauben und André und Ulla sind auch da."
"Kommt Ihre Frau Mama wieder?" fragt er belustigt.
"Nein!" wehre ich schnell ab. "Meine Mädels aus dem Sauerland haben mir beim Umzug geholfen. Und die kommen alle mit Anhang. Ich gebe morgen eine kleine Party. Wollen Sie nicht dazu kommen? André ist auch dabei." Oh, der letzte Satz ist mir so rausgerutscht. "Äh... danke für die Einladung, aber ich muss ja auch Samstag arbeiten", stottert er verlegen.
„Gehen Sie mal ruhig früher morgen und haben Sie viel Spaß."
Brav bedanke ich mich und bin schon im Gehen, als er meinen Namen ruft. "Schön, dass Sie sich so schnell eingearbeitet haben." "Danke."

Um Punkt neunzehn Uhr sitze ich mit Poldi auf dem Schoß neben Anna im Auto. André sitzt, wie gewohnt, auf der Rückbank. Der erste große Lebensmittelladen gehört uns. Bewaffnet mit drei Einkaufswagen schieben wir durch die Regale. In Andrés und meinen Wagen kommen die Getränke. Vier Kisten Bier, drei Kisten Prosecco, diverse Flaschen Weißwein und

Mineralwasser. Die Zutaten für den Kartoffelsalat sowie die vielen Tüten mit Chips und Erdnussflips landen in Annas Wagen. "Jenau, det Essen immer zu mir", ist ihr einziger Kommentar dazu. Wieder bei mir angekommen, schleppen wir alles in meine Wohnung. Als wir die erste Fuhre in der Küche abgeladen haben, frage ich Anna, ob ich Poldi im Gästezimmer einschließen soll, damit er nicht immer hinter uns her läuft. "Keene Sorge, der läuft die Treppen nich nochmal. Der bleebt freiwillig hier." Stimmt! Das hätte ich mir eigentlich denken können.

Kaum sind wir vier Mal gelaufen, schon haben wir alles oben. Was nicht mehr in den Kühlschrank passt, steht auf dem Balkon. Meine Nachbarn kriegen es sicher mit der Angst zu tun, wenn sie das sehen. Auch André ist etwas verwundert. "Sach ma, wie viele Leute kommen? Zwanzig?"

"Ne, sechs, und wir drei sind neun. Aber die bleiben ja auch das ganze Wochenende und der Sauerländer an sich hat nun mal viel Durst!"

"Den hab ick jetz och, wa?" spricht er und öffnet schon mal die erste Flasche Prosecco. So sitzen wir mit immer vollen Gläsern in der Küche, schälen Kartoffeln, schnippeln alles, was in den Salat kommt und trinken. Der eine oder andere Happen landet auch schon mal in dem einen oder anderen Mund.

Eine kleine Kostprobe, ob der Salat so gut schmeckt wie er aussieht, muss sein. Poldi liegt unter dem Tisch und würde auch gerne probieren, aber in Andrés Anwesenheit werden am Tisch keine Hunde gefüttert.

"Ach übrigens, ick bin jetz och wieder per Handy erreichbar. Et is heute endlich jekommen", verkündet André. Seine neue Nummer will er nicht herausgeben, ehe wir das Versprechen abgelegt haben, diese auf gar keinen Fall an Tom weiterzugeben. "Der soll ruhig weiter schmoren." Seine unbewegte Miene verrät nicht, ob es ihm viel ausmacht, dass Tom leidet.

"Det hört sich an, als ob immer noch absolute Funkstille zwischen euch herrscht", meint Anna und wirft ihrem Bruder einen fragenden Blick zu.

Oh, bitte nicht - der Abend war bis jetzt angenehm entspannt und lustig. Ich halte die Luft an und warte nervös auf Andrés Reaktion. Wir haben seit dem Tag, an dem Anna sich solche Sorgen machte, weil sie ihn nicht erreichen konnte, nicht mehr über das Thema Trennung gesprochen. Da ich froh war, dass er sich während der Arbeit so tapfer hielt, wollte ich das dort schon gar nicht ansprechen.

"Det hört sich nicht nur so an", ist vorerst alles, was er dazu sagt.

Anna lässt nicht locker. "Und wie lange glaubst du, dat du det durchhältst?"
Er schnippelt weiter die gekochten Kartoffeln in Scheiben und zuckt mit den Schultern.
Na schön, wenn das Thema nun mal auf dem Tisch ist, kann ich meinen Kommentar ebenfalls dazu geben.
"Tom geht es echt miserabel. Er ist außergewöhnlich still und backt ganz kleine Brötchen."
"Schrippen", korrigiert Anna spontan, "det heißt Schrippen."
Unvermittelt lässt André alles aus der Hand fallen, Tränen schießen ihm in die Augen. Er steht auf und geht aus der Küche. Mist! Ich wusste, dass dieses Thema die Stimmung verderben würde.
"Anna, er kann einfach noch nicht darüber sprechen", sage ich und halte ihren Arm fest, damit sie ihm nicht hinterher läuft. "Lass ihn mal einen Moment allein sein."
Wenig später stehen zwei große Schüsseln Kartoffelsalat fertig auf dem Küchentisch. Anna greift nach einer neuen Flasche Prosecco, ich nach unseren Gläsern.
André steht auf dem Balkon, zum Glück weint er nicht mehr.

Schweigend sitzen wir da, weder Anna noch ich trauen uns etwas zu sagen. "Sorry, det ich euch die Laune verdorben hab, wa?"
"Ist schon gut", beruhige ich ihn, als mir ein Gedanke kommt.
"Wenn eine von uns Mädels früher Liebeskummer hatte, dann haben wir immer über den Typen abgelästert. Komm, André, erzähl uns doch mal eine witzige Geschichte über Tom."
Einen Moment lang zögert er, ehe er zu sprechen beginnt. Tom gehöre zu den Menschen, die ständig etwas suchen und er trage Kontaktlinsen. Ohne die sei er fast blind. Natürlich nehme er die Dinger nachts raus und lege sich dann eine Brille ans Bett. Eines Morgens sei er selbst schon recht früh aufgestanden und habe gerade Frühstück gemacht, als er Tom rufen hörte. Als er ins Schlafzimmer kam, tappte Tom unbeholfen umher, wobei er sich jedoch nichts gedacht habe. Als Tom ihn fragte, ob er wisse, wo seine Brille sei, habe er leicht genervt reagiert und gemeint, er solle mal schön selber suchen, denn er müsse zurück an den Herd, wegen der Eier in der Pfanne.
Erst als er die Rühreier fertig hatte, Tom aber immer noch nicht in der Küche war, fiel ihm ein, dass Tom seine Brille gar nicht finden konnte, da er ja nichts sah.

"Da denkt man als Normalsehender gar nich drüber nach." Als er dann zurück ins Schlafzimmer kam, kroch Tom auf allen Vieren auf dem Boden rum und konnte die Brille nicht finden, obwohl sie fast vor ihm auf dem Boden lag.

Wir stellen uns das bildlich vor und lachen wir uns schlapp. Vor allem Anna kriegt sich kaum wieder ein. Auch André muss lachen und wird immer lockerer, so dass ihm noch mehr drollige Erlebnisse einfallen.

Es ist fast Mitternacht, als die drei langsam aufbrechen. Poldi hatte sich wohl schon damit abgefunden, in meinem Wohnzimmer zu übernachten und war nur schwer zum Aufstehen zu bewegen.

André nimmt mich ganz doll in den Arm und bedankt sich für die Aufmunterung.

"Ich hab doch gar nichts gemacht, du warst der Alleinunterhalter", erwidere ich grinsend.

"Weeste wat, Julia? Wir zwee machen nen eijenen Laden im Schwulen- und Lesbenviertel uff."

"Darf ich da denn als Hete überhaupt hin?" gebe ich naiv zurück.

"Klar doch! Det isset ja, wir haben keene Probleme mit die Heten, aber manche Heten haben welche mit uns. Deshalb will Tom sich ja nich outen, der Schisser!"

Ich liege im Bett und denke noch lange über Andrés Worte nach. Warum haben manche Heteros eigentlich Probleme mit Homosexuellen? Weil sie in der Minderheit sind, und weil irgendwer mal irgendwo etwas von zwei getrennten Geschlechtern geschrieben hat? Aber steht nicht auch in den alten Schriften, dass man nicht immer gleich urteilen und andere Menschen für etwas verdammen soll, wofür sie nichts können?

Vielleicht sollte der liebe Gott mal mit dem Finger schnipsen und von jetzt auf gleich wären siebzig Prozent der Bevölkerung homosexuell und dreißig Prozent Heteros. Ich bin mir sicher, dass daraufhin jeder behaupten würde, Homosexualität schon immer unterstützt zu haben.

Ich jedenfalls stelle es mir nicht einfach vor, irgendwann in der Pubertät, wenn die Hormone ohnehin Achterbahn fahren, festzustellen "anders" zu sein, eben nicht der sogenannten Norm zu entsprechen. Es gibt Menschen, die beispielsweise um alles in der Welt auffallen wollen, die sich aus diesem Grund total schrill anziehen. Sie treffen damit eine bewusste Entscheidung für ihren ganz persönlichen Stil. Jemand, der gleichgeschlechtlich liebt, hat sich

das aber nicht ausgesucht und möchte in der Regel nicht wirklich auffallen.
Betrübt, dass es immer noch so viele engstirnige Leute gibt, die Probleme fördern, wo eigentlich gar keine sind, schlafe ich irgendwann ein.

Die Ladentür öffnet und schließt sich pausenlos ... eine unerträglich laute Klingel kündigt jeden einzelnen Kunden unüberhörbar an ... einer nach dem anderen ruft nach mir und will einen Termin ... alle reden wild durcheinander, während immer wieder dieses schrille Klingeln ertönt, das sich anhört wie mein Telefon. Mein Telefon! Augen auf und raus aus dem Bett. Wer ruft bloß in aller Herrgottsfrühe an - oder habe ich verschlafen?
"Julia Soltau" japse ich in den Hörer.
"Hey, Julia, ich wollte nur Bescheid sagen, dass wir gleich losfahren. Wenn wir nicht in einen Stau geraten, sind wir heute Mittag schon bei dir. Freust du dich?"
"Klar, Alex! Und wenn ich richtig wach bin, freu ich mich noch viel mehr."
Ulla ist vor mir im Geschäft, mein Frühstück steht bereits auf dem Schreibtisch. Bei so viel Fürsorge vergesse ich glatt, wie brutal ich aus dem Bett geklingelt wurde.
Wie immer, hat mich die kalte Dusche gerettet. Vielleicht hätte ich Alex nicht sagen sollen, dass ich am Nachmittag frei habe, denn anscheinend

will sie wieder jede Minute ausnützen, sonst hätte sie nicht die anderen überredet, schon so früh loszufahren. Ich wüsste gerne, wie sie es geschafft hat, Monis Mann dazu zu überreden, an einem Urlaubstag um sechs Uhr aufzustehen. Stefan ist nämlich ein echter Langschläfer. Von seinen Kumpels wird er deshalb nur Murmel genannt. Wenn man ihn lässt, schläft er bis mittags. Da kann auch ruhig Krach in der Bude sein, das hört Stefan nicht.
André reißt mich mit einem zuckersüßen "guten Morgen, meine Liebe" aus meinen Gedanken.
"Hey André! Habe ich was verpasst, weil du so gut drauf bist?" Ich gebe die Hoffnung nicht auf, dass Tom doch noch die Kurve kriegt.
Er zieht einen gespielten Flunsch. "Ne, leider nich. Aber ick freu mir uf deene Leute heute Abend. Wenn die alle so jut druff sind wie du, denn wird det bestimmt lustig, wa?"
"André, ich warne dich!" gebe ich gespielt ernst zurück." Komm nicht im Abendkleid! Und es werden auch keine urigen Bars mitten in der Nacht besucht. Meine Sauerländer sollen nicht gleich am ersten Abend einen Kulturschock kriegen."
Mit einem Augenzwinkern verspricht er, "brav" zu sein. Na, darauf bin ich sehr gespannt.
Ich erzähle ihm von meinem Traum, in dem wir zwei

unser eigenes Geschäft haben. "Wir konnten die Unmenge an Kunden gar nicht bewältigen!"
"Julia, wenn du schon davon träumst, sollten wir ernsthaft darüber nachdenken."
Dann fangen wir an zu arbeiten.
Mit einigen Kundengesprächen im Laden und Rechnungen schreiben geht der halbe Tag rum wie nix. Man könnte glatt auf den Gedanken kommen, sich einen Halbtagsjob zu suchen - aber vermutlich wüsste ich mit der vielen Freizeit gar nichts anzufangen. Es sei denn, ich hätte Familie. Morgens wäre das Kind bei der Oma, und nachmittags schiebt Mama Julia den Kinderwagen durch den Park, trifft sich mit anderen Müttern, während die Kinder spielen im Sandkasten spielen. Das träumt sich im ersten Akt recht schön, aber erzählen Mütter nicht dauernd, was ihre Kleinen schon alles können und versuchen sich gegenseitig zu übertrumpfen? Wenn man da mal kurz zuhört, könnte man meinen, die ganze Welt besteht nur aus Wunderkindern. "Mein Marcel Maria ist so schlau, der kann jetzt schon Aa sagen. So kann ich schnell seine Windel wechseln bevor er den Haufen platt gesessen hat." Wäre Marcel Maria sooo schlau, dann würde er Aa sagen, bevor die Windel voll ist.
Im zweiten Akt sehe ich lauter Mütter in Latzhosen. Wieso werden so viele Mamas zu

zotteligen Ökolotten? Vor der Schwangerschaft haben sie stundenlang vor dem Spiegel gestanden und sich aufgehübscht. Kaum ist der kleine Schreihals da, laufen sie nur noch in Schlabbershirts und Schlappen durch die Gegend. Ich muss mich kurz schütteln. Nein! So will ich nicht werden. Dann gehe ich lieber weiterhin den ganzen Tag arbeiten.
"Frau Soltau?" höre ich eine Stimme aus der Ferne. "Frau Soltau! Ist Ihnen nicht gut? Wollten sie nicht heute früher nach Hause gehen?" Der Chef steht mit besorgtem Blick vor mir. "Oh", ist alles, was ich im ersten Moment über die Lippen bekomme.
Er fragt nochmal, ob es mir nicht gut geht. "Doch doch. Entschuldigung, ich war nur gerade in Gedanken."
"Ihre Gedanken müssen aber sehr intensiv sein. Es ist halb zwei, Sie wollten doch schon längst nach Hause gehen. Stattdessen sitzen Sie hier und schütteln die ganze Zeit den Kopf."
Erschrocken, dass es schon so spät ist, springe ich auf. "Ja, ne, Chef. Ist alles klar bei mir. Danke." Schnell nehme ich meine Sachen und rausche an ihm vorbei zur Tür. Ich höre noch, wie er mir ein schönes Wochenende wünscht, dann fällt die Tür hinter mir zu.
Draußen atme ich erst einmal tief durch. Was war das jetzt? Sitze ich nun schon am helllichten

Tag am Schreibtisch und kriege vor lauter Tagträumerei nichts mehr mit? Habe ich Angst, irgendwann einsam und alleine in einem Pflegeheim vor mich hin zu schimmeln, oder warum denke ich an schwangere Frauen und Mütter mit Kindern in Supermanpampers? Bevor ich mir weiter Gedanken darüber machen kann, läutet mein Handy. "Wir fahren gerade über die Avus und sind gleich da", flötet Alex mir ins Ohr. Sie ist eine der wenigen Nichtökolottenmuttis.
"Super!" Jetzt bin ich wieder da, wo ich hingehöre. Im Hier und Jetzt in Berlin! "Ich freue mich. Der Sekt steht schon kalt. Bis gleich."
Jetzt freue ich mich wirklich auf die ganze Bande.

Zuhause angekommen, hole ich Teller, Besteck und Sektgläser aus dem Schrank und bereite die Gästebetten vor. Kaum habe ich meine Bluse von gestern in die Wäschebox geworfen, da klingelt es auch schon.
Alex springt als Erste aus dem Fahrstuhl, dahinter Tanja und Moni: "Juhu! Da sind wir!"
Wir drücken und knutschen uns schon im Flur ausgiebig ab. Moni hat sogar einen Kuchen mitgebracht.
Mit der zweiten Fahrstuhlladung kommen die Männer an. Vollgepackt zwängen sie sich durch die Wohnungstür. "Wieso habt ihr denn eure

Schlafsäcke und Taschen mitgebracht?" frage ich irritiert, "Ihr schlaft doch gar nicht alle hier."
Genervt lassen sie die Gepäckstücke fallen. Kai wirft seiner besseren Hälfte einen säuerlichen Blick zu. "Tanja hat gemeint, was jetzt schon hier oben ist, brauchen wir nachher nicht mehr zu schleppen."
"Ach, ist doch egal! Stellt alles da hinten ins Gästezimmer." Nachdem die Sachen abgeladen sind, begrüße ich Thomas, Kai und Stefan, und dann gibt es erst mal "Sekt für die Puppen", wie Tanjas Vater immer so schön sagt.
"Ihr Männer wollt doch bestimmt erst mal ein Bierchen, oder?"
"Klar!" antwortet Stefan, "Bier zum Frühstück kommt immer gut."
Auf die Frage, wieso zum Frühstück, antwortet Moni, dass er die ganze Fahrt über geschlafen habe und somit für ihn Frühstückszeit ist. "Wenn ihr auch unbedingt mitten in der Nacht losfahren müsst", ist alles, was er schulterzuckend dazu bemerkt. Für Stefan ist acht Uhr morgens am Wochenende so gut wie direkt nach dem Abendessen.
Nachdem das geklärt ist, prosten wir uns erst einmal zu und stoßen auf drei schöne Tage an. Dann wird von der Fahrt erzählt. Männer können sich herrlich über andere Autofahrer aufregen. Thomas berichtet von einer Blondine, die

während der Fahrt ausdauernd telefonierte. "Vor lauter quatschen und gestikulieren, hat sie anscheinend das Gaspedal nicht mehr gefunden. Mit hundert schlich sie die ganze Zeit vor uns her. Und das auf der Überholspur!"
"Die brauchte halt ihre Hände und Füße zum sprechen", meint Moni lachend.
Kai erzählt von einem Pärchen, das sich während der Fahrt immer wieder geküsst hat. "Total lebensmüde, bei hundertfünftzig so rumzuknutschen."
"Vielleicht waren sie auch einfach nur glücklich, weil sie ihm einen Heiratsantrag gemacht hat."
Ups! Wenn das nicht wieder ein Wink mit dem Zaunpfahl von Tanja war. Vielleicht sollte sie die Sache doch selbst in die Hand nehmen. Aber in dieser Beziehung ist Tanja stur wie ein Esel. Dabei braucht sie keineswegs zu befürchten, dass Kai nein sagt. Er erzählt seit Ewigkeiten überall herum, dass sie die Frau ist, mit der er alt werden will. Aber egal, ich halte mich da raus. Die beiden werden das schon irgendwie meistern.
"So, meine Lieben, was steht denn heute noch auf dem Programm?" Alex steckt wieder mal voller Tatendrang.
Moni möchte gerne zur Museumsinsel. "Oh, ne, bloß nicht ins Museum", entrüstet sich Thomas.

"Ich will ja gar nicht reingehen, aber ich würde mir die Gebäude gerne ansehen. Die sehen im Fernsehen sehr beeindruckend aus."

"Ich will auf jeden Fall das Kanzleramt und den Reichstag besichtigen. Schließlich muss man zumindest mal gesehen haben, was mit unseren Steuergeldern gebaut worden ist."

"Da hat Thomas recht." Aha, Stefan kommt auch langsam auf Betriebstemperatur. Kai könnte sich ganz bescheiden vorstellen, sich irgendwo in einen Biergarten zu setzen.

"Wie wäre es denn mit dem Zoo? Der soll so toll sein", ergänzt Tanja.

Oh je, das wird nicht einfach, alle unter einen Hut zu bringen. Da kommt mir eine zündende Idee. "Leute, ich hab's! Trinkt schnell aus. Wir machen eine Schiffstour. Da ist für jeden etwas dabei."

"Eine Schiffstour?" wiederholt Moni zweifelnd. "Da sehen wir doch nur Wasser."

Ich entgegne, dass genau das nicht der Fall ist. "Das Schiff fährt an der Museumsinsel entlang und am Reichstag. Ok, der Zoo wird nur gestreift, aber man kann das Gelände sehen. Somit ist für jeden etwas dabei, und Kai kann sogar ein Bierchen trinken und muss nicht zu Fuß gehen. Mit ein wenig Phantasie ist das Schiff der fahrende Biergarten. Aber wir müssen uns beeilen, damit wir die Abfahrt nicht verpassen."

"Klasse Idee, Julia!" Wow! Ein Lob von Alex. Dann kann nichts mehr schief gehen. Die anderen sind ebenfalls einverstanden.

Wir schnappen unsere Sachen und machen uns auf den Weg zur nächsten U-Bahnstation. Gut, dass ich von Mamas Besuch die Abfahrtszeiten des Schiffs noch im Kopf habe.

Wir haben Glück, als wir die Anlegestelle erreichen, gibt es noch genügend freie Plätze an Deck. Diesmal haben wir einen männlichen Reiseführer. Frau Landmann, die nette Dame vom letzten Mal, scheint heute frei zu haben, oder sie hat am Morgen gleich auf der ersten Tour schon Leute wach gequatscht.

"Schönen juten Tach", werden wir begrüßt. " Meen Name ist Hummel, wie die Biene und ick begleite Sie heute durch die schönste Stadt uff de Welt, wa? Ejal, wo Se hinkieken, et is allet schön, wenn Se et mit die richtijen Augen sehen."

Auch wenn ich die Fahrt schon mal gemacht habe, begeistern mich die Berliner Sehenswürdigkeiten aufs Neue. Zumal Herr Hummel eine ganze Reihe neuer Anekdötchen und Witze auf Lager hat. Auch der Berliner Himmel zeigt sich von seiner besten Seite, nämlich der blauen. Es ist kein Wölkchen am Himmel. Herrlich! So kann man das Wochenende genießen.

Moni schickt sofort die Männer los, um Getränke zu holen. "Die Puppen brauchen noch ein Gläschen Sekt." Die Jungs bringen sich natürlich Bier mit.

"Das mit dem Schiff war eine tolle Idee, Julia", grinst Kai, prostet mir zu, und lässt sich völlig relaxed in den Sitz fallen.

Herr Hummel spricht ein wenig mehr in Zahlen als Frau Landmann. Er erläutert, dass jeder Stadtteil einen bestimmten Menschentyp anzieht, und welcher Bezirk wie viele Einwohner hat. Am Prenzlauer Berg würde zum Beispiel der typische Supermann - Papa wohnen. Der könne quasi alles. Er liest die Tageszeitung, arbeitet irgendwas im Medienbereich und kümmert sich mit um die Kindererziehung. In Friedrichshain würden dagegen eher Ökofreaks wohnen, die sich politisch engagieren. Da leben wahrscheinlich die Ökomuttis, von denen ich bei der Arbeit geträumt hatte, denke ich bei mir.

Nebenbei werden wir mit allen möglichen Informationen gefüttert, wie viele Currywürste jährlich in Berlin verzehrt werden, wie hoch der Fernsehturm ist und dass das KaDeWe das größte Kaufhaus Europas ist und über vierundsechzig Rolltreppen verfügt.

"Mich würde ja eher die Schuhabteilung interessieren als die Rolltreppen", flüstert Tanja mir zu.

"Vielleicht könnten wir morgen ein wenig shoppen gehen", erwidere ich spontan und bereue die Äußerung im nächsten Moment. Samstags ist in Berlin die Hölle los. Das KaDeWe platzt aus allen Nähten vor lauter Touristen. Da macht Shoppen echt keinen Spaß. Außerdem werden sich die Jungs bestimmt dagegen sträuben.
Apropos Jungs, die holen gerade zum zweiten Mal flüssigen Nachschub.
"Berlin is mit seene zweitausendfünfhundert Parks und Grünanlagen die grünste Stadt Europas." Herr Hummel wie Biene überbrückt gerade wieder eine kleine Sehenswürdigkeits -
pause, die durch eine Schleuse verursacht wird, in der das Schiff um einen Meter und einundfünfzig angehoben wird.
Als wir im Regierungsviertel ankommen, erfahren wir nicht nur viel Interessantes über das Reichstagsgebäude, sondern auch über den dazugehörigen Kindergarten. "Der is nur für die Kinder der Mitarbeiter des Bundestages, wa? Und der hat janze zehn Millionen Mark jekostet. Doch det janze Jeld half och nix, denn etwa eineinhalb Jahre nachdem er uff war, musste er für een paar Wochen wegen Bauschäden wieder schließen."
Am Ende der Tour gibt Herr Hummel uns noch den Rat mit auf den Weg, immer schön nach

unten zu schauen, wenn wir das Schiff verlassen." Die Berliner Hunde produzieren pro Tag fünfundfünfzig Tonnen Kot, da is die Wahrscheinlichkeit schon hoch, in eenen Haufen zu treten."
Alle Passagiere bedanken sich mit einem dicken Applaus und angemessenem Trinkgeld.
"Jetzt habe ich aber Hunger." Moni spricht mir aus der Seele. Wenn ich jetzt noch ein Glas Sekt trinke, ohne etwas zu essen, bin ich knülle und der Abend ist gelaufen.
Nachdem wir wieder in meiner Wohnung sind, stoßen Anna, André und Poldi zu uns.
Anna und Alex fallen sich in die Arme, wie alte Freundinnen, die sich seit Jahren nicht mehr gesehen haben. André scheint ebenfalls gut drauf zu sein. Er lässt voll die Tunte raus und spricht wieder total durch die Nase. Aber das scheint weder Kai noch Thomas zu stören. Stefan ist sowieso alles egal, solange man ihn in Ruhe lässt.
Der kleine Poldi läuft schwanzwedelnd von einem zum anderen und holt sich bei jedem eine ordentliche Portion Streicheleinheiten ab. Tanja und Moni sind ganz begeistert von dem kleinen Kerl. Er hat aber auch wirklich unwiderstehliche Kulleraugen.
Anna streckt mir ein Geschenk entgegen. "Wir haben dir noch ne Kleenigkeit mitjebracht."

Es ist ein Kalender mit Männerfotos. André zwinkert mir schelmisch zu. "Damit du och mal nen Mann im Haus has."
"Von wegen", protestiere ich, "und was ist mit Anna? Die ist auch Single."
"Ja, aber ick hab meen Poldi."
"Wenn wir schon mal bei den Geschenken sind", klinkt Tanja sich ein und zaubert aus dem Gästezimmer einen Fresskorb hervor. "Wir haben dir auch was mitgebracht." Begeistert inspiziere ich den Korb. "Das sind ja lauter Sauerländer Leckereien", freue ich mich.
"Und ein paar selbstgemachte Sachen, wie Marmelade, Pesto und ein paar Pralinchen", ergänzt Tanja. Natürlich darf auch ein Schnaps aus der Heimat nicht fehlen. Den haben bestimmt die Männer gekauft.
"Vielen, vielen Dank, ihr Lieben. Ihr habt wohl Angst, dass ich hier zu kurz komme?"
"Apropos hungern", sagt Thomas, "mein Magen knurrt immer lauter."
Oh je, ich habe ganz vergessen, die Würstchen heiß zu machen. "Ich gehe schnell in die Küche, dann beginnt in fünf Minuten die Raubtierfütterung."
Moni fragt, ob sie mir helfen kann. "Gerne, du kannst schon mal alle mit Getränken versorgen."
Keine fünfzehn Minuten später sitzen wir kreuz und quer verteilt im Wohnzimmer und essen mit

großem Appetit Kartoffelsalat mit dicken Sauerländer Mettwürsten. Poldi wackelt von einem zum anderen, in der Hoffnung, etwas abzubekommen. Es herrscht gefräßige Stille, als das Handy von Alex klingelt. Ihre kleine Tochter ist dran. Sie sucht ein bestimmtes Spiel. Alex fordert sie auf, es erst einmal in ihrem Kinderzimmer zu suchen. Da scheint es aber nicht zu sein. "Dann schau doch mal bei den Jungs im Zimmer nach." Aber auch dort hat sie keinen Erfolg.

Gemeinsam mit ihrer Tochter überlegen Alex und Thomas, wo und wann sie es zuletzt gehabt hat. "Du hattest es mit, als ich dich zu deiner Freundin gebracht habe", erinnert sich Alex.

"Im Auto liegt ein Spiel." Alle gucken Stefan an.

"Echt? Wo?" will Alex wissen.

"Ganz hinten unter dem Sitz. Ich wäre fast draufgetreten, deshalb hab ich es in den Kofferraum gelegt."

Ganz ruhig erklärt Alex ihrer Kleinen, dass das Spiel leider in Berlin ist, genau wie Mama und Papa. Mit Engelszungen redet sie auf das Kind ein, solange, bis sie ihre Tochter irgendwann abgelenkt hat. Sie wechselt noch ein paar Worte mit ihrer Mutter und lässt das Handy wieder in ihrer Tasche verschwinden.

Kai reibt sich den Bauch. "Das Essen war aber ganz schön fettig."

Anna ist verwundert. "Wat? Fettich? Spinnste? Ick dachte uf dem Land is man deftige Kost gewöhnt."
Die anderen fangen an zu lachen. André ist ebenfalls verwirrt.
Ich stehe schon mal auf, während Moni die beiden Berlinern aufklärt, dass dieser Satz im Sauerland bedeutet, dass man nach dem Essen einen Schnaps haben möchte.
"Deshalb war auch eine Flasche in dem Korb. Die Herren hatten sicher Angst, ich hätte keinen."
"Und - haste?" erkundigt sich Kai. Stolz hole ich einen guten Sauerländer Tropfen aus dem Schrank und halte ihn hoch.
Die Runde wird immer lockerer. Alex und Anna lassen noch mal den Abend Revue passieren, als wir in der Men Strip Bar waren. Natürlich lachen alle auf meine Kosten.
"Hätte der Typ meine Alex auf die Bühne gezogen, wäre er schneller ausgezogen gewesen."
"Bist du denn gar nicht eifersüchtig, Thomas?" meint Anna.
"Eifersucht? Was soll das sein? Ein neues Automodell? Bis jetzt ist meine Liebste immer wieder zu mir nach Hause gekommen." Verliebt wie am ersten Tag nimmt er seine Frau in den Arm und küsst sie.

Alex wechselt das Thema und fragt André nach seiner Travestieshow aus.

"Nee, det is nich meene Show, ick mach da nur mit, wa?" Er berichtet, dass das so eine Art Kabarett ist. "Mit nem bißchen Tanz und nem bißchen Chichi und Witz halt."

"Wie, echt jetzt? Da hüpft ihre alle in Frauenkleidern rum?" will Stefan wissen.

André erklärt, dass viele Schwule in die Frauenrolle schlüpfen und sich dementsprechend auch gerne als Frau kleiden. "Am liebsten mit viel Blingbling", näselt er tuntig.

"Na, die Schwulen lieben halt den großen Auftritt", ergänzt Anna und erzählt von unserem Abend im Schwulenrestaurant. "Aber ick muss zugeben, det hatte wat, so fein uf die Rolle zu jehen."

"Ja, und eine Menge Spaß hatten wir auch. Vor allem mit dem Dessert."

Tanja will noch wissen, ob dort lauter so gut aussehende Jungs sind, wie André.

"Jepp", nickt Anna. "Was für eine Verschwendung", kommt es prompt zurück. Diesen Satz habe ich lange nicht mehr gehört.

"Sag mal, André, wann hast du deinen nächsten Auftritt?" fragt Alex.

Bevor er antworten kann, weiß ich schon, dass wir morgen im Publikum sitzen.

Er hatte mir nämlich am Vortag mitgeteilt, dass er am Wochenende wieder auf der Bühne stehen würde. Er wolle, auch als Single, versuchen, sein Leben wieder so normal wie möglich zu gestalten.
Für den Bruchteil einer Sekunde hege ich die Hoffnung, die Vorstellung könnte ausverkauft sein. Aber bei Alex passieren solche Dinge nicht, sie kommt überall rein, siehe Hotel Adlon.

André verspricht, Karten für uns an der Abendkasse zu hinterlegen. Wieder grölen alle vor Freude.
"Aber ihr müsst pünktlich da sein", ermahnt er uns.
Prima, dann brauche ich mir um das morgige Abendprogramm keine Gedanken zu machen. Ich hoffe nur, dass ich diesmal nicht wieder auf die Bretter muss, die angeblich die Welt bedeuten.
"Ich würde mal sagen, darauf trinken wir einen." Kai hält sein Glas hoch und ich hole Nachschub.
Als ich zurück komme, sind André und Alex auf den Balkon hinausgegangen. Der Abend ist eigentlich viel zu schön, um drinnen zu sitzen. Aber für die ganze Gruppe reicht der Platz nicht aus, maximal für eine Stehparty mit Körperkontakt.
Ich schenke den beiden ein Schnäpschen ein und geselle mich wieder zu den anderen.

Es ist wirklich schön, meine Truppe hier zu haben. Wenigstens für ein Wochenende. Wenn ich ehrlich bin, hab ich sie schon öfter vermisst. Es ist wirklich schön hier, und ich habe mit Anna und André schnell Freunde gefunden, aber manchmal wünschte ich mir, alle zögen zu mir nach Berlin. Auch wenn ich viel Besuch habe, so fühle ich mich in der Woche doch manchmal ein wenig alleine. Auf dem Land ist man zwar nicht immer in allen Dingen up to date, doch eines ist man nie, nämlich alleine. Irgendeiner renoviert immer irgendeine Ecke, wo man mit anpackt und hilft.
Dafür gibt es in der Großstadt natürlich viel mehr zu sehen. Das Berliner Kulturprogramm kann leicht zu akuter Reizüberflutung führen. Hier gibt es ...
Patsch! Ich habe ein Kissen im Gesicht. "Hey", beschwere ich mich.
"Na anders reagierst du ja nicht", kriege ich von Moni zur Antwort, "du träumst wieder mal."
"Und du triffst sonst nie." Ich werfe das Kissen zurück und treffe Thomas, der sich natürlich über mich lustig macht.
"Wir wollen Looping Louie spielen, bist du auch dabei?" fragt er.
Tanja bestimmt, dass keiner gefragt wird und alle mitmachen. "Vielleicht kommen dann ja auch die Frischluftfanatiker mal wieder rein."

Mittlerweile hat sich auch Kai zu Alex und André auf den Balkon gesellt.
"Looping Louie? Was ist das für ein Spiel und wo bekommen wir das um diese Uhrzeit noch her?" will ich wissen.
"Das hat doch unsere Kleine im Auto vergessen. Ich hole es schnell." Und schwupp, ist Thomas auch schon verschwunden.
Anna runzelt die Stirn. "Sach ma, Julia, wie alt is die Kleene von die beeden?"
"Vier", sage ich, "wieso?"
"Spielen wa jett det Spiel von ner Vierjährigen?" Das ist eine gute Frage. "Scheint so."
Ich hole neue Getränke. Wieder knallt ein Sektkorken und die Kronkorken zischen. Das klingt hier fast so schön wie im Sauerland.
"Hey, wollt ihr nicht mal wieder reinkommen?" rufe ich meinen „Balkonpflanzen" zu.
Abrupt verstummen die drei. "Brütet ihr was aus?"
André schiebt mich wieder rein. "Ne, allet jut. Jeh mal wieder rein, wir sind och jleich wieder da."
"Aber..." ehe ich weitersprechen kann, ist die Tür zu.

Na toll! Jetzt steckt André auch schon mit Alex unter einer Decke. Aber zum Glück ist Kai dabei, dann können sie nichts Schlimmes aushecken.

"Weeste wat?" sagt Anna, "ick jeh noch mal kurz mit Poldi vor die Tür, bevor er mir einschläft."
Ich setze mich zu Moni, Tanja und Stefan. "Es ist so schön, dass ihr hier seid."
Tanja nimmt mich in den Arm. "Und nachdem wir nun wissen, dass es dir so gut geht, können wir dich am Sonntag auch getrost hier lassen."
"Wieso? Hättet ihr mich sonst mitgenommen?"
Wir albern noch ein wenig herum, als zwei Türen gleichzeitig aufgehen und wir wieder komplett sind.
"So, Leute", ergreift Thomas das Wort. "Setzt euch mal alle auf den Boden. Ich erkläre kurz die Spielregeln."
"Oh je", stöhnt Anna, "aber bitte nichts, wo ick meen kleenet Jehirn noch uf Vordermann bringen muss."
Thomas beruhigt sie, dass dieses Spiel leicht zu verstehen ist. "Schließlich ist das für Kinder ab vier Jahre."
Während Alex es zusammenbaut, erklärt Thomas, wie es geht.
"Wie ihr seht, gibt es vier kleine Farmen. Diese Plastiktaler hier symbolisieren Hühner, die auf dem Dach der Farm hocken. An dem Hebelarm in der Mitte ist das Flugzeug, in dem Looping Louie sitzt. Durch das Drehen kann er niedrig fliegend eure Hühner treffen und sie fallen runter. Das könnt ihr vermeiden, indem ihr das Katapult, das

vor jeder Farm steht, geschickt betätigt. So fliegt Louie über eure Hühner drüber. Wer als erstes keine Hühner mehr hat, der hat verloren."
"Aber wir sind neun Spieler, und das Ding hat nur vier Farmen", stellt Kai fest. Als Lösung schlägt er vor: "Wir Pärchen spielen zusammen und ihr drei Berliner. So haben wir für jede Farm eine kleine Gruppe."
"Genau!" sagt Stefan. "Und wer als erster keine Hühner mehr hat, muss einen Schnaps trinken."
"Aber immer nur der, der am Katapult sitzt. Sonst sind wir Frauen sofort knülle." Moni ist heute die Frauenretterin.
"Jut, det wir zu dritt sind." Anna kann anscheinend meine Gedanken lesen.

Louie fliegt und fliegt und ich mit ihm. Mir wird schwindelig. Alles dreht sich. Immer wieder geht es rauf und runter, wie im Kettenkarussell. Überall fliegen Hühner durch die Gegend. Ich weiß nicht, ob wir sie treffen wollen, oder ob wir ihnen ausweichen. Mein Gesicht wird nass. Regnet es denn? Es ist...Poldi! Ich schaue direkt in seine Knopfaugen. Oh Gott! Bin ich wach, oder träume ich? Poldi schleckt mich noch mal ab. Reflexartig ziehe ich den Kopf zurück. "Autsch!" Der dröhnt aber. Gut, ich bin wohl wach. Wo bin ich eigentlich? Ich versuche mich auf den Rücken zu drehen und stoße auf weichen

Widerstand. Poldi kann es nicht sein, der steht mit seinen Vorderpfoten auf der Bettkante. Jo! Das ist mein Gästebett. Ich bin also zu Hause, das ist schon mal gut. Zwar nicht in meinem Bett, aber egal. Und wer liegt da noch? Vorsichtig drehe ich meinen Kopf. Ach, es ist André, auch gut. Er schläft noch tief und fest. André? Wieso ist der noch hier? Ist der denn nicht mehr nach Hause gefahren? Und wo sind die anderen alle?
Herrjemine, was war denn das für ein Abend? Ich mach noch mal die Augen zu und versuche mich zu erinnern.
Thomas hat dieses Kinderspiel geholt. Wir haben uns in Gruppen aufgeteilt und dann....
Nix!
Ganz vorsichtig setze ich mich auf die Bettkante. Ich stelle fest, dass ich noch ganz schön viel anhabe, dafür dass ich gerade erst aufstehe. Poldi kratzt mit seinen Pfötchen an meinem Bein. Wo ist eigentlich Anna? Die würde doch nie ohne ihren Prinzen nach Hause gehen?
Vorsichtig stehe ich auf und schleiche durch die Wohnung. Ach, du Schreck! Im Wohnzimmer herrscht ein heilloses Durcheinander: Gläser, leere Flaschen und Knabbersachen sind quer durch den Raum verteilt. Mittendrin liegen Thomas und Kai. Thomas im Schlafsack auf dem Sofa, Kai mit einer Decke im Sessel, die Füße auf dem Tisch.

In der Küche sieht es nicht viel besser aus, nur dass anscheinend keiner darin geschlafen hat. Hier überwiegt lediglich das schmutzige Geschirr. Poldi kratzt an der Wohnungstür. Kaum habe ich geöffnet, springt der Hund wie ein Pfeil hinaus. Der kleine Kerl muss dringend Gassi gehen. Deshalb hat er mich auch geweckt. Super! Jetzt muss ich, verkatert wie ich bin, mit ihm runter gehen. Ich weiß im Moment nicht, was zerknitterter ist, meine Klamotten oder mein Gesicht...

Durch die offene Haustür rennt Poldi zum erstbesten Baum und erleichtert sich gefühlte fünf Minuten lang. Das war wohl Rettung in letzter Minute. Ich muss zugeben, die frische Luft vertreibt die Nachwehen der Partynacht, also beschließe ich, mit dem kleinen Kerl noch schnell um den Pudding zu gehen.

Um den Pudding gehen, auch so ein Spruch aus dem Sauerland. In Berlin würde man sicher "um den Block gehen" sagen. Früher bin ich oft abends mit meiner Mutter "um den Pudding" gegangen. Ein kleiner fünfzehn- oder zwanzigminütiger Spaziergang im Dunkeln. Als ich zurückkehre, ist in meiner Wohnung immer noch alles ruhig. Jetzt interessiert es mich aber doch, warum ich nicht in meinem Bett geschlafen habe. Leise öffne ich die Schlafzimmertür.

Da liegen meine vier Grazien. Von links nach rechts, Alex, Anna, Tanja, Moni. Die Erinnerung an die letzte Nacht kehrt zurück: Anna fragte die drei, ob sie schon das Schlafzimmer fertig eingerichtet gesehen hätten. Sie verneinten und begleiteten Anna. Das wunderte mich, denn Anna wusste ja, dass mir die drei beim Umzug geholfen hatten. Außer einem zusätzlichen Bild hatte sich nämlich nichts verändert. Ich habe mit den Männern weitergespielt, bis Kai irgendwann sagte: "Wir müssen wohl doch alle bei dir schlafen, Julia." Ich war ganz überrascht, und frage ihn, wie er darauf käme. "Na, weil die Mädels wohl schon irgendwo pennen. Oder braucht man von hier bis zu deinem Schlafzimmer mehr als eine halbe Stunde?"
Natürlich habe ich daraufhin nachgesehen, und da lagen die vier genauso in meinem Bett, wie jetzt. Zugegeben, vier Leute auf einem Meter und achtzig haben nicht wirklich viel Bewegungsfreiheit.
Fünf. Poldi gesellt sich eben mit dazu. Prima! Dann nutze ich die Gelegenheit und gehe duschen, bevor acht weitere Leute auf die gleiche Idee kommen. In diesem Moment weiß ich die Vorteile des frühen Aufstehens sehr zu schätzen.
Dafür, dass ich vor einer Dreiviertelstunde nicht

mal mehr wusste, warum ich im Gästezimmer geschlafen habe, bin ich erstaunlich fit. Es geht wirklich nichts, aber auch gar nichts über eine kalte Dusche.

Mit einem Handtuch umgebunden, schleiche ich nochmal ins Schlafzimmer, um mir frische Anziehsachen zu holen. "Julia?" Alex hebt den Kopf. "Was ist passiert?"

Ich mache "pssst" und deute auf die schlafenden Mädels. Alex dreht sich zur Seite. Ihre Augen werden immer größer.

Fragend sieht sie mich an und folgt mir auf leisen Sohlen ins Bad. Langsam wird auch sie wach.

"Wir haben hier gegessen, richtig?"

"Jepp!"

"Wir haben getrunken?"

"Jepp!"

"Wir haben Looping Louie gespielt?"

"Jepp!"

Wir haben dann noch mehr getrunken?"

"Jepp!"

"Du auch?"

"Jepp!"

"Und wieso bist du schon so fit?"

"Weil Poldi mich in seiner Not wachgeleckt hat. Ich war schon mit ihm Gassi. Und ich kann dir versichern, die frische Luft sorgt für einen klaren Kopf."

"Haben alle hier geschlafen?" will sie noch

wissen. Ich erzähle ihr, wo ich wen gefunden habe. "Stefan fehlt", stellt sie fest.
Stimmt! Den habe ich in dem ganzen Chaos irgendwo übersehen. Ich ziehe mich an, überlasse ihr das Bad und suche nach Stefan. Auf dem Balkon finde ich ihn, eingepackt in seinen Schlafsack, in meinem Liegestuhl.
In diesem Augenblick kommt André, relativ fit aussehend, aus dem Gästezimmer.
"Guten Morgen", flüstert er. "Hast du gut neben mir geschlafen?"
Ich ziehe ihn in die Küche. "Du weißt noch alles?" frage ich verwirrt, indem ich versuche, das Chaos in meinem Kopf zu sortieren.
"Ick denke schon." Er überlegt kurz, ehe er weiterspricht. "Irgendwann sind die Mädels in deinem Schlafzimmer verschwunden. Stefan war auf dem Balkon, glaube ich." Er setzt sich auf einen Küchenstuhl, schenkt sich ein Glas Wasser ein und fährt fort, ihm sei irgendwann klar geworden, dass - entgegen meiner ursprünglichen Planung - nun doch alle bei mir übernachten würden.
"Da dachte ick, bevor sich eener det Jästebett schnappt, besetze ick det schon ma."
Irgendwann sei ich ins Zimmer gekommen und hätte gefragt, ob alles ok. sei.
"Stimmt!" fällt mir urplötzlich ein. "Du hast noch irgendwas von Aspirin gesagt und die Hand

aufgehalten. Ich habe dir welche aus dem Badezimmer geholt."
"Genau! Und denn haste gesagt, ick soll ma ein Stückchen rutschen und bist in voller Montur zu mir ins Bett jekrabbelt."
So langsam fügen sich in meinem benebelten Hirn die Puzzleteile wieder zusammen.
Eine Minute später kommt Alex frisch geduscht in die Küche, hinter ihr, leicht verkatert, Tanja. "Scheiß Kinderspiele!" "Dir auch einen schönen guten Morgen, liebe Tanja!" frotzle ich. Bloß gut, dass mich keiner so zerzaust gesehen hat - außer Poldi natürlich, aber der kann schweigen.
Sie übergeht meine freundlichen Worte. "Wo gibts denn Frühstück?"
"Hier?" werfe ich fragend in die Runde. Alle nicken.
Tanja ist schon fast aus der Küche, da dreht sie sich nochmal um. "Ihr organisiert Brötchen, ich sorge hier für Ordnung."
Lachend stehen wir stramm und salutieren. "Jawoll, Frau General!"
Keine dreißig Sekunden später steht sie im Flur, pfeift auf ihren Fingern und schreit: "Morgenappell! Alle Mann aufstehen und aufräumen, aber zack zack!"
Dann verschwindet sie mit einem Knall im Bad.
"Na, so wie Tanja hier alles im Griff hat, sollten wir uns beeilen, für die Brötchen zu sorgen",

bemerkt Alex munter und zieht mich aus der Wohnung. Als wir aus der Haustür ins Freie treten, holen wir beide tief Luft. "Das ist mir seit einer Ewigkeit nicht mehr passiert, dass ich derart abgestürzt bin", gesteht sie und fährt fort: "Ich glaube, wir können uns Zeit lassen. Das wird eine Weile dauern, bis die Bude soweit aufgeräumt ist, dass wir frühstücken können."

Gemütlich bummeln wir die Straße entlang zu meiner Bäckertante. An der Ecke gegenüber bleiben wir stehen und begutachten die Brautkleider in einem Schaufenster. "Ob Kai es in diesem Leben wohl noch schafft, Tanja einen Heiratsantrag zu machen?" überlege ich. "Bestimmt!" Sie grinst breit. "Hey, weißt du was, was ich nicht weiß?" hake ich nach. "Nö."

Diese einsilbige Antwort nehme ich ihr nicht ab, deshalb frage ich weiter, was denn gestern so auf dem Balkon besprochen wurde.

"Auf dem Balkon?" wiederholt sie mit Unschuldsmiene.

"Ja, auf dem Balkon. André, Kai und du."

"Weiß ich nicht mehr. Kann nichts von großer Bedeutung gewesen sein."

In diesem Moment spiegelt sich eine Gestalt im Schaufenster: Tommi.

Ohne mich umzudrehen, zische ich Alex zu, dass mein Chef hinter uns im Anmarsch ist.

Sie schaut mich kurz an, legt dann den Arm um mich und bohrt mir einen Finger in den Rücken. Das hatte sie früher immer gemacht, wenn sie einen Streich vorhatte und ich mitspielen sollte. Oh Schreck, was hat sie vor? Sie wird mich doch jetzt nicht blamieren? Bevor ich weiter darüber nachdenken kann, dreht sie sich zu mir und küsst mich. Auf den Mund. Mit Zunge. Ich bin wie gelähmt und gleichzeitig viel zu überrumpelt, um mich dagegen zu wehren. Da lässt sie mich auch schon wieder los und lächelt mich an, als wäre sie der verliebteste Mensch auf der ganzen Welt. An Alex ist echt eine Schauspielerin verloren gegangen, denn sogar ich nehme ihr diese Rolle für einen kurzen Moment ab.

In einer spontanen Reaktion wende ich mich abrupt ab, in der Hoffnung, mein Chef könnte den Bäckerladen bereits betreten haben. Fehlanzeige! Tommi steht keine drei Meter neben uns, sieht mich an und winkt mir zu. Mit einem gequälten Lächeln grüße ich zurück. Dann verschwindet er durch die Ladentür.

"Sag mal, hast du sie noch alle?" fahre ich Alex an.

"Cool bleiben, Julchen", beschwichtigt sie mich. "Ist doch prima gelaufen! Jetzt glaubt er, dass du lesbisch bist. Und das ganz offen zeigst."

Mit ein paar Sätzen klärt sie mich auf, dass sie das Ganze für André gemacht hat, damit Tommi

mal sieht, dass wieder eine Person mehr homosexuell ist, von der er das nicht vermutet hätte. "Da ich mich ja verbal nicht einmischen darf, musste ich mir eben was einfallen lassen." Bei diesen Worten grinst sie spitzbübisch.
"Komm! Jetzt gehen wir rein und besorgen endlich die Brötchen."
Sie nimmt meine Hand und schleift mich mit. Ich bin immer noch total verdattert.

Frau Bäckerin freut sich wie gewohnt, mich zu sehen. Ich stelle Alex und Tommi einander vor, worauf
er sich erkundigt, wie denn meine Einweihungsparty war. Alex nimmt mir die Antwort ab: "Prima!" sagt sie. "Wir hatten unglaublich viel Spaß und gleich wollen wir zusammen frühstücken. Möchten Sie nicht mitkommen? In Gesellschaft schmeckt es doch besser als allein." Wobei sie das Wort "allein" extra betont.
Mein Chef bedankt sich höflich für das Angebot. "Leider muss ich ablehnen. Die Arbeit ruft."
Er wünscht uns noch ein schönes Restwochen - ende und verabschiedet sich.
Frau Bäckerin wendet sich fürsorglich an Alex. "Also, junge Frau, wenn Sie auf den gut aussehenden Mann ein Auge geworfen haben, versuchen Sie's gar nicht erst weiter. Der steht

nämlich nicht auf Sie, wenn Sie verstehen, was ich meine."
Mir fällt die Kinnlade runter. "Woher wissen Sie das denn?" frage ich erstaunt.
"Kindchen, wenn man jeden Tag so viele Leute sieht wie ich und die meisten davon über Jahre kennt, kriegt man einen Blick für so manches. Ach, was für ne Verschwendung."
Diesen Satz hatte ich kannte ich doch von irgendwoher...
Dann packt sie uns die "Schrippen" ein und wünscht uns noch einen schönen Tag. Zurück in meinen vier Wänden, stellen wir fest, dass Tanja tatsächlich alles perfekt im Griff hat. Meine Wohnung sieht aus, als wäre nichts gewesen.
Thomas und Kai trocknen gerade die letzten Gläser ab. Sie witzeln darüber, wie clever es war, dass sie am Vorabend sämtliche Taschen und die Schlafsäcke mit nach oben gebracht hatten. Sonst hätten die armen Frauen in ihrem benebelten Zustand zum Auto gehen müssen, um ihre Klamotten zu holen. Ich klopfe den beiden auf die Schultern. "Ihr seid echte Helden!"
André und Moni bauen auf dem Küchentisch ein Frühstücksbüffet auf. So kann sich jeder etwas nehmen und sich hinsetzen, wo Platz ist.
Tanja räumt gerade den letzten Schlafsack ins Gästezimmer, als Stefan aus dem Bad kommt;

wie immer ist er der Letzte. Vermutlich sind nun alle mit Duschen durch.

"Na, Stefan, hast du einen kleinen Kater?" frage ich.

"Kater? Ne! Du musst draußen an der frischen Luft schlafen, dann kriegst du auch keinen Kater!"

Da könnte er Recht haben. "Allerdings waren die Kirchenglocken ziemlich laut heute früh." Auch in diesem Punkt muss ich ihm recht geben. Obwohl ich sie an diesem Morgen definitiv nicht gehört hatte.

Anna kommt und drückt mir einen Kuss auf die Wange. "Danke, det du dich so lieb um Poldi jekümmert has."

Ich erwidere, nachdem ich ohnehin wach war, wäre es überflüssig gewesen, eine zweite Person zu wecken, nur um den kleinen Racker mal kurz vor die Tür zu lassen.

Dass ich eine ganze Weile gar nicht gecheckt hatte, was Poldi von mir wollte, und mir die aufgezwängte frische Luft mehr als gut tat, behalte ich erst einmal für mich.

Mit Appetit fallen wir über das Frühstück her.

"Ick gloobe, ick bin det erste Mal in meen Leben von nem Kinderspiel betrunken jeworden", stellt André fest.

„Da biste nich der einzige", stimmt Anna zu. "Geht det bei euch immer so ab mit die Schnäpse?"
will er wissen. Kai gibt Auskunft, dass man im Sauerland einen Schnaps selten ablehnt. "Aber meistens trinken wir nur Bier." Nach dem Frühstück beratschlagen wir, wie der Nachmittag gestaltet werden soll. Die Mädels wollen natürlich am liebsten shoppen gehen, was die Herren nicht unbedingt begeistert. Thomas ist das mit so vielen Frauen zu anstrengend. "Genau", schließt Stefan sich an, "da latschen wir eh nur hinterher."
"Worauf habt ihr denn Lust?" fragt Moni. Großes Schulterzucken. "Biergarten", kommt es kurz und knapp von Kai. Stefan und Thomas nicken zustimmend.
"Dann geht ihr doch in den Biergarten. Wir können solange in aller Ruhe bummeln", schaltet Tanja sich ein.
Ich frage André, worauf er Lust hat. "Na, mit euch zusammen shoppen, det is doch logisch." Moni befürchtet, dass die Männer sich nicht zurechtfinden. "Ich gebe ihnen einen Stadtplan mit, dann klappt das schon", beruhige ich sie. Das hätte ich nicht sagen sollen. Große Empörung macht sich unter den Sauerländer Herren breit. Sie würden doch nicht wie Touris mit einem Stadtplan durch die Gegend laufen.

Womöglich würden sie noch angesprochen, ob man ihnen helfen könnte. Niemals! Ich solle ihnen die grobe Richtung sagen, sie würden dann schon finden, wonach sie suchen.
Na schön, die werden das schon irgendwie meistern.
Wir verabreden uns für halb acht an der Urania, da eine halbe Stunde später Andrés Show beginnt.
"Seid bloß pünktlich!" schärft Moni der Truppe zum Abschied ein.
"Das wird schon klappen", beschwichtigt Alex sie.
Täusche ich mich, oder hat sie André soeben zugezwinkert? Sollte da was im Busch sein? Quatsch Julia! Das bildest du dir ein. Eine Alex-Aktion am Tag reicht vollkommen aus. Und die hatten wir mit dem Kuss ja nun schon hinter uns gebracht.
Anna setzt ihr charmantestes Lächeln auf. "Wäre det sehr unverschämt zu frajen, ob ihr den Poldi mitnehmen könntet? Denn muss der arme Kerl nicht durch det Kaufhausgetümmel."
"Klar, nehmen wir ihn mit!" stimmt Thomas bereitwillig zu. "Wir Männer müssen schließlich zusammenhalten!" Dann fragt er André, ob er sicher sei, nicht mit den Männern losziehen zu wollen. "Klar! Ick seh ja nur so aus wie een Mann." Er hebt den linken Arm, knickt die Hand

ab und näselt: "Aber janz tief in mir drin, da bin ick halt ne Frau."
"Das ist sicher nicht immer einfach, oder?" erwidert Stefan nachdenklich.
"Ick hab mir det och nich ausjesucht. Aber je eher man sich akzeptiert, wie man is, umso leichter is det Leben. Wäre nur schön, wenn det alle so locker nehmen würden, wie ihr."
Vor der Haustür beschreibe ich den Männern, wie sie zum Tiergarten kommen. "An der Ecke links bis zur Hauptstraße. In die biegt ihr rechts ab und geht immer geradeaus. Dann geht es rechts in den Tiergarten. Irgendwo müssen da Wegweiser zum Café am neuen See sein."
Es ist schon ein uriges Bild, wie die drei gestandenen Kerle mit dem kleinen Hund von dannen ziehen.
"Und gebt meen Poldi och ma wat zu trinken", ruft Anna ihnen hinterher, "aber keen Bier!"
Kai wirft uns noch eine Kusshand zu, dann sind sie um die Ecke verschwunden.

"So, meene Damen, denn entführ ick euch ma zum Ku'damm." André hakt sich bei Tanja und Moni ein – auf geht's zum Shoppingwettkampf. Die Strategie lautet: wir lassen kein Geschäft aus und überholen sämtliche Touristen, indem wir die Souvenirläden meiden.

Der erste Laden ist gleich ein echtes Frauenparadies: Handtaschen, wohin das Auge blickt. Für jede Gelegenheit, zu jedem Preis, für jeden Typ. André greift sich eine Tasche nach der anderen und mimt den jeweiligen Typ dazu, vom schüchternen Mäuschen mit Allerwelts-Tasche, über die strenge Sekretärin bis hin zu Super Woman. Wir lachen uns schlapp.
Alex hat es auf eine ausgefallene Abendhand - tasche abgesehen. "Falls ich mal zu einer Hochzeit eingeladen werde", sagt sie mit einem vielsagenden Blick in Tanjas Richtung.
"Dann kannst du das Ding gleich hier lassen. Bis Kai mir einen Antrag macht und wir heiraten, ist das nicht mehr modern."
Als nächstes betreten wir eine kleine Boutique. Mit fünf Personen ist sie schon fast überfüllt. "Das ist genau mein Laden", freut sich Tanja. Sie wählt zwei schicke Blusen aus. André ist total in seinem Element als Modeberater. Was die Verkäuferin nicht weiter zu stören scheint. So kann sie in Ruhe weiter telefonieren. Während Tanja in der Umkleidekabine die Blusen anprobiert, stöbert André ein wunderschönes kurzes Etuikleid auf, dessen zartes Blümchenmuster im Oberteil ihm eine verspielte Note verleiht, genau Tanjas Stil. Sie probiert es gleich an und sieht umwerfend darin aus.

"Wat nen Püppchen", ist alles, was Anna dazu sagt.
Alex ist ebenfalls begeistert. "Tanja, das musst du nehmen!"
Dazu ist keine Überredung nötig. "Ich nehme es!" Als sie allerdings den Preis sieht, werden ihre Augen für einen klitzekleinen Moment recht groß. "Ich kaufe es trotzdem!"
Wir klatschen Beifall.
André geht mit Tanja zu der Verkäuferin. Die hält es auch jetzt nicht für nötig, ihr Telefongespräch zu beenden, sondern bellt nur in den Hörer: "Warte mal kurz", und legt ihn auf den Verkaufstresen.
"Ick hätte jerne zehn Prozent uf det Kleid", sagt André zu ihr.
Überrascht blickt sie ihn an. "Na dafür, det ick hier Ihren Job jemacht habe, während Sie telefonieren."
"Nü wern Se aber mal nisch fresch", sächselt die Dame.
Alex hält sich die Hand vor den Mund, um das Lachen zu unterdrücken.
"Frech is et, seene Kunden wie Luft zu behandeln, wa? Und je länger Sie mit mir darüber diskutieren wollen, desto mehr werd ick verhandeln." André lässt nicht locker. Dann setzt er sein charmantes Lächeln auf und meint, sie wolle doch sicher ihren Lover am

Telefon nicht länger warten lassen. Die Tresentussi macht ein beleidigtes Gesicht, gibt aber prompt nach.
Draußen bejubeln wir seinen Erfolg. So ziehen wir von Geschäft zu Geschäft. Anna erbeutet eine gelbe Sommerhose und zwei bedruckte Shirts. Moni kauft sich einen neuen Duft. Auch neue Sportklamotten müssen für sie her. Dabei können Anna und ich sie dank unserer einschlägigen Erfahrung bestens unterstützen.
Tanja findet noch passende Pumps zu dem neu erworbenen Kleid. Alex kauft ein paar Kindershirts für ihre Rasselbande und gönnt sich selber eine neue Handtasche für "feine Ausgehgelegenheiten", wie sie betont. Auch wenn sie das Wort Hochzeit nicht ausspricht, schaut Tanja sie doch leicht verunsichert an. Ich ergattere zwei lässige Blusen, die sowohl zu Stoffhosen als auch zu Jeans schick aussehen. André berät uns bei alldem mit seinem Blick fürs Wesentliche. Einen besseren Shoppingbegleiter hätten wir uns nicht wünschen können. Und Spaß haben wir auch eine Menge, so dass die Zeit wie im Flug vergeht. "Mädels, wenn wir nicht mit leerem Magen in die Vorstellung wollen, dann sollten wir uns langsam mal auf die Futterjagd begeben", werfe ich in die Runde.
Erschrocken blickt André auf die Uhr. "Oh weia! So spät is det schon? Ick muss los und mich

bühnenfeen machen." Auf die Schnelle kriegen wir alle noch ein Küsschen. Anna drückt ihm unsere Einkaufstüten in die Hand, damit wir nicht vollbepackt ins Theater kommen. "Die kannste doch solange in deener Umkleidekabine verstauen."
Und schon ist er weg.
Wir entscheiden uns aus Zeitgründen für Fastfood – Kartoffeln, umrandet von einer Berliner Spezialität mit einem würzigen Sößchen. Kurz gesagt, Currywurst mit Pommes und Ketchup.
Die nächste Imbissbude ist in Sichtweite.
Sitzen! Endlich sitzen. "Meine Füße tun weh", jammere ich. "Ick gloob, ick hab jar keene mehr." Anna ist auch platt. "Hey! Lasst euch nicht so hängen!"
"Alex, du willst doch nicht allen Ernstes behaupten, dass du noch topfit bist?" Moni lässt sich aufatmend in den nächsten Stuhl sinken.
Alex entgegnet, jammern könnten wir ab Montag wieder. Wo nimmt die Frau nur diese Energie her?
Nachdem wir aufgegessen haben, fragt Alex Anna, ob sie schon mal in der Travestie-Show war, in der André mitmacht. "Na logo, det is doch meen Bruder!"
"Und? Wie ist die Show?"

Anna grinst."Ick finde sie jut. Aber ihr seht et ja och jleich."

Ächzend stehen wir auf und machen uns auf den Weg. Alex schüttelt den Kopf. "Was wollt ihr erst in zehn Jahren sagen?"

"Bis dahin jibt et nur noch Teleshopping", erwidert Anna schlagfertig.

"Wow!" staunt Moni, "die Männer sind schon da!"

Also war unsere Sorge unbegründet, dass sie ohne Stadtplan nicht zurechtkommen.

Poldi springt aufgeregt an Anna hoch, um sie zu begrüßen. "Na, meen kleener Racker, haben sich die Herren och jut um dich jekümmert?"

Thomas antwortet für ihn: "Na klar doch! Ich hab sogar was zu fressen bekommen und ganz viel Wasser."

"Wie?" sagt Stefan staunend, "ihr wart stundenlang unterwegs und habt keine einzige Tüte mit Einkäufen?"

Ich erkläre, dass André sich schon eher von uns verabschiedet, und unsere "Beute" mitgenommen hat.

Liebevoll nimmt er Moni in den Arm. "Können wir uns denn jetzt das Theater überhaupt noch leisten?" Sie knufft ihn in die Seite. "Können wir, mein Schatz. Aber du solltest in den nächsten zwei Monaten noch ein paar Überstunden machen."

Da wir hinterlegte Karten haben, können wir an der Kassenschlange vorbeigehen.

Nachdem wir unsere Karten bezahlt haben, bittet man uns, sofort in den Saal durchzugehen. "Dort sind zwei reservierte Tische auf den Namen Soltau", gibt uns der nette junge Mann am Schalter Auskunft.

Nichts lieber als das. "Wow! Hatte André nicht etwas von einem ganz kleinen Theater gesagt?" Alex ist genauso überrascht wie ich. Vor der Bühne stehen fünf Reihen mit kleinen runden Tischen und Stühlen. Dahinter sind mehrere Reihen nur mit Stühlen. Auf zwei Tischen in der zweiten Reihe, etwas seitlich, stehen "reserviert" Schildchen mit meinem Namen drauf. Auch wenn es kein kleiner Raum ist, so wirkt er doch irgendwie gemütlich.

Ich schätze, dass an die zweihundertfünfzig Leute hier rein passen.

Kaum sitzen wir an unseren Tischen, kommt ein Kellner mit einem vollen Tablett zu uns. Sekt für die Damen, Bier für die Herren. Er stellt sich uns als Sascha vor. "Die erste Runde geht aufs Haus. Ich wünsche viel Spaß bei der Show."

„Ja, ihr Lieben, dann stoßen wir doch mal auf einen schönen Abend an." Alex hält ihr Glas hoch und wir tun es ihr nach. Moment mal, was war das eben? Hab ich mich verguckt, oder hat sie gerade Kai zugezwinkert? Quatsch! Das war bestimmt nur, weil Alex sich freut, mal wieder etwas Neues zu erleben.

Der Zuschauerraum füllt sich zusehends. Hauptsache, es ist sind mehr Plätze besetzt als in der Men Strip Bar. Das finde ich alleine für die Künstler schon wichtig. Außerdem ist die Stimmung besser, wenn der Saal voll ist.

Stefan reißt mich aus meinen Gedanken. „Ich bin total gespannt auf unseren André. Und überhaupt auf die ganze Show." Wir malen uns genüsslich paradiesvogelartige Kostüme aus. „Vielleicht hat André ja noch eine Überraschung für uns", grinst Alex. Spontan sehe ich mich wieder als Gast auf der Bühne und laufe knallrot an.

„Vergiss es, Alex! Heute wird nicht auf meine Kosten gelacht."

Thomas verspricht, mich festzuhalten, sollte es soweit kommen. Stefan und Kai nicken zustimmend.

„Nee, da brauchst du dir ma keene Sorjen zu machen. Det is hier janz harmlos. So wat machen die hier nich." Liebe Anna, das will ich dir ausnahmsweise glauben.

Ein Gong ertönt. Aus den Lautsprechern verkündet eine coole Stimme: „Meine Damen und Herren, unsere Show beginnt in wenigen

Minuten. Da es mit Sicherheit keinen Klingelton gibt, der schriller ist als unsere Show, bitten wir Sie, Ihre Handys auszuschalten. Vielen Dank. Und nun genießen Sie den Abend und begrüßen Sie mit einem kräftigen Applaus unseren ersten Star des Abends – Kimbärlin!"

Der Vorhang öffnet sich und eine wunderschöne Gestalt schreitet zu rhythmischer Musik eine kleine, beleuchtete Showbühne herab. So viel Eleganz habe ich wirklich selten gesehen. Das Publikum klatscht begeistert.

„Ick wünscht, ick hätte och so ne tolle feminine Ader wie meen Bruder", schreit Anna mir ins Ohr. Erst jetzt erkenne ich, dass diese phantastische Erscheinung niemand anders als André ist.

Obwohl ich ihn schon in Frauenkleidern gesehen habe, hätte ich ihn nicht erkannt. Ich stoße die anderen an.

„Das ist André!" Selbst Alex ist sprachlos, und das will was heißen. Stefan pfeift laut auf den Fingern. Thomas und Kai schreien vor Begeisterung. Tanja und Moni vergessen vor lauter Staunen zu klatschen.

Er trägt ein Paillettenkleid, knallrot und knalleng, vorne kurz, hinten lang, mit einer kleinen Schärpe. Seine Perücke ist heute lang und blond. Die gemogelte Oberweite ist der Traum jeder Frau. Oder sollte ich besser sagen jeden Mannes?

„Sag mal, wurde dein Bruder mit Highheels geboren?" Moni hat ihre Sprache wieder gefunden.
„Meenst du, du bist die eenzige, die ihn darum beneidet?"
„Was für eine Verschwendung!" Na, dieser Satz kommt mir doch irgendwie bekannt vor. Allerdings bin ich mir nicht ganz sicher, ob Thomas das auf die Frauen-, oder eher auf die Männerwelt bezieht.
„Kimbärlin" begrüßt das Publikum mit einer leicht rauchigen Stimme und reißt ein paar klassische Touristenwitze, wie: "Am ersten Abend lernt ein Tourist in einer Berliner Bar eine tolle, junge Frau kennen. Er legt seine Hand auf ihr Knie. Sie hat nichts dagegen. Seine Hand wandert höher. Sie hat immer noch nichts dagegen. Als die Hand ihren Weg fortsetzt, steckt sie ihm diskret eine Visitenkarte zu. Er freut sich. Dann liest er: Mike Müller, Privatdetektiv, Spezialgebiet: Untreue."
Die Zuschauer lachen und klatschen begeistert. Mit seiner tollen Art hat André alle im Griff. Er macht noch ein paar Sprüche, dann kündigt er den nächsten Showact an: „Gitta Glamour und Gabi Glitzer". Die beiden sind der Knaller! Sie sitzen wie zwei Diven, sich ständig die Nase pudernd, in einem Café und lästern über prominente Frauen. Allerdings verwechseln sie

dabei auch mal Madonna mit der Queen von England. Es ist zum Schreien komisch.
Der nächste Programmteil ist eine lustige Gesangseinlage in Form eines Schlagers, dessen Text in anzüglicher Form umgedichtet wurde.
Zwischen den Acts hat André immer wieder einen kleinen Auftritt. Und jedes Mal hat er ein anderes Kleid in einer anderen Farbe und einem besonderen Stil an. Er ist ein echter Verwandlungskünstler.
In der Pause schaut Anna kurz, ob es Poldi auch gut geht und bringt ihm noch ein Leckerli. So, wie andere immer einen Kaugummi dabei haben, hat Anna stets eine kleine Hundeleckerei dabei. Die Herren versorgen sich mit neuen Getränken und ich gehe mal schnell für kleine Königstiger. „Warte!" ruft Tanja mir hinterher, „Ich komme schnell mit, die *Nase pudern*", näselt sie aus Spaß.
Auf dem Gang lachen alle und haben gute Laune.
„Wusstest du, dass André solche schauspielerischen Qualitäten hat?" will Tanja wissen. Nein, das habe ich wirklich nicht geahnt. „Ansonsten hätte ich mir die Show schon eher angesehen."
Gerade will ich durch die Tür zur Toilette gehen, da erkenne ich aus dem Augenwinkel, wie jemand an mir vorbeihuscht. Abrupt trete ich einen Schritt zurück und schaue nochmal genauer hin. „Julchen, träumst du wieder?" Tanja

zieht mich am Ärmel durch die Tür. War das eben nicht mein Chef? Ach Unsinn! Wenn er es gewesen wäre, hätte er mich sicher begrüßt. Julia, du siehst Gespenster!

Kaum sitzen wir wieder am Tisch, geht auch schon wieder das Licht aus.
André erscheint erneut in einem atemberaubenden Kleid, das jede Frau vor Neid erblassen lässt. Diesmal ist es das „kleine Schwarze" mit viel Strass. Die blonde Perücke wurde gegen eine brünette ausgetauscht. Ich bin mir sicher, selbst wenn Kunden von uns hier wären, es würde keiner von ihnen André wiedererkennen.
Er kündigt mit Charme und Witz „Lollo" an, welche Trude Herr parodieren wird. Natürlich mit dem Lied „Ich will keine Schokolade."
Es ist faszinierend, welche Stimmung im Raum herrscht. Ich komme mir tatsächlich vor, wie in einer anderen Welt, umgeben von großen Stars.
Nur bei Kai habe ich irgendwie das Gefühl, dass er sich nicht richtig wohl fühlt. Er rutscht unruhig auf seinem Stuhl hin und her und schaut öfter auf die Uhr.
„Was ist los? Gefällt es dir nicht?" frage ich ihn.
„Doch, doch! Mir ist nur irgendwie nicht gut."
„Vielleicht hilft es, mal ein Gläschen weniger zu trinken", empfehle ich, aber wenn ich es mir

recht überlege, hat er gar nicht viel getrunken. Nur das erste Glas Bier, das uns vor der Show serviert wurde. Vielleicht ist ihm das nicht gut bekommen?

Während uns „Lizzy Lou" auf amüsante Art und Weise am Thema Schönheitsoperationen teilhaben lässt, sagt Kai Tanja etwas ins Ohr und verschwindet.

„Was hat er denn?" erkundige ich mich. „Keine Ahnung. Irgendwas mit dem Kreislauf oder so. Vielleicht hat er auch heute Nachmittag einfach zu viel Sonne abbekommen." Stefan und Thomas zucken nur mit den Schultern.

Moni, wie immer um alle besorgt, will schon hinterher gehen, aber Alex hält sie fest. „Willst du etwa auf das Männerklo gehen?"

Von der Bühne ertönt gerade die Melodie von „Your simply the best". Alex springt auf. „Kommt Leute, macht mal ein bisschen Stimmung hier."

Anna steht sofort mit auf. Nachdem unsere beiden Tische den Anfang gemacht haben, dauert es nicht lange, da ist der ganze Saal auf den Beinen und macht Party. Sogar Stefan singt lauthals mit.

Lizzy Lou folgt den Zugabe-Rufen und schmettert: „We don´t need another hero".

Da kommt André in einem schneeweißen Kleid wieder auf die Bühne, um den nächsten Künstler anzukündigen.

„Meine Damen und Herren, bitte haben Sie ein klein wenig Nachsehen mit unserem nächsten Künstler. Er steht zum ersten Mal auf der Bühne und ist ziemlich nervös." Dabei schaut er kurz hinter den Vorhang und fragt, ob alles bereit sei für dessen ersten Auftritt.

Es folgt ein Trommelwirbel und der Vorhang geht auf.

Man sieht eine Gestalt im schwarzen Smoking, glänzende Lackschuhe sowie einen riesigen Strauß roter Rosen, die das Gesicht komplett verdecken.

Bei den ersten Takten der Musik erkenne ich Robbie Williams „She´s the one". Anscheinend bin ich nicht die einzige, denn alle stehen wieder auf und klatschen mit.

Tanja pfeift, was die Puste hergibt, zu ihrem absoluten Lieblingslied. Gerade will ich sagen, wie schade es ist, dass Kai jetzt nicht hier ist, da verschlägt es mir die Sprache. Der Rosenstrauß senkt sich etwas und das Gesicht dahinter - gehört Kai. Alex jubelt, was das Zeug hält. Ich weiß gar nicht, wo ich zuerst hingucken soll. Tanja lässt sich vor Schreck wieder auf ihren Stuhl fallen, während Kai unsicher zu singen anhebt.

Ein Scheinwerfer wird auf Tanja gerichtet. Was soll das werden? Wir gucken alle dumm aus der Wäsche. Nur Alex zieht Tanja vom Stuhl hoch und kreischt.

Was bitte läuft denn hier ab? „Na, wenn dette ma keen Antrag wird, denn weeß ick ooch nich."
Antrag? Kai? Hier? Niemals! Als beim Refrain der halbe Saal mitsingt, wird Kais Stimme sicherer. Mir war gar nicht bewusst, dass er so gut singen kann. Nun ja, nicht jeder Ton ist ein Volltreffer, aber man kann es sich gut anhören.
Wir stehen jetzt alle hinter Tanja, die schon zwei Taschentücher vollgeheult hat, und schunkeln im Takt mit.
Kai kommt singend von der Bühne herunter auf uns zu, nimmt seine Tanja an der Hand und zieht sie mit nach oben. Alex ist völlig aus dem Häuschen. „Ist das nicht die coolste Idee der Welt?"
Ich fasse es nicht. Hat Alex das etwa mit eingestielt? Natürlich! Gestern Abend! Das Getuschel auf dem Balkon mit Kai und André. Deshalb also wollten die drei nicht gleich wieder mit reinkommen. Und deshalb musste Kai vorhin verschwinden. Ganz nebenbei fällt mir ihre Bemerkung von wegen „eine tolle Handtasche für eine tolle Gelegenheit" ein. Jetzt fügen sich die Fäden langsam zusammen.
Gerade als ich den anderen meinen Geistesblitz mitteilen will, ist das Lied zu Ende und Kai kniet vor Tanja nieder. Überall hinter mir knistert es. Ich drehe mich um und sehe in allen Händen

Wunderkerzen. Ich stoße Anna an. „Wenn det so weiterjeht, denn heul ick jleech."
Moni schnäuzt sich auch schon die Nase. „Liebste Tanja", beginnt Kai und hält mit einem Mal einen Ring in der Hand. Wo hat er den denn so schnell hergezaubert? Ich kriege irgendwie gar nichts mehr mit. „Du weißt, ich bin nicht so der Mann der großen Worte, und das Ganze hier ist auch nicht alleine auf meinem Mist gewachsen. Aber...ich liebe dich und will mit dir alt werden." Er holt nochmal tief Luft. „Willst du meine Frau werden?"
„JAAAAAAAAAAAAA!"
Vor meinen Augen läuft alles wie in Zeitlupe ab. Kai steckt Tanja den Ring an: irgendetwas großes, rotes. Dann steht er auf und küsst sie innig. Im gleichen Moment regnen von oben lauter rote Rosenblätter herab und dazu erklingt: „Für dich solls rote Rosen regnen."
Vor mir küssen sich Thomas und Alex. Auch hinter uns wird geküsst, Mann mit Mann, Frau mit Frau, Mann mit Frau. Ich gucke Anna an, gebe ihr ein Küsschen auf die Wange und nehme sie in den Arm. Wenn wir in so einem romantischen Moment schon keinen Mann zum kuscheln haben...
„Wenn det der Poldi sehen könnte..."
Das Publikum tobt und bejubelt den außergewöhnlichen Programmpunkt. André

verabschiedet sich mit den Worten: „Verehrtes Publikum, ich hoffe, unsere kleine Show hat Ihnen gefallen. Ich bedanke mich bei Kai und Tanja für diese einmalige Showeinlage, die wir sicher alle so schnell nicht vergessen werden und wünsche euch beiden alles, alles Gute für eure Zukunft."

Aus den Lautsprechern ertönt dazu das Lied: „We are family", dann schnappt André sich die beiden und beginnt eine Polonaise durch den Saal, zu der wir uns natürlich als erste anschließen.

Die Stimmung im Saal ist auf dem Höhepunkt. Alles gratuliert dem Paar ganz herzlich. Es wird sich hier und da geherzt, während wir irgendwie langsam zur Musik Richtung Ausgang wackeln.

Im Foyer kommen nochmal sämtliche Künstler dazu, um den beiden ihre Glückwünsche auszusprechen. Lollo übereicht im Namen aller auch noch eine Flasche Champagner.

„Die trinken wir gleich zusammen in deiner Garderobe", sagt die überglückliche Tanja und drückt André noch mal ganz doll.

„Da jehe ick jetzt och hin. Det dauert nämlich nen Moment, bis ick mich wieder in André verwandelt habe."

Es dauert eine ganze Weile, bis jeder den beiden gratuliert hat. Tanja strahlt über alle Backen, und Kai bekommt viel anerkennenden Zuspruch für seinen Mut, den Antrag mit Gesang vor Publikum zu machen. Er ist darüber sehr stolz, aber er gibt auch zu, dass die Idee nicht ganz auf seinem Mist gewachsen ist. „Mein Schatz wollte immer einen originellen Antrag und dank André und Alex hat sie den jetzt bekommen", gesteht er etwas verlegen ein.

„Aber die wichtigste Person warst nun mal du." Alex zwinkert ihm zu. Stefan reicht ihm ein großes Bier. „Das hast du dir echt verdient." Die Männer prosten sich zu. „Jetzt zeig uns aber mal den Ring, Tanja." Ich bin total neugierig, wo er den hergezaubert hatte. Spielerisch präsentiert sie ihn uns: Es ist tatsächlich ein riesengroßes, rotes Herz aus Strass.

„Den hat André für mich aus dem Fundus geholt", erläutert Kai das ungewöhnliche Schmuckstück. „Er meinte, dass der auf der Bühne ja auch nach was aussehen muss."

„Ach, dann habt ihr Männer auch nichts gewusst?" Moni ist verblüfft. „Ich dachte, ihr hättet mit unter der Decke gesteckt."

Die beiden versichern, völlig ahnungslos gewesen zu sein, es sei ihnen nur aufgefallen, dass Kai heute Nachmittag sehr nervös war und dauernd auf die Uhr geschaut hatte. „Das sieht doch unserem ruhigen Angler gar nicht ähnlich."

Anna ist empört. „Ick kann det noch jar nich allet glooben. Da lerne ick een verrücktes Huhn aus dem Sauerland kennen, nix ahnend, det die jleech ihren janzen Stall mitbringt. Wat hab ick mir da nur eenjebrockt."

Wir Frauen gehen schon mal zu André in die Garderobe. Moni, Tanja und Alex wollen unbedingt die phantastischen Kostüme anschauen und Anna muss dringend zu ihrem Poldi. „Det arme Tier muss ja och ma widda jestreichelt werden. Der is sicher schon beleidigt."
Vermutlich ist er an diesem Wochenende eher froh, mal seine Ruhe zu haben.

Auf dem Weg zur Garderobe ziehen wir Tanja noch ein wenig mit dem kitschigen Ring auf. Aber so glücklich wie sie gerade ist, lässt sie sich nicht ärgern.
Lachend stößt Anna die Tür auf. „Juhu! Wir sind..."
Sie bleibt so abrupt stehen, dass ich sie mit voller Wucht anremple.
Vier Augenpaaren bietet sich ein Bild, von dem ich niemals gedachte hätte, es zu sehen.
André, immer noch im weißen Kleid, steht mit Tränen in den Augen da und hält eine andere Hand. Diese gehört meinem Chef, der, mit einer weißen Rose in der Hand, vor ihm kniet und gerade etwas sagt wie: „ ...ich kann das leider

nicht so wie Kai vor Publikum...", worauf er uns erschrocken anstarrt. Mittendrin Poldi.
Entmutigt von den nicht eingeplanten Zuhörern, lässt Tom kurz den Kopf sinken. Andrés Gesichtsmuskeln scheinen sich nicht zwischen lachen und weinen entscheiden zu können.
Tom hebt den Kopf und schaut wieder André an. „Also gut, dann eben vor Publikum." Dann holt er nochmal tief Luft. „Lieber André, ich habe mich in den letzten Wochen sehr dumm benommen. Kannst du mir bitte verzeihen? Ich liebe dich und will mit dir zusammen sein. Für immer!"
Stille. Würden in einem der Kleider zwei Motten poppen, wir würden es rascheln hören.
„Ja, det will er", Anna ist ganz aus dem Häuschen, „André! Sach ja!" feuert sie ihren Bruder an.
Die beiden Männer blicken sich an. „Jaaa!" ruft André befreit, und erlöst Tom aus seinem Kniefall, indem er ihn zu sich hoch zieht. Aber nur, um ihn in die nächste peinliche Lage zu bringen, indem er ihn lange und innig vor unseren Augen küsst. Das unfreiwillige weibliche Publikum klatscht begeistert.
„Jetzt muss ich aber doch heulen." Ich gebe Anna ein Taschentuch. Tanja umarmt als erste die frisch Verliebten. „Dann können wir ja eine Doppelhochzeit feiern", freut sie sich.
Tom schaut verwirrt drein. „Hochzeit?"

„Na, das war doch ein Heiratsantrag, oder nicht?"
„Äh...ja, also..."
„Klar war das einer!" schaltet sich Alex ein und drückt die beiden ganz herzlich.
Leicht verlegen stehen die beiden Arm in Arm da.
„Was ist denn hier los?" Stefan versucht gerade die Champagnerflasche zu öffnen. Thomas und Kai stecken ihre Köpfe durch die Tür. „Dürfen wir auch reinkommen?"
„Klar!", ruft Alex, außer sich vor Freude, wieder etwas ganz Neues erlebt zu haben.
„Wir haben nämlich noch einen Heiratsantrag."
Peng! Die Flasche ist entkorkt. Alle jubeln. Nur der kleine Prinz in seinem weißen Fell weiß noch nicht so recht wie ihm geschieht. Doch Anna wäre keine gute Hundemama, wenn sie das nicht schon längst gesehen hätte und nimmt ihn auf den Arm.

Ungefähr eine Stunde später sitzen wir alle in einer Schwulenkneipe. Wie bestellt singt Marianne Rosenberg aus den Lautsprechern „Er gehört zu mir."
Zwar zögerte Tom anfangs, doch dann hatte er Andrés zuckersüßem Blick und dem Argument, dass die Leute, die dort sind, nichts gegen

Schwule haben können, da sie es selber sind, nichts mehr entgegenzusetzen.

Auf dem Weg zum Lokal frage ich André, wie es denn bei Tom zu diesem erstaunlichen Sinneswandel gekommen sei.

„So janz hab ick det och noch nich verstanden. Er sagte wat von, wenn schon sogar Frau Soltau..., aber det war allet een wenig jestottert." Wobei ihm das im Moment völlig egal sei, da er gerade die Wolke sieben in Besitz genommen habe.

Oh Schreck! Klar! Durch Alex' Knutscherei am Morgen, denkt er ja, ich sei mit ihr liiert. Schnell schaue ich zu Thomas und Alex hinüber. Doch Thomas unterhält sich mit Stefan und Alex gibbelt mit Anna rum.

Nachdem wir uns nun alle auf ein unkompliziertes „Du" geeinigt haben, stoßen wir erst mal auf diesen an Überraschungen reichen Abend an. Tanja und Kai können sich nicht entscheiden, wer ihre Trauzeugen sein sollen. „Eigentlich nimmt man nur zwei Leute, aber dann müssten wir losen."

Da wir ja nun irgendwie alle an dem Heiratsantrag beteiligt waren, wollen die beiden nicht, dass sich einer von uns ausgeschlossen fühlt. Alex hätte schließlich die Idee gehabt. Ohne André wäre es nicht gegangen. Und wenn ich nicht nach Berlin gezogen wäre, hätten wir uns alle nicht kennengelernt.

„Na, det is doch janz eenfach." André hat mal wieder die zündende Idee.
„Stefan und Thomas sind die Trauzeugen, und wir anderen die Brautjungfern."
Tom guckt ein wenig sparsam, lacht aber mit. Der arme Kerl wird voll ins kalte Wasser geworfen. Da hat er sich gerade erst frisch geoutet, und schon sitzt er mit einer verrückten Sauerlandbande an einem Tisch.
„Chef, ääähhhh, Tom, ich muss da noch was beichten." Fragend blickt er mich an. „Ich bin eigentlich nicht lesbisch. Der Kuss heute morgen mit Alex war für dich inszeniert."
Sein Gesicht verrät, dass er verunsichert ist. Doch er fängt sich schnell wieder, grinst mich an und sagt: „Sei nicht traurig, Julia, du kannst ja nichts dafür..."

Draußen wird es langsam hell. Während die anderen sich noch zu langsamen Rhythmen auf der Tanzfläche bewegen, hat Anna sich müde an mich gekuschelt. Ich nehme sie in den Arm. "Ja, Anna, jetzt sind alle Glücklich. Und was ist mit uns?"
"Na, jetz feiern wir ersma Hochzeit im Sauerland und kieken, ob da nich och mal nen Mann für uns dabei ist..."

Ich zwinkere ihr verschwörerisch zu. "Ja, gaaaanz sicher!" Die Vorstellung, wie Anna mit ihrem Berliner Dialekt die Männer aufmischt, zaubert ein breites Grinsen auf mein Gesicht...